ラカンで読む寺山修司の世界

野島直子
Naoko NOJIMA

トランスビュー
TRANSVIEW

ラカンで読む寺山修司の世界＊目次

第五章 〈反復〉3 俳句形式と精神病 142

装幀　高麗隆彦

ラカンで読む寺山修司の世界

序　章

寺山修司（一九三五〜八三）は、一九五四年に十八歳で歌人としてデビューし、一九八三年、四十七歳で病死するまで、現代芸術や若者文化に多大な影響力をもった詩人である。俳句、短歌、演劇、映画、童話、評論など様々なジャンルを横断し、多彩な活動で多くの人々を魅了し続けたが、とりわけ、六〇年代末に始まる「演劇実験室・天井桟敷」（以下「天井桟敷」と記す）による前衛演劇の活動は、世界演劇のステージに重要な足跡を残した。「私は、演劇を芸術表現の一様式としてではなく、私自身の社会参加の手段として選択してきたのであった」と寺山自身も言っているように、演劇は、寺山が最も力を入れたジャンルであり、実際に、独自の成果を生み、国際的評価を得ることになったという点で、寺山を語る上ではずせないジャンルだといえるだろう。

寺山が「天井桟敷」を結成したのは一九六七年のことである。世界的にみても、リヴィング・シアター、グロトフスキを初めとする前衛演劇が登場し、「演劇とは何か」という根源的な問いを問う中で、演劇のみならず、文化、芸術、政治など多方面に広く影響を与えていた。そして日本においても、いわゆる小劇場運動＝アンダーグラウンド演劇が始まっていた時期にあたる。唐十郎の「状況劇場」は一九六二年にはすでに劇団が結成されていたが、注目を浴び始めたのは一九六六年から一九六七年といった時期であり、鈴木忠志率いる「早稲田小劇場」も一九六六年、佐藤信の「68／71黒色テント」も一九六九年、とほぼ同時期にひとつの潮流をなしていった。こうした小劇場第一世代といわれる人々の劇作は、「演劇とは何か」と問いつつ、自ら集団を率いて劇作・演出を行ない、演劇の場が既成の劇場に限らないことを示す、きわめて独自のものであったことが知られている。寺山はこうした潮流の中で、一九六九年には初めて海外公演を行い、早い時期に西欧で前衛演劇家として認知され、その後も日本と欧米で実験的な舞台を次々に提供し、一九八三年、四十七歳で病死するまで、果敢な演劇活動を続けた。

このように寺山の演劇活動は、同時代の小劇場運動と密接に関わり、その影響力も大変大きかったのであるが、演劇界内部からの批判は他の小劇場運動の担い手以上に大きく、海外での評価を順調に得ていくのとは裏腹に、日本の演劇界においては微妙な位置にとどまることにもなる。

というのも、寺山率いる天井桟敷の演劇は、俳優の演技は成熟といったものからは無縁で、従来ドラマの中心的役割を果たしていた台詞はわきへ追いやられていた。俳優たちは、しばしばただスキャンダルをもたらすだけの役割を果たすこともあったし、作品性の強いものでさえ、人格や肉体性をはぎとられた自動人形的な存在だった。劇空間も、市街から屋内の巨大空間、西武劇場などの商業演劇の空間などさまざまな空間が選択され、その過程で劇のスタイルもめまぐるしく変貌していき、従来の新劇に対するもう一つのスタイルを求めた他の小劇場運動の担い手とは、大きく異なるものだったからである。

寺山は演劇論の中で、自らの構想する演劇を次のように言っている。

「俳優のいない演劇と誰もが俳優である演劇、劇場のない演劇と、あらゆる場所が劇場である演劇、観客のいない演劇と、相互に観客になり代わる演劇、市街劇、戸別訪問劇、書簡演劇、密室劇、電話演劇。[1]」

まるでコンセプチュアルアートのような発想で演劇というものを考えているのがわかる。こうした考え方は、たとえば、唐十郎が紅テントの濃密な空間の中で、新たなるドラマの担い手として新劇とは異なるタイプの俳優を生み出したり、鈴木忠志が言語と身体の実験をなすべく利賀《とが》村に自らの劇場をもち、鈴木メソッドという身体訓練を生み出したありようとは、基本的に異なった演劇への志向性を窺うことができる。また、黒テントは「革命の演劇」を標榜したが、寺山は「演劇の革命」を主張していた。寺山の演劇は演劇であって演劇ではない、そうした演劇への問いだった。自分自身に出す葉書も劇であり[2]、後期スペクタクル演劇でみせたアクロバティックな俳優の演技も同等に演劇なのである。

こうした寺山のあり方について、朝日新聞記者として日本の小劇場運動に伴走し、寺山の後期演劇活動のよき理解者の一人であった扇田昭彦は、唐十郎、鈴木忠志といった当時の前衛演劇の旗手が、演劇という形を愛し、その内部から変革を試みようとしたのに対して、外部から演劇を変革しようとし、スキャンダルをいとわず、観客と相互創造していくような寺山の演劇観は、演技や戯曲など演劇の本質的な部分とは違うところでの実験であるように思われ、「理解するには時間が必要だった」と書いている[3]。

このように寺山の演劇は、芝居という形を愛した人間からは疎まれる要素をもっていた。日本の前衛演劇についての演劇史的説明において、その中心的な存在として唐をはずす人はいないだろうが、寺山の評価をめぐってはぶれが生じるのは、そうしたことに由来する。扇田自身も、『劇的ルネッサンス』以降、小劇場運動をまとめるにあたり、寺山を中心に描き出しているが、当初はむしろ、演技の変革を軸にして演劇を変革しようとする唐、鈴木の方に共感を抱きつつ、この運動を見守っていたのである。また、「新劇御三家」に対して「アングラ御三家」という言葉があったが、これは唐、鈴木に加え、寺山ではなく、黒テントの佐藤信を入れることも多かった。

一方、このように日本の小劇場運動の中で特異な位置を占め、影響力の点はともかく、その評価にぶれが生じる寺山の演劇活動は、しかし、世界演劇のステージにおいては評価された、と一般にいわれている。何より、劇団結成の二年後には初の海外公演を果たし、一九七〇年代にはいると、さかんに西欧を中心とした海外公演に出かけていくことになる。実際、当時寺山に必ずしも好意的な評価を与えていたとはいえない渡辺守章も、「欧米人の目には、前衛というイメージに最も適合した表象でもあったから、欧米にいち早く紹介された」と、やや皮肉な言い方ではあるものの、一九七〇年前後にはすでに寺山が欧米で前衛として認知されていたことを証言している[4]。そして、一九八二年に出版された、ドイツの演劇史家M・ブラウネクの“Teater im 20. Jahrhundert”[5]（「二十世紀の演劇」）において、寺山はアルトー、ブレヒト、グロトフスキなど二十世紀を代表する演劇人と並んで七ページを越える記述があり、明らかにヨーロッパ演劇史に足跡を残したことがわかる。

また、一九七八年には、『テアトロ』誌上に、エルンスト・シューマッハーの論文「東西の演技における〈しぐさ〉的なもの――特にアルトー、グロトフスキ、リヴィング・シアター、テラヤマの理論と実践を考慮しての」[6]が千田是也訳で出るが、これなど、寺山の微妙な位置をよく示すといえるだろう。というのもこの論文は、ブレヒトの演劇論の側に立って、これら名のあがっている演劇人を批判した論文であり、寺山は批判的に扱われているのであるが、逆にこうしたことが、寺山がアルトー、グロトフスキ、リヴィング・シアターなどと並んで論じられる存在であったことも示している。しかも翻訳者は新劇界の重鎮であることを思えば、当時の演劇界における寺山の受け止められ方の複雑さが窺われる。(7)

当時の西欧の前衛演劇、とりわけ「六八年型」と言われる前衛演劇は、アントナン・アルトーの残酷演劇という演劇理念の影響を受けており、アルトーの影響下に様々な実験的な舞台が試みられていた。しかしその舞台は、書かれた戯曲の廃止、分節言語の廃絶、いかなるコードにも属さない異形な身体行動といった特徴をもち、身体性の特権視によって成り立つ舞台が主流をなし、全裸で絶叫し身体をよじるといったタイプのものが多かったという。(8)こうした舞台にはリヴィング・シアターや、グロトフスキに匹敵するような真に実験的なものは少なく、一九七二年にフランスの演劇祭に初めて参加した鈴木忠志は、日本の前衛演劇の公演の成功を報告するとともに、西欧の前衛演劇は混乱のなかにあり、もはや興味はないというような発言をしている。(9)

このように当時の西欧の演劇は、アルトーに影響を受けた玉石混淆の上演がなされていたわけであるが、寺山はこうした中で確実にその存在を知らしめることには成功したようである。寺山は自ら、アルトーの演劇論『演劇とその分身』（当時のタイトルは「演劇とその形而上学」）に影響を受けていることを公言してはばからなかったし、寺山の舞台はこうしたアルトーの名に象徴されるような前衛演劇の文脈において、なにがしかの意味をもって受け止められたようである。

しかし、一九八三年に寺山が病死し、「天井桟敷」も解散し、その後、寺山の仕事を積極的に評価する本格的な研究がなされなかったために、海外で認知され評価されたという事実は神話化され、徐々に実体のないものになってきた観もある。前掲のブラウネクの記述にしても、主として、「劇場から解放された演劇」という、寺山の「演劇論」の部分において特筆されているのであり、同時代的評価を越えて、寺山の演劇実践に即した本格的な研究をなすところまではいたっていない。

もちろん、日本においても事態はさほど変わらない。寺山だけでなく、当時の演劇活動は、上演を第一義としているので、残された戯曲や上演記録だけで評価することが難しく、リアルタイムに観劇体験のない人にとって、そもそも研究が難しいといった側面をもつ。しかし、こうした困難を越えて、寺山の演劇活動を記述する術をもたないならば、世界演劇に重要な足跡を残したという事実も、神話化されるか、一九六八年の文化革命とアルトーに象徴されるような当時の時代状況に還元されるような評価しか生まないことになりかねない。

＊

ここで考えてみたいのは、同時代における寺山の評価が、演劇プロパー以上に現代思想の担い手によって肯定的なものだったということである。

寺山はジャンルを横断する中で、そのつど、各ジャンルで好意的で的確な評価を与える伴走者を伴う形で創作活動を行っている。たとえば、短歌であれば中井英夫や塚本邦雄ら前衛短歌の面々、映画であれば松本俊夫、演劇であれば鈴木忠志や唐十郎といった人々が、同じジャンルを担う前衛として寺山に伴走しているが、その演劇活動については、一九七三年あたりから山口昌男や三浦雅士といった学者や編集者（当時）の支持を得るようになり、その思想性について積極的な言及がなされるようになる。

山口昌男は、リアリズムの演劇が支配的傾向を占める中で、寺山が、西欧の新しい知の潮流をいち早く察知し、近代演劇とは異質な独自の演劇空間を創造しえたとして高く評価している[10]。しかも、アルトーに始まるヨーロッパの演劇を無原則に取り入れるのではなく、基本的に演劇が世界の見方を変えるという立場に立つ理論を摂取し、社会科学、人間科学を解体する方向をもった知を提供した点に注目している。

三浦雅士は[11][12]、「演劇とは何か」、「劇場とは何か」、「俳優とは何か」、というその演劇への問いが現象学的であること、内面を内面たらしめる装置、内面を発生させる装置を問題化することで、近代演劇の制度を支えてきた「内面の神話」の崩壊というテーマを現出させ、そうした思想を視覚化した演劇として高い評価を与えている。また、寺山の舞台が性を扱いながら少しも性的な印象を与えないことにふれ、寺山が生殖能力をもったものよりも、言語や機械のような非生殖的なものにエロティシズムを感じているという点に注目し、これをドーキンスの『生物＝生存機械論』のミーム（生殖によって伝達される遺伝子ＤＮＡとは異なり、言語のように、文化伝達の単位となる自己複製子）と関係づけ、寺山のエロスの核心である、としている。

また、映画制作などで伴走し、自身が理論家でもあった松本俊夫は、二十世紀の芸術の特徴を、「芸術とは何か」という問いを、作品自身の中に組み込んだ自己言及的な姿勢に認めた上で、寺山の演劇観は、こうした現代芸術の前衛的なコンテキストに置いてみると、「それらの血を受け継いだ前衛芸術の正統派であり、その現在的なチャンピオンの一人だ[13]」と書いている。そして、アルトーの芸術との深い関わりについても言及している。

さらに、死後すぐに、生前直接関係をもたなかった今村仁司が[14][15]、現代思想という点から高い評価を与えているのも見逃せない。今村は、同時代の演劇実践にはふれていなかったようで、寺山自身の書いた『迷路と死海』などの読解から、「呪術としての演劇」、あるいは「演劇は政治を通さぬ革命である」といったスローガンなどに注目しつつ、以下のように評価している。

まず第一に指摘されているのは、この演劇論は、西欧に古くからある「世界劇場論」の批判であるということ。今村は、世界と演劇がマクロコスモスとミクロコスモスのように照応するという、西欧に古くからある「世界劇場論」は、現在でも強くはびこっていて、世界秩序の安定化に貢献しているが、寺山の演劇理論はこうした状況への異議申し立てであると言う。そして、世界＝演劇という等式を切断し、演劇によって一回性の偶然性を組織し、世界を変革するという演劇観を打ち出した点で注目すべきだと言う。

第二に、これはまた、近代演劇の基本構造である主体―客体図式への批判でもあることが指摘されている。日本が明治以降、新劇という形で取り入れようとした西欧の近代演劇は、客席と舞台が切断され、そこでは文学としての戯曲に依拠し、現実を再現したイリュージョンとしての演劇が上演されていた。この舞台構造は、近代哲学の主体―客体図式とパラレルであり、しかも、現実の代行としての虚構という意味では、先にあげた「世界劇場論」につながるといえる。寺山演劇はこうした図式自体を批判する演劇を上演したという意味で、特筆されるものだという。

第三に、俳優を貨幣であるとする見方に、注目すべきものがあるとしている。ただし、ここで言う貨幣は交換手段の貨幣ではない。戯曲において割り振られた役を演じる俳優ではなく、出来事をもたらす媒介者としての俳優であるという点に注目しているのである。

今村は、以上のような点から、寺山の演劇論は、一九六〇年以降ヨーロッパ、とりわけフランスで生じた知の地殻変動の流れとパラレルにあったと述べている。構造主義人類学などとの深い関係にふれ、「現代の諸思想とわたりあえるような独自な物の考え方を、誰かから学んだわけじゃなくて、ヨーロッパと同時現象的に展開した人ではあるまいか[16]」と書いている。今村は、日本に現代思想があるとすれば、寺山の活動がそれに匹敵するとまで語り、きわめて高い評価を与えているのである。そしてまた、「演劇理論が社会理論に貢献するケースは、きわめて稀である。私は、寺山の演劇理論が社会科学的にも社会哲学的にも読みうる実質をもった稀なケースであることを強調しておきたい[17]」とも書いている。

もっとも、こうして抽出された演劇論は、寺山において最も自覚的に理論化され、独自の実践に結びつくことになったものであるにしろ、当時の前衛演劇において最良の舞台ならある程度共有されていたものでもあった。

実際、当時の前衛演劇は、アルトーの演劇理念に何らかの影響を受け、アルトーの分身、あるいは残酷演劇という理念を、従来の演劇理念であるミメーシス、再現表象に対する批判ととらえていたし、さらには一九六八年の五月革命に象徴されるような文化革命の意味を担っていたのだから、世界劇場論批判の趣を強く持っていた。寺山の演劇論が特異なものというよりは、当時の前衛演劇そのものがもっていた大きな枠組みともいえる。

そしてまた、いわゆる構造主義、ポスト構造主義といった現代思想も、表象批判をかかげ、そこではまさにアルトーの読解が重要なものとなっていたことを考えれば、こうした思想状況と前衛演劇は同時代的な現象であり、直接の影響関係はなくても、同じような問題設定の中にいて、それぞれ独自の活動をなしていた、ととらえるべきであろう。演劇史においても、現代思想の領域でも、表象（représentation）という問題設定はとりわけ重要だったのである。

そもそも日本語の「表象」という語は、もともとドイツ語のVorstellungの訳語として普及し、かつては、ショーペンハウアーの『意志と表象としての世界』を前提とした使用が多かったが、今日のような形で問題にされるようになったのは、M・フーコーの著作『言葉と物』(一九六六年)におけるフランス語のreprésentationという語の使用に負っているといってよいだろう。この語は演劇の上演を意味する言葉でもあるから、哲学的、思想的概念としてのreprésentationは演劇の上演という意味を伴う形で、問題化されたことになる。そうした意味でも、一九六〇年代から七〇年代にかけての前衛演劇は、現代思想と関係が深いと言わざるをえない。いずれも、représentationという問題とアルトーの提起した問題と深く関わっていたのである。

そういう意味で、そもそも演劇史がこうした現代思想と無関係でいることはできないといってもよいだろうし、同時代の評価からさらに言いうることを検討するならば、演劇学の言語から離れてしまうことを恐れず、こうした面からのアプローチは避けられないのではないかと考えられる。もちろん、安易に理論を導入することは避けなければならないが、具体的な実践を演劇史的に見たときに必要となる範囲で、理論を導入することは生産的なことであると考えられる。

というのも、当時の演劇人の多くは、理論的には「再現表象」という問題設定に対して、多くは、「現前」présenceという概念を持ち出す形で様々な舞台を上演したのであるが、各演劇人によってそれは様々な位相をもつ。寺山演劇の非人格化され、機械に組み込まれた操り人形のような身体に思い及ぶだけでも、アルトーに影響を受けた他の六八年型の演劇とは一線を画すものであることはすぐにわかる。先に挙げた寺山の考える演劇の目録の羅列からも窺われるように、肉体に依拠する演劇ではまったくなく、むしろ、コンセプチュアルアート的な要素を多分にもっていたことはすでに述べた。アルトーの影響、あるいは近縁性という点だけからいえば、演劇ではないが、前衛舞踏の土方巽や、その後それを母胎として生まれた八〇年代の舞踏の方が近いし、現在もそうした方面で、寺山以上に積極的な評価がなされつつある。しかし寺山は確かにアルトーから重要な何かを学び、独自の演劇活動をなすに至ったことはまちがいないのである。その独自性を記述するにいたるには、今一歩理論の導入が必要である。先にあげたように、山口昌男も、寺山は新しい知の潮流をいち早く察知し、アルトーに始まる西欧の演劇を独自に継承したと言っている。

演劇学においても、アルトーの記号批判と深い関連のあるネオ・アヴァンギャルドの演劇について、re-présentation, présence のいずれでもない新しい位相を具体化する必要があることに言及されたりもする。(18) とすれば、これを具体化するためには、具体的な演劇実践に即した理論の導入がどうしても必要だといえる。

*

では、どのような理論を導入し、どのようにアプローチすればよいのだろうか。

本書では、寺山についてのこうした評価を参考にしつつ、寺山の演劇活動を演劇史の中に位置づけるのではなく、まず、様々なジャンルを横断した創作活動全体の中でとらえかえすことにしたい。寺山の創作活動は始めにも述べたように、演劇活動において最も独自の成果を得たと考えられるが、それは、様々なジャンルの境界を攪乱するように移動する中でなしえたことであり、その活動は、常にプロセスとしてとらえられるべきものだからである。

そして、その上で、そうした創作活動全般を、精神分析、とりわけ、ジャック・ラカンの精神分析学を導入することで、その思想を浮き彫りにしたい。寺山は、非常に多方面に知的な触手をのばして演劇を思考する、多彩な領域の引用者であり[19]、寺山の創作活動の指針となったものとして多くの思想家の書物が想定されるが、中でも精神分析の知は無視できないと、私は考えているからである。実際、寺山の精神分析の知の参照は、一般的な知識の単なる応用にとどまるものではなく、当時邦訳されつつあった、フロイトを構造主義的に読み替えたラカンの影響も見られるものである。寺山が構造主義人類学やアルトーの演劇論、フーコーの権力論などに影響を受けたことは、自らそう発言していたこともあって比較的よく知られているが、それらの受容においても精神分析が重要な参照枠となっていたと想定されるのである。

もっとも、寺山修司の創作活動の特徴としては、すでに述べたように、まず第一に、様々なジャンルを横断し、特定のジャンルで自らの位置を築こうとしなかったこと、そして同時代の若者を率いるアジテーターとして、時代の風俗を巻き込み、「家出」をすすめる新興宗教的な集団の教祖の活動としての側面を強くもつことがあげられる。寺山自ら「捨て子家系の文学」と言っており、思想としては基本的に「家系」的なものの批判を見ることができる。世界演劇のステージに重要な足跡を残した演劇活動も、新劇などの先行する演劇を乗り越える形で出てきた当時の前衛演劇と異なり、外部からやってきて、試行錯誤の後に、特異な演劇空間を作り上げ、寺山の死とともに消滅し、演劇史の中で父の位置を占めることはなかった。

その意味では、一般的に「家族主義」ととらえられている精神分析の教義とは反するように見えるかもしれないし、むしろ精神分析批判という側面をもつと考えることも可能だろう。たとえば、精神分析批判を行ったドゥルーズ゠ガタリの思想を象徴する語で広く行き渡っている概念のひとつに、「ノマドロジー」、「ノマド」がある。砂漠の遊牧民のように定住せず、文字通り遊牧を続けていく生の形態を示す語であり、それが反＝哲学的な概念となっているのだが、寺山の演劇活動は、劇場を飛び出し、固有の演劇空間を定めず、そのつど新たな演劇空間を創出していくというものであり、すべてが「市街劇」だといえる点で、まさしくノマド的だといえるだろう。紅テント一つでどこへでも移動した唐についてもそうした面を見ることができるだろうが、テントのような固有の空間にこだわらなかったという点で、寺山は、唐以上に過激にそれを実践したといえるかもしれない。

作品性の強い後期演劇作品でも、既成の劇場の中で演じられたものではなく、次々に新たな空間を相手取り、劇を仕掛けていく過程において産み出されたものである。いつでもどこでも劇になりうることを、ミニマルアートのように、あるいはハプニングのように示すだけにとどまらず、用意周到な舞台装置のもとにおいても示したのである。そもそも、『家出のすすめ』という講演録で時代のアジテーターになり、その創作活動全般が、次々にジャンルを横断し、特定のジャンルで地位を確立しようとしなかった、そうしたありようこそ、ノマドロジーに呼応しているように見えるし、そうした方向から寺山の創作活動をとらえることも可能であろう。

しかし、寺山自身はポスト構造主義の理論家たちが次々に理論を発表していったのと同時期に活動しており、こうした理論は参考にできたとしてもごく一部のものだったし、寺山が確実に参照したものとしては、構造主義人類学と精神分析の知が想定されるので、本書では、寺山がそうした知を用いつつ、独自のありようでノマド的な実践をなしたと考えて、ラカン理論を一貫して用いることで具体的な作品を追跡することにした。実際、精神分析の知との関係から見ることで、寺山の多岐にわたる創作活動を、ある程度一貫して見渡すことが可能になるし、寺山の思想性を、アジテーションやエッセイ、評論の次元ではなく、創作活動に即して浮かび上がらせることも可能になるだろう。

そうした視点から、本書では、以下のように論を進める。

まず、第I部において、公的デビュー前の俳句作品と、公的デビューを果たした短歌作品を検討し、それらが精神分析的に読み得ることを見る。次に第II部では、寺山が、こうした初期の創作活動を多様に反復し、その書き替え作業にあたって、精神分析的知見が大きな役割を果たしていたことを見る。そして第三部では、一九七五年前後の映画作品と演劇活動をとりあげ、精神分析の知がいかにその思想性と関わっているかを検討する。

このように、本書は、寺山修司論であり、寺山修司の創作活動を論じることが主眼であるが、それ以上に、導入する理論的道具であるラカンの精神分析学を論じることが重要なテーマとなる。今述べたように、寺山の創作活動は、精神分析との関連よりもむしろ、精神分析批判をなしたポスト構造主義との親和性が強く見える。しかし、本書は、こうした寺山の創作活動とラカンを共に読み進めることで、従来、文化理論に適用されてきたラカン理論を超えて、ラカンのもっている新たな思想性を浮かび上がらせることを目標としている。そのことによって、精神分析的知見が通俗化すると同時に、強い批判にさらされている今日、精神分析という知のもつ思想性について、考え直す契機となると考えられるからである。

注

(1) 寺山修司『迷路と死海―わが演劇―』〈新装版〉、白水社、一九九三年、一一頁。

(2) 市街劇『ノック』の劇のひとつ。自分が自分に出す葉書も劇の一つであることを示した。

(3) 扇田昭彦『日本の現代演劇』、岩波新書、一九九五年、一四二―一四四頁。

（4）渡辺守章『舞台芸術論』、放送大学教育振興会、一九九六年、二五三頁。
（5）Brauneck, M., Teater im 20. Jahrhundert Programm-schriften, Stilperioden, Reformmodelle, rowohlts enzyklopadie, 1982, pp. 440-443, pp. 481-484.
（6）エルンスト・シューマッハー「東西の演技における〈しぐさ〉的なもの――特にアルトー、グロトフスキ、リヴィング・シアター、テラヤマの理論と実践を考慮しての（上）（下）」、『テアトロ』、一九七七年十一月、一一四―一二六頁、一九七八年一月、一三六―一四八頁。
（7）坂原眞里「日本におけるアルトーの受容――演劇論を中心に」、『仏文研究』XXIII、京都大学文学部フランス語学フランス文学研究室、一九九二年、一六五―一六六頁。
（8）『舞台芸術論』、二五二頁。
（9）鈴木忠志『内角の和――鈴木忠志演劇論集』、而立書房、一九七三年、二四三―二四五頁。
（10）山口昌男「寺山修司――知的領域の侵犯者」、『寺山修司演劇論集』、国文社、一九八三年、三二五―三三〇頁。
（11）三浦雅士『寺山修司――鏡の中の言葉』、新書館、一九八七年。
（12）三浦雅士『幻のもうひとり　現代芸術ノート』、冬樹社、一九八二年。
（13）松本俊夫「越境と生成の世界」、『寺山修司の世界』、新評社、一九八〇年、一八五頁。
（14）今村仁司「演劇と暴力――現代思想を先取りした男」、風馬の会編『寺山修司の世界』、情況出版、一九九三年、所収。
（15）今村仁司「寺山修司と暴力」、寺山修司『身体を読む　寺山修司対談集』、国文社、一九八三年、所収。
（16）今村仁司「演劇と暴力――現代思想を先取りした男」、『寺山修司の世界』、二八六―二八七頁。
（17）今村仁司「寺山修司と暴力」、『身体を読む　寺山修司対談集』、二六八―二六九頁。
（18）二〇〇三年、日本演劇学会、秋の研究集会における「前衛演劇の東西、過去現在」のパネルディスカッション。
（19）山口昌男「寺山修司――知的領域の侵犯者」、『寺山修司演劇論集』、三二五、三三〇頁。

第Ⅰ部　初期作品の精神分析的考察

十八歳で歌人としてデビューして以来、演劇、映画、詩など、様々なジャンルを横断した寺山修司は、その旺盛な創作活動を俳句によって開始している。表現者としての公的な活動は、一九五四年、寺山が十八歳の時に受賞した短歌研究新人賞に始まるが、それ以前にも、詩、短歌、俳句などの創作活動を開始しており、中でも句作を通じて、旺盛な表現活動を行い、投稿誌などでは早くから名の通った存在だった。表現者として公的にデビューする以前の創作活動であるが、寺山は生前、父母のいない孤独な少年期をささえた最初の表現形式であることをおりにふれ語っていたし、デビュー作「父還せ」は短歌作品であるが、俳句から転生させたものが多く、さまざまな論議を呼んだことはよく知られている。

そこで、第Ⅰ部では、創作者として公的なデビューにいたるまでの、句作を中心とした創作活動から短歌作品への道程について考察しよう。

第一章　十代における句作りの精神分析的考察

はじめに

まず十四歳から開始された句作りについて論じることから始めよう。

寺山は、デビュー以来、この最初の表現形式である俳句については、故郷青森での孤独な少年期をささえ、かつ親友でありライバルでもある同級生たちと形成された豊穣な世界であることを、様々な形で語っていた。しかし、その作品世界を公にしたのは、中年期に入ってからであり、一九七三年に『わが金枝篇』[1]を、つづく一九七五年には定本とでもいうべき自選句集『花粉航海』[2]を発表し、その活動を自らの手で世に現わすに至った。

ところが、寺山の死後、『寺山修司俳句全集』[3]の出版（一九八六年）により、『花粉航海』全二三〇句のうち、一二六句が投稿誌や新聞などに初出を確認できず、半数近くの句が後年の作品である可能性が強いことが判明した。さらに、自選句集からもれた膨大な句稿の数々も発見され、実際の十代の俳句と、中年期に発

表した自選句集は、基本的に別物ととらえるべきものだということが明らかになったのである。(4)

もっとも、こうした自作の事後的な修正は、寺山の場合、これに限らずわりあいよく行われていることである。ただ、かくも大幅な修正は他には見られないし、(5)後の作品とみなされるものよりも、むしろ未発表の十代の作品の中に多くの秀句が見出されるという、坪内稔典の指摘(6)にも留意すると、単なる事後的なアリバイ工作、天才神話の捏造という視点で了解しきれる行為でもない。いったい、これはどのように解釈したらよいのだろうか。

本章ではまず、寺山の死後に編集、出版された『寺山俳句全集』をもとに、寺山の十代未収録作品がどのようなもので、十代の寺山にとっていかなる意味をもつのかを検討したい。

1　初めての母殺し

死後に編集、出版された『寺山修司俳句全集』で、未収録作品を一読して目につくのは、中年期に発表したものとはあきらかに趣の異なる、いかにも十代の作り手によるみずみずしい句作品である。

満員のバスの行方や春の泥　（中学三年）
そこより闇冬ばえゆきてふと止まる　（高校一年一月）
冬の雁――bye の一語の果てしとき　（高校一年一月）
もしジャズが止めば凩《こがらし》ばかりの夜　（高校一年一月）

水鳥を見つつペダルを踏みいそぐ　（高校一年三月）
海のホテル鸚鵡と黒ン坊は仲が良い　（高校二年五月）
黒ン坊にあらぬこと言うオウム舌赤　（高校二年五月）
窓から蝶口紅つけて名はEMIY　（高校二年五月）
部屋に月光ハートの女王《クイン》踊りだす　（高校二年五月）
橇《そり》はやし月光の町過ぎてより　（高校二年三月）
サアカスのあとの草枯帽ころがる　（高校三年四月）
もし汽車が来ねば夏山ばかりの駅　（高校三年八月）

等々、後の活動を予兆するのびやかな才能の窺える作品が、至る所に見出される。宗田安正も指摘するように、[7]高校二年の五月に発表された作品世界（第六句から第九句）[8]には、後年の演劇活動や童話の中で発揮された少女感覚が、すでに完成度が高い形で見出されるのが注目される。

だが、同時に目につくのは、そうしたみずみずしく開放的な句世界とは異質の、母を詠んだ句群である。既収録句を含め、十代に初出を確認できる母の句は、一二〇句あまり、全体（中年期に新たに発表された句を除く）の一四パーセント程度であり、これを「多い」と判断するかどうかは議論の分かれるところだろうが、印象としては圧倒的である。理由としては、何よりも、このうち約六割が高校二年の秋から冬に集中的に発表されていて、それらが独自の世界を形成しているからだが、全体の句の流れを追ってみても、最も早い時期の句と、十代最後の句の一つが、

空遠く眸に浮ぶ母の顔　（中学二年）

燕の喉赤し母恋ふことも倦む　（十九歳、昭和三〇年）

という母恋の句であり、母を詠むことと寺山の十代の句作りが不可分であることを示している。実際、高校時代の投稿句の選者、渡辺ゆき子は、「私はこの方程母の句を沢山作られる方を他に知りません」と評してもいる。(9)

寺山の句作は中学二年、十四歳前後から大学進学以降、十九歳の終わりまで続くが、短歌研究新人賞受賞後、その創作活動の重心が短歌へと移動していくので、大半は高校卒業時（十八歳）までに作られたものである。寺山はこの時期に京武久美という知己を得、句作りを開始し、ともに競い合ったようであるが、十四歳から十八歳といえば、九歳で父の戦病死を知らされ、十二歳で出稼ぎに行く母を見送った後、大叔父の家で過ごした孤独な時期である。母と別れて暮らすにはまだ幼い寺山が、句の題材として母を選んだのはごく自然なことだったのかもしれない。だが、そのことが結果的に、俳句形式に、かつて例のないあり方で、多様に、おびただしく母を刻ませることとなったようである。

発表年代順に整理し、母の句の推移を追ってみよう。

前掲の句「空遠く……」は、母と別居してから二年くらいたって発表された。残された最も古い一句が母恋いの句であるとは、実に象徴的であるといえよう。不在の母を素直にイメージとして喚起している。

中学三年時においては、とりわけ母の句が多いわけではないが、以下に見るように、架空の家族を描き出す中で、眼前にはいない母を静かに呼び起こしている。

病む妹のこゝろ旅行く絵双六
写真見て父恋う子や春浅き
切凧《きりだこ》や妹が指さす空の果て
焼芋の湯気の中なる母の笑
母と子の食事まずしきすきま風
病む母やうす桃色の寒卵
切凧を目で追う妹や空の春
手毬つく妹一人春の風

「写真見て父恋う」というのだから、何らかの理由で父が不在であり、寂しい境遇にあることは推測されるが、実際の厳しい境遇を窺うことはできない。穏やかな白昼夢のような句であるといえよう。「空遠く……」の延長上にある句だと考えてよさそうである。不在の妹を詠み込んでいるあたり、虚構を旨とした寺山らしいともいえるが、第一句「病む妹」とあり、第六句「病む母」とある。ここに「虚構地獄」とも称される寺山芸術の、方法論の起源を見て取ることもできようが、この妹も母も不在の母の代理表象として考えた方が適切かもしれない。

高校一年になると、句作は以前にもましてさかんになる。これは親友、京武久美の句が新聞紙上に掲載されたことが刺激になっているらしいが、やはり母の句がきわだって多いわけではなく、むしろ父の句が目立つ。

麦わらに父の声する風の中より　（高校一年十月）
雁渡る母と並んで月見れば　（高校一年十月）
鉦《かね》たゝき母の寝息のやすらかに　（高校一年十月）
父遅し電灯に火蛾ぶつつかる　（高校一年十一月）
ひぐらしの道のなかばに母と逢う　（高校一年十一月）
鱈船《たらぶね》は出しまゝ母は暗く病む　（高校一年）
シベリアも正月ならむ父恋し　（高校一年）
父の馬鹿泣きながら手袋かじる　（高校一年一月）
母の咳のとゞくところに居て臥す　（高校一年一月）
北風にとられじ父を還せの声　（高校一年）

父は戦死したのではなく、シベリアに抑留されて不在であると境遇を少しずらし、母は出稼ぎに行って遠く離れているのではなく、そばにいるかのように詠んでいる。現実には崩壊している家族を、虚構をまじえて心の中に再生している。厳しい条件を弱めて幻影の家族の中に自己を置き、自らの孤独を慰めているのだろうか。父の句がやや叫びを伴い、以前のものより激しさが増したようにも感じられるが、基本的には中学三年の頃の世界の延長上にあると考えられる。

だが、一月に発表された作品の中には、これまでの作品とは決定的に異なる、見逃せない一句がある。

ちゝはゝの墓寄りそひぬ合歓《ねむ》のなか

寺山はこの一句で、両親をともに亡き者としているのである。父は実際に戦死しているのだから、事実に即しているとしても、母は生きているのに、句の上で殺してしまっている。句のみならず、この時期の寺山は、短歌作品においても以下のように堂々と、母を亡き者として詠んだ作品(10)を発表しているのである。

母もつひに土となりたり丘の墓去りがたくして木の実を拾ふ
埋め終へて人立ち去りし丘の墓にはかに雨のあらく降りくる
音たてて墓穴深く母のかんおろされしとき　母目覚めずや

寺山はしばしば、「母殺しの作家」と呼ばれるが、『俳句全集』を読み解くかぎり、高校一年の時の俳句と短歌で、その最初の母殺しをしていることになる。

こうした「母殺し」の意味については、これまで、言われるほどきちんと論じられていない。多くは、作品と実人生を区別し、実人生にとらわれない虚構をつくりあげることに興じた寺山の創作態度に漠然と結びつけられるか、あるいはまた、憎むほど愛していた、というような、オレステス・コンプレックス（母に対する愛着と憎悪の両価性の表れ）に、その原因を求めるかであった。

いずれも一つの視点を与えてはくれるが、寺山の作品を年代順に検討してみると、少なくとも言えることは、母殺しは一般に言われるほど、数は多くないこと、それぞれの母殺しは、ひとくくりにできるほどスタイル化されたものではないということである。母殺しは、年代順に読むと、寺山の主体形成と密接に関わる形で必然的に出てきており、それぞれ異なった意味をもって作品に表れている。よって、単にある一つの作品の母殺しから、あるいは、全体の印象としてイメージされる母殺しから、一挙にその意味を確定することは、避けなければならないのではないだろうか。

では、この最初の母殺しについては、いかに考えるべきであろうか。前述の説のいずれにもある程度関わってくるのは間違いがないが、本章では、これを、フロイトが「快感原則の彼岸」[11]の中で記した、子供のフォルト・ダー（Fort-Da）遊びと関連づけ、メタ心理学的な視点でとらえてみたい。フロイトが見出したフォルト・ダー遊びとは、よく知られているように、生後一年六カ月の子供（孫エルンスト）が、自分の手にしたおもちゃの糸巻きを放り投げては引き戻し、「オーオーオー」、「ダー」という音をたてる行為をくり返していた、というものである。フロイトはこれを、子供が、「フォルト、ダー」（日本語で、いない、いた、にあたる）という対立する音韻をくり返すことで、糸巻きを相手に母親との別離と再会を演じつつ、母の不在という不快にたえている遊戯であると解釈しており、ラカンもまた、言語活動への到達とそれに伴う喪失の次元を明るみに出すものととらえている。寺山の十代の句作りが、母と別れて暮らす中で主体形成と不可分な形でなされていたと想定すると、ここに出現した寺山の母殺しの句は、精神分析でいうところのフォルト・ダー遊びに匹敵する、不在の母の象徴化の開始として読むことが可能である。

2　フォルト・ダー遊びとしての母の句

実際、この母殺しの句以降の父と母の句には、それ以前のものと比べて決定的な変化が見られる。まず、高校二年の五月の句を見てみよう。

冬凪や父の墓標はわが高さ
春の虹手紙の母に愛さるる
母とわれがつながり毛糸まかれゆく

はじめて、みずからの境遇を率直に反映した句が詠まれている。父はシベリアに抑留されているのではなく、亡くなっているのであり、母はいっしょに暮らしているのではなく遠く離れていて、手紙だけが二人をつないでいる。それゆえに母とのつながりは一層深いものになりつつあることを、これらの句は示している。これまでは、不幸な境涯を少しずらしたりしながら、不在の母や父を白昼夢のようなイメージで覆うことで願望を充足させていたわけだから、やはり明らかに変化が見て取れる。とりわけ、第一句など、自らの背の高さと父の墓の高さを比較し、不在の父の存在を感じつつ、自己を位置づけており、直立した石や立った人体にファルスを見るラカン(12)の見解に従えば、まさにこの墓の高さは参照項としての象徴的ファルスであり、ここにおいて句の中の父は、想像的次元から象徴的次元へと変化していることになる。

そして、九月、

母と別れしあとも祭の笛通る
べつの蟬鳴きつぎ母の嘘小さし

という、母を異性としてとらえた実に美しい母恋の句を経て、十月から翌年の冬にかけて発表された母の句は急激にその数を増やし、「作品」というより、実人生における母子の別居という条件に係わる、「症状」とでもいった方がよい句群を形成している。

中には、

山ぶどう母とのぼりし日の記憶　（高校二年十月）
短日の影のラクガキ母欲しや　（高校二年十月）
山鳩啼く祈りわれより母ながき　（高校二年十一月）
母恋し秋刀魚が焦げて壁よごす　（高校二年十二月）

のような素朴で美しい母恋の句もあるが、多くは以下のように、設定を様々に変えて母の現前と不在を、とりわけ不在を、ゲームのように、しかし切実に詠み込んでいる。

海のイェンニーわれも写真の母疎し　（高校二年十月）
マスクして母の瞳受くるすべもなし　（高校二年十一月）
遠雪崩にペン置く母も寝し頃か　（高校二年十一月）
聖前夜唄えどそばに母存らず　（高校二年十二月）
病室聖夜マスクが母をへだており　（高校二年十二月）
聖前夜鉄びん母に向いて噴く　（高校二年十二月）
冬雷や覚めやすきこと母に告げず　（高校二年十二月）
冬畳の陽より拾ひし母の髪毛　（高校二年十二月）
母の髪毛炉に朝の日が洩れかしぐ　（高校二年十二月）
母なき食卓冬灯の下で皿触るる　（高校二年十二月）
足袋脱ぐや畳つめたく母あらず　（高校二年一月）

中でも注目すべきは、

白き母孤児のひるねに猿を抱く　（高校二年十月）

のような、あざとささえ感じさせる特異な句である。これを単に、虚構性が増しているととらえるべきではないであろう。

母はきのうも／よその子を抱いた

というフレーズで終わる「秋」という詩がやはり高校二年の時に発表されていることを考えてみても、この句は、糸巻き遊びになぞらえるなら、母によその子を抱かせるという、切実で屈折した「フォルト」なのではないだろうか。

さらに同様な例として、

眠る孤児木枯に母奪られしか　（高校二年十月）

がある。眠っている間に木枯らしに母を取られてしまうというイメージで、母の不在に耐えている。そして、次のような形で、母の現前（「ダー」）を句に詠み込んでもいる。

落穂拾ひ母とこのまゝ昏れてよし　（高校二年十一月）
短日の望遠鏡の中の恋　（高校二年十月）
望遠鏡大根畑に母を見たり　（高校二年十一月）

さりげない母の句のようであるが、第一句では幻影の中で遠く離れている母と一体化し、第二、三句では、東北と九州と遠く離れればなれになり、「望遠鏡」を使ったところで見えるはずもない母を幻影のうちに見る、という形で母を現前させている。会いたくても会えない距離が、さまざまな設定において母を呼び寄せ、「望遠鏡」という言葉を使わせたのではないだろうか。

また、

鬼灯《ほおずき》赤し母より近きものを恋ふ　（高校二年一月）

は、遠い母を恋しく思うより、近くにいるものを愛せないかと思っていることを詠んだ句であるが、そう詠んでみたところで、そのようなものはないのだろう。こう詠むことで母をあきらめようとしているのである。

さらに、

雁来紅母の妊まん日を怖る　（高校二年一月）

よその子を抱く母というイメージの延長上にある句である。こんなにもいとしいと思っている母が自分以外の子の母となる。想像しただけで恐ろしい、というわけである。あきらかに母不在の苦痛に耐える幼児の、フォルト・ダー遊びとしてとらえるべき作品群ではないだろうか。フロイトがこの糸巻き遊びについて、「子供は自分の手にすることができるもので、母親が『いないいない』と『いた』になることを自分で演出していたのであり、これで、欲動の放棄が償われていた」とし、「子供は最初は受動的であって、経験に見舞われたのであるが、次に能動的な役割を演じて、不快に満ちたこの経験を遊戯として繰り返した[13]」と書いていることと、呼応していると考えられる。母を死なせ、母を木枯らしに奪われたとし、見えるはずのないところに母の姿を見、母より近い者を恋うといって母をあきらめようとし、母がはらむという最悪のイメージで母の不在に耐えており、在—不在の振幅はいよいよ激しさを増している。

3　フォルト・ダー遊びとしての孤児の句、蝶の句

ところで、ラカンは、フロイトが観察したこの糸巻き遊びが、「子供が代理物を獲得することによって母の消失の埋め合わせをしている」のではないこと、そして、「母の回帰を呼びかける欲求、単に叫び声によって表される欲求の反復」ではないことに、注意を促している。[14] それはフロイト自身も以下に書いているとおりである。

母親が姿を現すことを再現するのが、この遊戯の本来の意図であったと説明できるかもしれない。しかしこの説明は、「いないいない」という最初の場面が、それだけで遊戯として演じられていたこと、しかも喜びに満ちた結末をもたらす「いた」の場面よりも、はるかに頻繁に演じられたという観察に矛盾する。[15]

そもそもこの論文のタイトルは「快感原則の彼岸」だった。糸巻き遊びの子供がフォルト・ダーの音韻対

立によって喚起していたのは、あくまで母の代理物ではなく、母の不在という不快だというわけである。確かに、寺山の句においても、はじめは母の代理物を句の中に喚起し願望充足していたのだが、母殺しの句の後、句において執拗に喚起されていたものは、むしろ母の不在、母の剝奪という苦痛であった。

フロイトは、こうした快感原則を凌ぐ反復強迫の観察から、快感原則（と現実原則）の彼岸に「死の欲動」を想定するのだが、ラカンもまたこうした見解を継承し、「死の欲動」の働きとしての「ものの殺害」、つまり、自己と一体となった母の存在そのものを消去することによって、幼児は、「現前と不在という現象を超えて、象徴の次元と関わる」とした。[16]幼児は、フォルト・ダーの音韻対立を介して参入することが可能になった象徴の次元において、母の不在をくり返し喚起することで、母を断念し、その喪失を統御し、自らの欲望の次元を高めていくというのである。

だとすれば、今とりあげた母の句のみならず、それらとちょうど同時期に発表され、先の母の句群に同伴した、一連の孤児の句もまた、同様に、フォルト・ダー遊びになぞらえることができるのではないだろうか。まさしく、「孤児」という語はシニフィアン（主体を代表象するディスクールの要素）であり、これをくり返し喚起することで苦痛を統御すると同時に、欲望の対象を構成するのである。

実際、すでに引用した母の句の中にも、

　白き母孤児のひるねに猿を抱く

　眠る孤児木枯に母奪られしか

のように、孤児という語の使用が見られたが、これ以外にも、寺山は、以下のように、この時期、「孤児」という語に導かれるように、集中的に二〇句近い句を作り上げている。

芋投げて孤児は狸に和し易し　（高校二年十月）
孤児昏れて狸の檻にまだいるか　（高校二年十月）
崖の孤児秋晴へ出て火創れり　（高校二年十月）
遠き雷草で手を拭く孤児がゐて　（高校二年十月）
赤とんぼ孤児は破船で寝てしまふ　（高校二年十月）
短日や孤児の母の名駅柵に　（高校二年十月）
ふるみぞれ廃塔の孤児鶏むしる　（高校二年十月）
冬服の孤児の記憶に砲車鳴る　（高校二年十一月）
駅の星孤児はビラもて靴拭う　（高校二年一月）

こうした孤児の句は高校二年の十月に始まり、翌年の二月あたりまで続くのであるが、とりわけ十月、十一月に集中している。寺山はこの間、孤児という言葉をくり返し用いることにひたすら興じているようである。第一句は、孤児は家族から切り離されているから、人間よりも動物の方に近しい気持ちを感じていることを表出した句であるが、他の句においても、母や家庭や一般社会に見離された自己を、「孤児」という言葉に託して執拗に詠み込むことで、何かを得ているようである。第三句では、この孤児がそれまで「崖」にいたことがわかる。

孤児という言葉自体は、中村草田男や西東三鬼の作品によって、当時の俳壇においてとりわけ珍しい言葉ではなかったようだし、実際、寺山が残した当時の文章から、寺山の仲間内でこの言葉がかなり使われていたことがわかる。とりわけ、寺山を句作りへと誘い、寺山同様父を戦争で失っている親友、京武久美がこの時期に発表した句の半分が孤児の句であることから、この言葉を句にもちこんだのは寺山ではなく、おそらく京武であろうと考えられる。しかし年代順に母の句を読み進めてみると、この言葉によって当時の寺山自身の句作りがことさらに刺激されたように見えることは、理由のないことではないことがわかる。

寺山はすでに、孤児という語を用いる前から、母や家庭や一般社会に見捨てられた寂しい孤児の姿を、蝶に託して句の中に喚起していた。しかもそれは、先にあげた母殺しの句の直後から始まっていた。言葉の上で父だけでなく母をも亡きものとし、自らを捨て子とみなす視点を得た寺山は、以下のように、幻想の家族の外部に出た孤独な分身として、定位置をもたぬ寂しい蝶の句を作り始めていた。

記憶古りて凍蝶《いてちょう》の翅欠きやすし　（高校一年一月）
いま逝く蝶声あらば誰か名を呼ばむ　（高校一年一月）
さむき掌にゆきどころなき蝶這わす　（高校一年一月）
飛びおはりそこを冬蝶の位置とする　（高校二年五月）

こうした蝶の句を作り始めていた寺山にとって、「孤児」という言葉との出会いは、とりわけ句作りの琴線にふれるものだっただろう。作句仲間に対するライバル意識も、それに拍車をかけたことだろう。もっとも、蝶の句は孤児の句に吸収されてしまうことはなく、ひきつづき以下のように、孤児の句に同伴したようである。

葬列を蝶待ちきれず麦生《むぎふ》へ越す　（高校二年十月）
子守唄凍蝶を母の影おゝふ　（高校二年十二月）
凍蝶とぶ祖国悲しき海のそと　（高校二年十二月）

こうして見ると、寺山は、先にフォルト・ダー遊びになぞらえた母の句に先立ち、高校一年一月の母殺しの句の直後から高校二年にかけて、蝶や孤児を詠んだ句によって、捨て子としての自己を、言葉の上で何度も繰り返す作業に力を注いでいたことになる。これがフロイトのいうフォルト・ダー遊びなくて何であろうか。

そしてまた、昭和二十七年に作られた、

まわれ独楽食卓に母かへらぬ日
独楽まわれ遠き日向に母食うわ

という句は、孤児という言葉こそ用いていないものの、独楽はあきらかに、句の中に何度も呼び起こされていた捨て子としての自己であり、独楽の回転は、反復強迫の根底に想定される死の欲動の形象のようでもある（「梅雨の雷赤き回転椅子まわれ」という句もある）。これらはまさしく、フォルト・ダーの糸巻き遊びそのものの光景を表出しているのではないだろうか。

4　他者の欲望の設立

だが、こうしたフォルト・ダー遊びになぞらえることができる句群も、年があけるとだんだん数を減らし、二月には、

万緑によごれし孤児が火を創る

という輝かしい孤児のイメージとともに、事実上消失する。捨て子幻想のとりあえずの終息であると考えられる。孤児の句を作り始めた十月の句の中に、「崖の孤児秋晴へ出て火創れり」があったが、まさにこの句に呼応しているといえよう。句作りによって、孤児は崖っぷちからはい出たのかもしれない。

もちろん、高校三年になっても、あいかわらず母を多く詠んではいる。しかし、それは前章で引用した捨て子幻想に彩られた句群とは、一線を画すものである。たとえば、

花売車どこへ押せども母貧し　（高校三年四月）

夏雲離々貧しさのみの母あれど　（高校三年五月）

桐広葉いつより母にかがむ癖　（高校三年六月）

のように、異郷で働く母の境涯を思いやった優しい句が増えている。明らかに、母をみつめる眼の位置が変化している。ここでは母に見捨てられて苦しむ捨て子が、すっかり影をひそめているのである。

夜濯《すす》ぎの母へ山吹流れつけよ　（高校三年八月）

を唯一の例外として（これとても母を思いやる青年の視点で詠まれており、ここに捨て子の影はない）、高校二年の時に見られた凄みのある句、屈折した句はほとんどなくなっている。それは孤独な自己を、穏やかな白昼夢のようなイメージで埋め合わせていた初期の句とも異なっている。そうした変化を考慮すれば、やはり、前掲の句「万緑によごれし孤児が火を創る」において、「万緑によごれ」、「火を創る」孤児をイメージとして定着することによって、捨て子幻想は極まったと考えてもよいだろう。その証拠に、これ以降、孤児という言葉を用いた句は作っていないし（ただし蝶の句は、高校三年になってから「初蝶ぬけし書店の暗きに入る」など二句作っている）、「万緑に……」という句については、よほど気に入っていたのか、少し言葉をかえてさらに二度、別の雑誌に投稿し、掲載されている。「万緑によごれし」とは特異な表現であるが、寺山の投稿雑誌に「万緑」という名のものがあり、また、寺山がきわめて強く影響を受けた俳人、中村草田男の句に、

万緑の中や吾子の歯生え初むる

という作品があることから、それらに触発されてつくられた作品であることはまちがいがない。だとすれば、「万緑によごれ」とは、他者の言葉である先行する俳句にまみれながら、句作りを続ける自己のありようを示し、「火を創る」とは、そうした手垢にまみれた他者の言葉から錬金術のように、未だない新たな句を創造しようとする自己の意志を示したものだ、という解釈もできそうである。

では、なぜ、寺山はこの孤児の句によって、フォルト・ダー遊びを終えることができたのだろうか。

すでに、フォルト・ダー遊びに関するラカンの見解にふれたが、さらにラカンは、次のようにも書いている。

いない、Fort！ いた、Da！ 小さな人間の欲望が他者の欲望となるのは、すでに彼の孤独のうちにおいてである。他者とは、彼を支配する他我であり、その欲望の対象は、それ以後彼自身の苦痛そのものである。(17)

ここには、糸巻き遊びにおいて引き出されるものが、「他者の欲望」、「他我の欲望」という言い方で表現されている。これはもちろん、象徴の次元で自己の苦痛が喚起されていることと、ほぼ同じ意味なのであるが、こうした視点で先にとりあげた句を読み直してみると、確かに、ラカンの言うように徐々に、自らの苦痛を他者の欲望と化していく過程としてとらえることができる。

たとえば、前章で引用した蝶の句、

さむき掌にゆきどころなき蝶這わす

子守唄凍蝶を母の影おゝふ

には、寂しい捨て子としての自己を、「他我」（この場合は母）の視点で見ていることがはっきり出ているし、さまざまな設定において、苦痛にみちた母子の分離を繰り返し句に詠むありよう（第2、3節参照）は、現実の苦痛にみちた母子関係の外に出て、他者（母ないしは第三者）の立場から、自らの被った苦痛を見つめ統御していこうとする姿だと解釈できるものであった。それは先にあげた独楽の句によく現れていた。

母恋し田舎の薔薇と飛行音　（高校二年十二月）

夜の海に捨つ薔薇母と逢へぬなり　（高校二年十二月）

のような、やや芝居がかった設定で母の不在を表出する句にいたっては、そうした言葉による演出それ自体が目指されているようであり、詠み手の位置は明らかに、演出者としての他者であると考えられるものだった。こうしたありようには、反復されるに従って、徐々に苦痛にみちた母子関係を対象化する他者の視点を獲得していく過程が見出され、それに伴い、句の中に喚起される捨て子のイメージも微妙に変化をとげ、孤児の句の中には、

秋耕や孤児がねころぶ海の丘　（高校二年一月）

のような、孤児のイメージを肯定的にとらえる句も出現してくる。

「万緑に……」という孤児の句は、こうした過程を経て発表されたものであり、反復強迫による象徴形成のきわまりにある句だといえる。緑の横溢する世界に、孤児が赤々とした火を創るという鮮烈な視覚的イメージは、俳句地獄にまみれながら、だれも作ったことのない作品を創らんという意志を含意し、他者の永遠の欲望の対象として結実したのだと考えられる。不在の母を求めてやまない苦しい欲求の場を、象徴形成によって反転させ、創造する孤児を他者の永遠の欲望の対象とすることで、苦痛にみちた捨て子としての自己をシニフィアンの中に疎外し、分離を果たしたのである。新しい欲望主体の成立である。

5　父の句

このようにフォルト・ダー遊びになぞらえられる句作りが、他者の欲望を設立する過程であり、かつ、「万緑……」という孤児の句において、新たな欲望の主体が成立していることを、別の面から示すのは、父の句である。数こそ少ないものの（十代に初出を確認できる父の句はわずかに一八句である）、父の句は要所要所で重要な位置を占めている。既に、

ちゝはゝの墓寄りそひぬ合歓のなか

という句を境にして句が変化をみせていることや、その後に詠まれた、

冬凪や父の墓標はわが高さ

において、句の中の父が象徴的意味をもつことを指摘したが、先に検討したフォルト・ダー遊びになぞらえられる句とぴったり合致する時期に、次の三句が発表されている。

蜥蜴《とかげ》にくし昭和の墓へ父の名も　（高校二年十月）
木の葉髪父が遺せし母と住む　（高校二年十月）
冬服を着て父よりも才疎し　（高校二年十一月）

第一句では、「昭和の墓」に「父の名」を刻み、戦死した父を敬虔に弔い、第二句では、母を「父が遺せし」と詠み、第三句では、「父よりも才疎し」と、みずからを低める形で不在の父に高さを与えている。すでに見てきたように、きわめて徴候的な母の句を実にたくさん作っており、一見すると父などまるで存在しないかのように、圧倒的な母子の世界を構成していると見られるのであるが、その母はあくまで「父が遺せし母」なのであり、象徴的な意味での父は、けっして排除されてはいない。それどころか、第三句では、す

でに死亡し、記憶の上でも自らを圧倒してくることのない不在の父に、自らを低める形で高さを与えているほどであり、むしろ父は敢えて強められているかのようだ。

そもそも、フォルト・ダー遊びにおける他者の欲望の導入は、新宮一成によれば、「母は、欲望の対象としては否定され」、「エディプス的な欲望制止の原型を作る」[18]ものである。とすれば、こうした一連の父の句がこの時期に作られていたことは、決して意外なことではなく、むしろ必然的であるということになる。実際、続いて以下のような馬の句が発表されている。

雪の馬主張に母を欠くことも　（高校二年十一月）

聖前夜馬が海への道ふさぐ　（高校二年十二月）

いずれも一句だけだとよくわからないが、最も激しく母の句が詠まれた時期のものであり、先の父の句に続いて発表されていること、そして第二句が「聖前夜鉄びん母に向いて噴く」と同時に発表されていることを考慮すれば、馬というファルスを象徴する形象によって母を断念することが示唆されたと考えられ、これらを、精神分析でいうところの去勢に関わる句であると見なす根拠は十分にある。

もちろん、十代の寺山は、ラカンもフロイトも知らないのであるが、思春期から青年期への移行期を迎え、再び回帰してきたエディプス的な危機に直面し、そうした危機とその解消の過程を句の中に刻んだのだと考えられる。

先にみた「万緑によごれし孤児が火を創る」は、こうした危機を解消したあとの句であり、そしてまた、

その直後に

鷹舞へり父の遺業を捧ぐるごと　（高校二年三月）

が詠まれていることを考え併せても、寺山はこの時期、句作りによって他者の欲望を導入し、主体形成をなしたのだと考えられる。また、高校三年の時の母の句が優しくなり、それまでの句と視線の位置が変化しているのも、そうした理由によるものであろう。

この後、高校三年になると、母を見つめる優しい句の傍らで、中村草田男が「たとえ作者に父親がいたとしても通用する」、まさに「父性の具現」と評した秀句、

麦の芽に日当るに類ふ父が欲し　（高校三年九月）

などを経て、二月には、高校二年の五月に発表した父の句に呼応する、

雲雀あがれ吾より父の墓ひくき

を発表している。高校二年の時には、父の墓標と同じだった背丈が、高校三年の二月にはそれを越している光景が目に浮かぶ。やはり、この句でも、墓の高さは、参照項としての象徴的ファルスとして機能している

ようである。

このように、母より数こそ少ないが、父はしっかり句に詠み込まれ、確かな位置を占め、寺山の主体形成の過程を窺わせる。母や捨て子もどきの自己を複雑に作品化する傍らで、不在の父の像を抽象的ではあるがしっかりと形象化し、まっすぐに父に同一化しており、意外なほど「健康な」主体形成の痕跡を残している。

浴衣着てゆえなく母に信ぜられ　　（高校二年十月）
麦笛を吹けり少女に信ぜられ　　（高校三年二月）

などにも、少女は母の代理形成としてあり、詠む主体がエディプスを通過して形成される異性愛のポジションにあることを窺うことができ、そうした「健康な」主体形成過程を示してもいる。むろん、「健康な」とはいっても、書くことによってかろうじてささえられている主体形成であり、どこまでも父は具体的な像を結ばないという意味では、尋常ではないといえる。しかし、寺山が自ら認めていたオレステス・コンプレックスを再検証するかのような、圧倒的な捨て子幻想と母恋に彩られた十代の句世界に、こうした形で確かに父の名が機能していることは、見過ごせないことではないだろうか。

考えてみれば、寺山は五歳で父を戦地に見送っているが、五歳といえば、エディプス期を終了している。そしてその後も、「窓べりに備えられた父の陰膳が父を存在させ」、「父不在の日々に耐えていった」(19)という。確かに寺山には、具体的な父は既に不在だった。だが、エディプス期終了後、不在の父の象徴化は、半ば母の手によって、また半ば寺山自身の句作りによって、不断になされていたのだといえよう。

6　結論

以上、寺山の十代の俳句が、みずみずしいのびやかな言葉の才能を示すもの（第1節冒頭参照）である一方で、本章で主にとりあげた句のように、思春期における父の不在、母との別離という条件に由来する神経症的傾向と、その乗り越えを示すものであることを見てきた。母恋いの句は確かに圧倒的だが、発表年代順に読むと、母の句は他の句との関わりで微妙に変化している。宗田の指摘するように「書けば書くほど恋しくなる」という側面は確かにあるにしても、むしろ、フォルト・ダー遊びになぞらえられる一連の句群を通して、母は欲望の対象としては否定され、創造する孤児として新たな欲望主体が形成されている。そこでは、全体の印象としては希薄な「死せる父」のシニフィアンが確かに機能しているのである。それゆえ、父の名の機能が弱い[20]という寺山評が当たっているとしても、そして、具体的な父が不在で、支配的で所有欲の強い母をもつという生活史が、母殺しの統合失調症者のそれに近いものがあるとしても、本章で検討してきたような幻想活動が行われ、父の名が排除されていないという点では、寺山はむしろ統合失調症から隔てられている。[21]

もっとも、父は書くことによってかろうじて補われているともいえるし、寺山自身、父というものがよくわからないというような発言をしばしばしており、後の演劇活動では（ファルスをもった）母と懲罰を求める息子という倒錯的形象が徴候的に現れ、それは徐々に父の法を排除していくかの様相を見せ始める。そしてその過程で十代俳句にも大きく手を加え、第五章で詳述するように、上に見たような句は排除され、別様の趣をもったものへと書き換えられてしまう（その際、第1節冒頭に引用した、十代の作り手らしいのびやかで開放的な句もまた消去された）。

だが、寺山のそうしたありようも、第II部で述べるように、本章で検討してきたエディプス的幻想を下絵とした独自の書き換えの過程である、という見方が可能である。その意味で、生前寺山の手によって発表されることはなかったが、思春期におけるエディプス的幻想スクリーンを現出させている十代の俳句は、寺山作品を検討する上で、作品としての価値を超えて、きわめて重要だといえるだろう。

ちなみに、十代俳句について検討した論文として夏石番矢のものがある。[22] 夏石論文は、十代俳句を父、母、孤児、蝶の句などを中心に検討しているという点で、本書と近い見方をしているが、寺山の十代の俳句が印象的には母の句が圧倒的であるものの、シニフィアンの連鎖として年代順にとらえれば父が要所で決定的に機能していることや、十代の母や蝶の句と中年期のそれとは決定的な相異がある（第五章で詳述）ことには注目していない。そのため、夏石は、寺山の晩年における俳句への回帰も、十代同様、母性を求めてのことであったろうと推測している。しかし私は、以上のようなことから、たとえ母を詠んだとしても、十代のものとは別様の趣をもつものになったと推測している。これは、寺山の十代の句作りを、主体形成の過程としてとらえ、フロイト－ラカンを導入して分析してこそ、見えてくることなのである。

注

（1）寺山修司『わが金枝篇』、湯川書房、一九七三年。
（2）寺山修司『花粉航海』、深夜叢書社、一九七五年。
（3）寺山修司『寺山修司俳句全集』、新書館、一九八六年。

既発表作品二八〇句に、新たに六二〇句におよぶ未収録作品を加える形で、一九八六年、新書館から、『寺山修司俳句全集』が出版され、一九九九年には、さらに九五句の未収録作品を加え、あんず堂から『寺山修司俳句全集・増補改訂版』〈全一巻〉が出版された。

（4）このあたりの経緯については、編者の一人である宗田安正の解説を参照されたい。

（5）寺山は短歌についても、自身の手で全歌集を出版するときに、大きく手を加え編集し直しているが、俳句全集のように大幅に新作を挿入することはしていない。

（6）坪内稔典「〈評釈〉寺山修司の俳句20句」、『国文學　解釈と教材の研究』、學燈社、一九九四年二月、三四―四一頁。

（7）『寺山修司俳句全集・増補改訂版』〈全一巻〉、四六二頁。

（8）「海館風景」と題された一一句より。同書、一五二―一五五頁。

（9）同書、四五一頁。

（10）寺山はつ『母の蛍――寺山修司のいる風景』、新書館、一九八五年、一五二頁。

（11）Freud, S., Jenseits des Lustprinzips, G. W. XIII, pp. 3-69.（中山元訳「快感原則の彼岸」、『自我論集』、ちくま学芸文庫、一九九六年、一一五―二〇〇頁）

（12）Lacan, J., Le Séminaire Livre IV, Seuil, Paris, 1994, p. 51.（小出浩之訳『対象関係』上、岩波書店、二〇〇六年、五九頁）

（13）Freud, S., Jenseits des Lustprinzips, G. W. XIII, p. 13.（『自我論集』、一二七―一二八頁）

（14）Lacan, J., Le Séminaire Livre XI, Seuil, Paris, 1973, pp. 60-61.（小出浩之他訳『精神分析の四基本概念』、岩波書店、二〇〇〇年、八二―八三頁）

（15）Freud, S., Jenseits des Lustprinzips, G. W. XIII, p. 13.（『自我論集』、一二八頁）。

（16）Lacan, J., Le Séminaire Livre I, Seuil, Paris, 1975, pp. 195-196.（小出浩之他訳『フロイトの技法論』下、岩波書店、一九九一年、二〇―二三頁）

（17）Lacan, J., Fonction et champ de la parole et du langage en psychanalyse, Écrits, Seuil, Paris, 1966, p. 319.（竹内迪也訳「精神分析におけるパロールとランガージュの機能と領野」、『エクリ』I、弘文堂、一九七二年、四三五頁）

（18）新宮一成『ラカンの精神分析』、講談社、一九九五年、一五四頁。

（19）栗坪良樹編『新潮日本文学アルバム56　寺山修司』、新潮社、一九九三年、六頁。

（20）佐々木孝次・伊丹十三『快の打ち出の小槌』、朝日出版社、一九八〇年、一六二頁。

(21) ラカンは、精神病を、先にみた父の隠喩の機能が不成立あるいは不完全である事態として説明している。
(22) 夏石番矢「寺山修司の母なる俳句」、『ユリイカ』、十二月臨時増刊、一九九三年、一五九―一六七頁。

第二章　デビュー作の模倣問題と鏡像段階

はじめに

寺山修司は、一九五四年、十八歳（大学一年）で受賞した短歌研究新人賞において、表現者としての公的なデビューを遂げている。前章で見たように、すでに高校時代には俳句を中心とした旺盛な創作活動があったが、表現者として名を得たのは短歌においてであった。そのデビューについては、清新な才能に対する惜しげもない賞賛に浴する一方で、多くの批判にさらされもしたことは、しばしば言及されるところである。デビュー作「チェホフ祭」(1)に、中村草田男の句や自作の句の引き伸ばしとみなされる短歌がたくさん見つかり、匿名時評で「模倣小僧」と批判され、苦境に立たされたのである。こうしたデビュー作をめぐるトラブルについては、結局、編集者中井英夫が寺山を守り、寺山もまたこうした批判に果敢に応戦し、一応の決着を見ている。(2)近年の寺山関係の書物においても、(3)デビュー時の模倣問題などに見られる危うさを指摘しつつも、それを凌駕する寺山の特異な才能、独自の方法論を指摘する好意的な論調のものが多い。

ところが、『虚人寺山修司伝』(4)においては、この問題が再度むしかえされている。著者田澤拓也は、寺山の常軌を逸した虚言癖や、盗作もどきの行為などに見られる詐欺師的性質、負けん気が強く、勝つためには手段を選ばないような自己顕示欲など、もっぱらネガティブな面に焦点をあてつつ、寺山の半生を綴っており、このデビュー作についても、寺山のそうしたパーソナリティを投影する形で記述している。近親者や賛同者による好意的な著作の刊行が続く中で、こうした視点で一冊をものす著者のアプローチは、カリスマの仮面を剝ぐという目的もあるのだろうが、その視点はいささか暴露本めいた俗っぽさにみちており、多くの問題をはらんでいる。しかし一方で、評者たちが公的な場でコメントする時に暗黙のうちに封印してしまう、一面の真実を照らしていることもまた事実であり、本章では、田澤が見ようとしているものを考慮しつつ、いまだにこうした詮索をよびよせ、決着がついたとはいいがたい寺山のデビュー作をめぐる諸問題を、改めて考察してみることにする。

1　徴候としてのデビュー作

問題になったデビュー作を見てみよう。

向日葵の下に饒舌高きかな人を訪わずば自己なき男　(人を訪はずば自己なき男月見草)

かわきたる桶に肥料を満たすとき黒人悲歌は大地に沈む　(紙の桜黒人悲歌は地に沈む)

括弧内は、それぞれ中村草田男、西東三鬼の俳句であるが、いかにしてもそれらの句をぬきに考えることができない歌である。いずれの歌も他の俳人の句が原型をとどめており、「模倣小僧」という批判をあびたゆえんだろう。また、以下のように自作俳句の引き伸ばしも多く見出され、問題になったようである。

桃太る夜はひそかな小市民の怒りをこめしわが無名の詩　（桃太る夜は怒りを詩にこめて）

音立てて墓穴ふかく父の棺下ろさるゝ時父目覚めずや　（枯野ゆく棺のわれふと目覚めずや）

向日葵は枯れつつ花を捧げをり父の墓標はわれより低し　（雲雀あがれ吾より父の墓ひくき）

暗黙の了解事項として俳壇と歌壇（さらには詩壇も）が区別され、その越境を試みることは、当時ほとんどなされておらず、それは「インモラル」な印象を与える行為でもあったという。(5)

こうして改めて問題になった作品を抜き出して見ると、確かに剽窃の傾向を否定することはできない。しかし「引き伸ばされた」方の短歌はそれ自体、作品としてすぐれているものも多く、また、俳句の乾燥した叙情性は、短歌に新たな息吹を与えることにもなっており、結局この問題は、寺山作品の評価者により、本歌取り、パロディ、言葉の魔術師としての才能を示すものとして、一応の決着をみることになったようである。

しかし、あくまで寺山のパーソナリティにこだわる田澤は、句作りを競った親友、京武久美からさえ、インタビューによって、問題のデビュー作をそうした寺山のパーソナリティに関係づけるかのようなエピソードを引き出している。

たとえば、寺山は早稲田大学入学のために上京後、故郷にとどまった京武を呼び寄せているが、その時、決定的に異なってしまった二人の運命を見せつけるかのような応対をしていること、それを境に「あけっぴろげの友情」は終わりを告げたこと、大学一年の時に受賞した短歌研究新人賞受賞の公的な発表を前に、寺山はわざわざ「急行列車で一晩かけて」帰郷し、「オラ、昭和の啄木になったんだ」と告げたこと、そして、新人賞受賞作に中村草田男や自作の俳句の引き伸ばしが多く見られたことについても、京武は「よくもこんなことが堂々とやれるな」と思ったこと、などを記しているのである。

すでに京武は幾度か、少年時代の寺山について適度な距離をもった好意的な文章を書いており、盗作すれすれの作風についても、「積み上げた俳句誌から手あたり次第一冊を抜きとっては、自分のこころを俳句的風景に染めあげ、つぎつぎに作品を誕生させる、この見事なまでの演出。たとえ、模倣が下地であったとしても、発想を逆転させることによって言葉をアレンジし、たちまち寺山調に生まれ変える手際のよさは、まさに言葉の魔術師であった、と言える。（中略）いまでも、自分の好きな言葉を発見したときの、本からあげたよろこびの顔を忘れることはできないでいる」(6)と書きつづっていたことを思えば、田澤に語ったこれらのエピソードが、京武本人の言葉であるとはにわかには信じがたい。しかし、こうしたエピソードがあながち田澤の悪意に還元される作為とも思えない。

というのも、田澤は、京武が高校一年の時に「父還せ空へ大きく雪なぐる」という句を作り、これは高校三年のときに寺山らが開催した「第一回全国高校生俳句コンクール」で第一位になったという事実をひきだしているが、寺山の受賞作の原題は、まさしく「父還せ」だったからである。編集者中井英夫が、十代のみずみずしい才能を前面に出す目的で、投稿原稿から一六首を削除し、タイトルも「チェホフ祭」と変更して受賞作を発表したため、現在、入手できる歌集からは痕跡が消されているが、まぎれもなく寺山は、「父還せ」という連作を作って投稿していたのである。「還せ」の字も、京武の俳句と同じである。京武の俳句の引き伸ばしもあったようで、ここにライバルであり、親友でもあった京武に対する攻撃欲動を見ないでいることは難しい。ここには、何かしら徴候的なものがあるといってよいだろう。

2　他者の欲望

しかし、こうしたデビュー作に痕跡を残す寺山の「徴候」は、はたして、田澤が見たがるような、寺山のパーソナリティに帰せられるものなのだろうか。

ここで導入したいのは、ラカンの鏡像段階論、および「人間の欲望は他者の欲望である」というテーゼである。というのも、高校時代の寺山と京武の句作りは、まさしくこうした概念を導入することで、そのありようがよく見えてくるような性質のものであり、京武に対する攻撃欲動は、そこに由来するものと想定されるからである。

そもそも、寺山の句作りに火がついたのは、高校一年の秋、京武の俳句が地元新聞に掲載されたのがきっかけだった。京武は、そのことを次のように書いている。

中学時代、俳句に見向きもしなかった寺山だったが、高校一年の夏、ぼくの俳句が地元新聞に掲載されたことから、競争意識をむきだしにして、急に俳句に熱中し出した。ぼくとの格闘がはじまったのである。

傑作が出来たといっては、翌日まで待つことが出来なくて、どんなに遅くとも、どんなに吹雪いていても、寺山は、ぼくの家にやってきた。にやっと笑うと、俳句を書いた紙を突き出し、どうだと言わんばかりに、ぼくの顔色をうかがった。例のとおりぼくは、無言のまま、作品の上に二重丸や一重丸をつけて寺山に渡すと、急いで目を通し、自分の自信作に二重丸がついていないときには、見る目がないとか、わからないんかなあと言って、熱っぽく作品の背景やできるまでの過程を語り出すのが常であった。ぼくが、うなずくまで、それは時間に関係なく続けられた。ある時など、翌日、学期末試験があるというのに、露地の外燈のあかりの下で、延々と続けられたこともあった。しかも雪がしきりに降っている寒いなかで。(7)

これについては寺山もまた、新聞紙上ではなく、青森俳句会の雑誌「暖鳥」にその名を見つけたときのこととしつつも、次のように述べている。

……京武久美という名と、彼の俳句が一句印刷されてあるのだ。私は、麦畑でひばりの卵でも見つけたように「あ……」と素頓狂な声を出した。京武の名前が活字になって、「もう一つの社会」に登録されているということは、私にとっては、思いがけぬことであった。（中略）次の月から「暖鳥」の投稿家になって、吹田孤蓮の選を受けはじめた。(8)

京武の証言ともども、ラカンのいう「人間の欲望は他者の欲望である」というテーゼを如実に示す記述である。『エクリ』や『セミネール』などで繰り返されるこのテーゼは、主体の欲望は大文字の他者である言語の場（主体が具体的な他人との間に構成する語らいの場。本書第三章参照）に委ねられ、言語が欲望する、という意味を担っているのだが、初期においては、ヘーゲルの主人と奴隷の弁証法や、自身の鏡像段階論において見られるように、主体が欲望を学ぶのは、文字どおり他者（un autre）ないし、他我（alter ego）を通してである、ということを意味していた。[9] たとえば、一九五五〜五六年のセミネールの記録においては次のように語られている。

このようなこと〔人間の関心の対象とは他者の欲望の対象である―筆者注〕が、いかにして可能となるのでしょうか。それは、人間の自我とは他者であるということによるのです。そして、主体は、初めのうち自身の固有の性向の出現などよりは、ずっと他者の外形に近い、ということによるのです。主体は、もともとは欲望のバラバラの寄せ集めです。これこそ「寸断された身体」という表現の本当の意味です。そして「エゴ」の最初の統合は、本質的に「他我」であり、それは疎外されているのです。欲望する人間主体は、主体にまとまりを与えるものとしての他者を中心として、その周りに構成されます。そして、主体が最初に対象に接近するのは、他者の欲望の対象として体験された対象なのです。[10]

ラカンは、ここで、自身の鏡像段階論をパラフレーズしつつ、人間の欲望が他者の欲望であることを簡潔に述べているが、実際、寺山の詩を書きたいという欲望もまた、ラカンが言うように、まさしく京武という他者の欲望を通してだったのである。寺山は、それまでも句作りをしていなかったわけではないが、句作りによって「もう一つの社会」に登録される欲望を、ここで初めて見出したのである。現実の寺山は、父が戦病死し、母が遠く九州に出稼ぎに行ってしまい、大叔父が経営する映画館のだだっ広い楽屋に間借りして暮らす孤独な少年だった。寺山は後に、家族がなかったから形式をもたないとだめになってしまうという直観があった、と語っているが、(11)現実においては家族の中にリビドーの充足を得られない寺山が、句作りによって「もう一つの世界」に登録される可能性のあることを知ったとき、いかに歓喜し、自己の統一像を得たか、想像に難くない。「麦畑でひばりの卵でも見つけたように『あ……』という素頓狂な声を」というところなど、まさしく鏡像にまとまった姿を見出し歓喜する「不十分さから先取りへと急転する一つのドラマ」(12)ではないだろうか。あるいは、自我理想を形成する最初の同一化のなかに主体を疎外する「一の線」(le trait unaire：フロイトが、「同一化」を、部分的で一つの特徴〈einziger Zug〉しか取り入れない、としたことに基づいて、ラカンが考案した概念)(13)の刻み目を、ここに見てもよいかもしれない。

もっとも、ラカンの鏡像段階論は、基本的に六カ月から十八カ月の幼児に見られる現象であり、身体的にまとまりを欠いた幼児が鏡像を見ることによって自己の全体像を得、歓喜とともにその像を自分のものとして引き受ける段階のことである。しかし、ラカンは、これを単に子供が自分の像をそれとして引き受ける「子供の発達の一段階を表す現象」ではなく、その特徴を「葛藤をはらんだ双数関係」、つまり自分の像にとらわれることで引き起こされる緊張と、この像への同一化の距離を学ぶことに見ている。(14)「段階(stade)」ではなく「相(phase)」(15)と言ったほうがよい、という言い方をしたところもある。まして幼年期の性欲動が再活性化される思春期(16)のことである。ここに新たな他者との間で鏡像段階が再構成されると考えても、不適切ではないだろう。

とすれば、新聞という言論の中に置かれた友人の名の中に貴重な卵、つまり生まれつつある創作者としての自己の姿を発見した寺山のありようは、まさしく、鏡像段階の反復とみなしうるものだといえよう。

3　鏡像段階に潜在する狂気

ところで、ラカンの鏡像段階論は、鏡像という他者の像が主体に、ばらばらの身体像から自我というまとまりを与え、主体はこれにより肯定的な自己像を得ると同時に、他者の像という虚像へのとらわれ（captation）により、パラノイア性の自己疎外に陥ることも告げている。ラカンは、正常な主体形成としての、鏡像段階における虚像へのとらわれと自己疎外が、臨床的現象としてのパラノイア精神病への可能性を人間の中に敷くものだと、とらえているのである。実際、前述の、毎日京武宅へやってきて俳句を見せる寺山のありようは、次のような京武の証言ともども、そうした（狂気にもつながる）平面への誘われを示すものといえないだろうか。

> 俳句にのめりこむにつれて、寺山はなりふりかまわず他人の作品から言葉やイメージを盗ることに汲々し出した。自分の存在を誇示することに賭けていた寺山は、少しも臆することなく、他人の作品の言葉やイメージを素手で鷲摑みにしては、自分の言葉とイメージに育てあげ、ひたすら書き続けたものである。他人の作品の原型をとどめていようが、いまいが。(17)

ラカンは、こうした鏡像段階の想像的関係には不可避的に攻撃性が存在し、「欲望が引き起こす緊張はこの時期には出口をも」たず、「他者が主体の欲望を担っている限り、その他者を消し去りたいという欲望が現れる」[18]と言っている。これは鏡像的他者は自我にまとまりを与えると同時に、すべてを収奪する憎悪の対象でもあるからである。ラカンはこれを「欲望のシーソー」と呼び、こうした「想像的次元にいる人間存在の最も基本的な構造」の現れとして、小さな女の子が、まだ歩くこともできない頃、隣家の小さな男の子の頭を、平然と、「私、つぶすの、頭、フランシス」と言いつつ、大きな石で叩こうとしたことをあげている。[19]

ラカンはまた、別のところで、[20]こうした攻撃性に関連して、〈おれはこんなおれではない。おまえはそんなおまえには値しないのだ〉という形で自我を凍り固まらせてしまう致命的な否定についてふれ、「主体が他者を引き受ける局面と自己を否定する局面が混じり合って、自我のパラノイア的構造が見出される」とも書いている。まさしく、正常な主体形成の中にパラノイア的狂気が潜在していることを示すものだといえようか（もっともラカンは、一九五五〜五六年のセミネール以降、精神病と神経症について明確に構造論的な区別をしている。ラカンは、人間存在がいわゆる「人間」として設立されるためには、いくつかの基底となるシニフィアンを必要とする（第三章参照）が、精神病においてはそれらのうちいずれかのシニフィアンが欠損しており、想像的な支えによってある時期までもちこたえるものの、何らかの事件をきっかけとして、主体のシニフィアン全体が巻き込まれ崩壊に至ると考える。そこではむしろ、こうした理想的な他者というモデルに基づく自我のイマージュをうちたてるための相互的な排斥関係を与えないと言っている）。[21]

寺山もまた、京武という他者の欲望に端を発した旺盛な句作りを続けながら、こうした自己と他者との想像的な死闘を続けていたはずである。こうした欲望のシーソーから脱出するには、これを調停する〈他者〉、「むさぼるような引き裂きと嫉妬深い両価性を支配しかつ調停する人物[22]」が必要であるが、校内俳句大会や、第一回全国高校生俳句コンクールなど、決定的なところで他者の評価を得たのは、京武の方であった。寺山は所属している句会の評価に不服を申し立てたり、評価者を求めて同じ句を持ち歩いたり、二重投稿するようなこともあったようである。

餅を焼く百姓の子は嘘もたず　（高校一年一月）
短日の壁へ荒野の詩をひらく　（高校二年十月）
屋根には菫炉には詩を欠き母の家　（高校二年十二月）
詩も非力かげろう立たす屋根の石　（高校二年三月）
山鳩の幹に背を凭《よ》せ詩は孤り　（高校三年四月）
一帰燕家系に詩人などなからむ　（高校三年二月）
たんぽぽは地の糧詩人は不遇でよし　（高校三年二月）

これらは、「詩」をモチーフにした高校時代の寺山の俳句作品である。詩が、自身の生活において大きな比重を占めるようになってきたことを窺わせる句群である。自らの生活の中に、詩という嘘をもったことの自負と不安を窺い知ることができるものでもある。詩を書くだけでなく、「詩人」になりたいという欲望が芽ばえたはよいが、見わたせど、家人に詩人はおらず、不安が募るだけである。実際、当時の寺山には、詩人としての保証はおろか、前述したように、そもそも句作りにおいてライバル京武より実力が上であることを保証するものすらなかったのである。

もちろん、句作りは純粋な創作の喜びを与えることにもなったであろうし、不遇な現実から逃れるよき手段としても機能したであろう。すでに第一章で、十代の句作りが、父母不在の家族事情に由来する危機の乗り超えとしてもあることを見た。とりわけ、フォルト・ダー遊びになぞらえられる孤児の句から「万緑によごれし孤児が火を創る」という句を生みだし、創作主体として新しい欲望主体が成立していることを確認した。不遇な現実を指し示す孤児という徴候的な語から、他者の言葉である先行する俳句（「万緑」は寺山が最も影響を受けた俳人中村草田男の主宰する句誌の名であり、草田男にはこの語を用いた有名な句もある）にまみれながら、未だない句を創造しようという意志を示したこの句を作り上げたとき、寺山が書くことの万能感を得たであろうことは想像に難くない。

このあたりの事情は第一章を参照されたいが、この句が今論じている鏡像段階の、パラノイア的な疎外状況の渦中で詠まれたことを考慮すると、より一層この句のもつ意味が重要性を増してくるように思われる。他者の言葉から未だない句を創ろうとする意志を刻印したこの句もまた、「孤児」という語を当時好んで用いた句作仲間の欲望から来ているのであり、「よごれ」という特異な表現も、当時の作句仲間で流行している言葉の一つであった。句作りのメンバーは、寺山同様、孤児や身体障害者というシニフィアンに感応しやすい、寺山の分身たちだったのである。寺山はこの句で、不遇な現実を解消することにもつながる「書く」ことの万能感と同時に、あがいてもあがいても他者の言葉に「よごれ」るしかない無力さを、感じずにはいられなかったはずである。

結局、他者の欲望から〈主人性〉を奪い返し、詩人になりたいという欲望を実現するのは、十代に最も力を注いだ俳句という形式ではなく、短歌という形式においてであった。大学一年の秋、短歌研究新人賞へ応募、賞を受賞することによって。俳句にかぎらず「詩人」として名を得たい寺山の欲望は、歌壇において清新な才能を待ち望む中井英夫という編集者の欲望とみごとに接点をもち、寺山はついに欲望のシーソーを調停する〈他者〉を得たのである。

こうしたいきさつを考慮すると、「父還せ」という語が京武の受賞した句からとられていること、寺山が受賞を事前にわざわざ知らせに来て、「オラ昭和の啄木になったんだ」と言ったことなどのエピソードは、おそらく事実だと思われる。なぜなら、鏡像段階の地獄を調停する〈他者〉を得た喜びは、だれよりも、故郷にいる京武が受賞作を読む時に、頂点に達するからである。これまでおわされてきた負い目を、この一時に返す瞬間なのである。実際は、編集者中井の配慮で「父還せ」は「チェホフ祭」と改題されてしまい、故郷の本屋で受賞作を読んだ京武は、俳句の引き伸ばしに気づいてあきれるだけであったが（それでも友の受賞はこたえるものがあったろう）、「もしもこの「父還せ」のタイトルのままで修司の特選が発表されていたなら、この日、新町の書店で立ち読みしながら旧友・京武はどんな思いを抱いただろうか」[23]という田澤の感想は、あながち無視できないものである。タイトル「父還せ」が、やはり京武に対するなまなましい攻撃欲動の発露であることは、まちがいがないように思われる。ラカンの言う他者の欲望、鏡像段階の地獄とは、そうしたおそるべき攻撃欲動を潜在させているものなのである。

4　封印されたデビュー作

しかし、ここで重要なことは、鏡像段階に潜在する愛と憎悪のアンビバレンツの発露を、盗作すれすれの歌や、友人の自信作をタイトルにした作品で賞をとることに見てはならないということである。もし、そうであるなら、田澤の見解とあまり変わらない。

実際、このデビュー作は、投稿原稿に戻ると、「作品全体」の水準において、鏡像的他者である京武との闘争を深く刻んだ作品であることが知れる。[24]

「父還せ」というタイトルの投稿原稿に戻ってみると、一読、歌集『チェホフ祭』の明るい透明な世界とは、明らかに異なった世界が広がっていることがわかる。そこには、戦死した父、田を耕す母、アカハタを売る「われ」、「父さんを還せ」と作文に書く「鮮人の子」、詩のために家出を試みる北国の文学青年、田舎教師に決まった友、今まさに舞台に出ようとするチェホフ祭の俳優、啄木祭にビラを貼る女子大生、チェホフ祭の俳優もどきに立ち上がる孤児……これらを登場人物とする戦後九年目の叙事的世界が現出しており、タイトルになった「父還せ」という言葉を唯一含む歌は、その作品の中できわめて重要な位置を占めており、単に京武の俳句を引用した、ということ以上の重要な意味をもたされていることが確認できる。

実際、これが恣意的な読みではない証拠に、『俳句研究』の「ロミイの代弁」[25]において、投稿作を作るにあたって特に野心をみせた点として、寺山は次の点をあげて批判に抗弁している。

寺山は、一、現代の連歌、二、第三人物の設計、三、単語構成作法、四、短歌有季考の四点をあげ（ちなみに、篠弘によれば(26)、当時、寺山のあげた四点すべてを含む方法論はなかったという)、そしてそれを、自作が「現代詩」の可能性をもつゆえんとして述べている。当時、この寺山の抗弁がきちんと取り上げられなかったのは、問題のデビュー作が改編されており、一と二の点が見えにくかったためである。二の第三人物の設計というのは、「作中人物」、「寺山修司の操り糸によってうごくロマネスク」のことだと、寺山自身書いている。心境詠を中心とする近代短歌が支配的な潮流をしめる中で、寺山は初めから作者と作中人物をきちんとわけており、創出しようとしている世界にみあった作中人物を設定し、さらには一にいう連歌の形式をとることで、叙事性をとりこもうとしていたことが窺える。

アカハタを売ったこともないのに詠んだことで、模倣疑惑以上に批判されもした歌、「アカハタ売るわれを夏蝶越えゆけり母は故郷の田を打ちてゐむ」は、こうした連作戯曲構成において意味をもたされていたのであり、しかも、作者と区別された作中人物の「われの歌」として、連作の冒頭をかざっていたわけである。一首をとりだして鑑賞すれば、アカハタを売らずして詠まれたこの歌には、心境詠を中心とした近代短歌のリアリティは乏しいかもしれないが、連作として読まれるならば、別のリアリティを作り出すことも可能なのである。

実際、こうした視点で見たとき、標題の語を含む唯一の歌「作文に『父さんを還せ』と書きたりし鮮人の子も馬鈴薯が好き」の重要性も見えてくるのである。

もともと、この歌は、次のようないきさつで作られたと推測されるものである。

父還せ空へ大きく雪なぐる　　（京武、高校一年）

父亡くして八年九州にいる母へ
田螺《たにし》覗く父返せとはつひに言えず　（寺山、高校三年）
↓
作文に「父さんを還せ」と書きたりし鮮人の子も馬鈴薯が好き　（寺山、投稿原稿「父還せ」）
↓

最初の俳句は京武の俳句である。父を亡くしている二人にとって、「父還せ」は共通の叫びでもあっただろう。しかし第二句、寺山は第一句に触発を受けつつ、共にそう叫ぶことをためらう屈折した内面を句に詠んでいた。「還せ」から「返せ」と字をずらしているのも、他者の欲望から〈主人性〉を中途半端に奪い返そうとする時の、つたない抵抗ととれるものであろう。おそらくこうしたいきさつを経て、同じ「父還せ」という言葉を「作文に書いた」が、「われ」とともにそう叫ぶことにはためらいを覚えるかもしれない隣人としての「鮮人の子」、という設定を思いついたのではないだろうか。

「父還せ」とは、われの絶叫を連想させるタイトルだが、この連作の中では「鮮人の子」が作文に書いた言葉になっており、同じ戦没者遺児である「われ」にとって、共感を寄せつつも容易には聞こえてこない他者の声となっていることに注意したい。寺山の歌において仮構された「われ」は、確かに近代短歌的な内面や心境をもたないが、「われ」にとって不透過な内面が、「鮮人の子」と呼ばれる存在に想定されているのである。「われ」はこうした他者との関係性の中で、戦後主体を問う装置となっているといったらよいだろうか。

たくさんの第三人物が仮構されている連作の中で、この歌がとりわけ重要なのは、こうした意味においてであり、実際、この歌があってこそ、この作品群は、「チェホフ祭」の明るい青春の息吹をたたえながら、アカハタ売る少年から「父さんを還せ」と作文に書いた「鮮人の子」にいたるまで、戦没者遺児に等しく訪れる「戦後九年目」のもつ叙事的世界を、叙情詩としての短歌において現出させることが、可能になったといえるのである。

このように、投稿作は寺山の実験精神あふれる戦後詩であり、京武の俳句から出発し、京武のあずかりしらぬ方向へと変貌を遂げているのだが、作品全体において、京武の俳句「父還せ空へ大きく雪なぐる」に対する批評たりえているという意味で、やはりこの作品は、京武に向けられているといえる。というより、京武が寺山であり、寺山が京武であった頃の句作りの世界に対して、というべきであろうか。ラカンはそもそも、鏡像段階の想像的関係を、「ぶった子がぶたれたと言って泣く」という転嫁現象（transitivisme）[27]をあげながら、おれがおまえであり、自我が他者である位相を示していたのだった。

ともあれ、京武の「父還せ」の句が、この連作においてかくも重要な意味を担う歌へと変貌していることは、単にタイトルの問題にとどまらず、まさに作品の内容においても、句作りのきっかけとなった他者の欲望から〈主人性〉を獲得し、鏡像段階の地獄を終結させようとしていたことの現れとして見ることができる。なまなましい攻撃欲動の交錯する場を去り、隣接するジャンルで以前の世界を批評するような作品を作ることによって鏡像段階のマゾヒズム的出口を求めつつ、しかし「父還せ」というタイトル、およびその語を含む歌において、鏡像的他者を、それに同一化する自分ともども、その核心において殺しているといえるだろう。

しかも、その作品は、短歌において当時なされていなかった実験的要素を盛り込み、「現代詩」としての短歌作品を意図する野心作であった。京武の句が新聞紙上に載ることで始まった寺山らの句作りは、高校三年になると、全国俳句誌の発刊、青森県高校文学部会議の結成、十代のモダニズム詩人の同人誌の発刊計画など、超高校生級の活動を形成するにいたっており、こうした中で寺山は、すでに俳句に限らず「詩」に対する広い視野を獲得していたのである。寺山は鏡像段階の出口に、こうした野心を理解し、詩人としての保証を与える新たな他者を欲していたはずである。鏡像段階の地獄を脱するには、鏡像的他者を殺害するだけでは足らず、こうした〈他者〉に再認されることによって、はじめて成功するからである。

そうした寺山の欲望は、半分だけ実現することとなった。賞を与えた中井英夫は、作品にとって最も重要な一首を削除し、タイトルも変え、十代の清新な才能を強調する形で再編集し、寺山を「青春歌人」としてデビューさせたのだった。「五十代で中堅、三十代でようやく新鋭という厳密な序列の支配するそこ（歌壇）へ、この十代の若者は、まさに青春の香気はこれだといわんばかりに、アフロディティめく奇蹟の生誕をした」[28]というのは、編集者中井の演出した物語である。[29]寺山はこうした他者の欲望の対象となり、詩人として名を得ることができた。

しかし一方で、寺山がこの作品にこめた実験性と野心は、表に出ることはなかった。模倣小僧、クロスワードパズル、自己なき男、アカハタ売らずして……といった批判、中傷は、実のところ、投稿原稿で目指されていたものが、発表作から中途半端に消去されているために生じたものだったのである。寺山の関心は、当時の近代短歌が暗黙のうちに前提にしていた、「われ」の切実なる抒情にはなく、叙情詩としての短歌を、その特質を保持しつつ連作戯曲構成で叙事詩へと接近させることにあったのであり、寺山の歌の「われ」はあくまで仮構された「われ」であり、削除された「父還せ」の一首ともども、連作にこめられた複雑な叙事を構成する重要な要素だったのである。これはまた、短歌滅亡論を唱えた折口信夫が示唆していた、短歌再生への方途に呼応する試みとみなせるものでもあった。(30)

先に田澤が「もしもこの『父還せ』のタイトルのままで修司の特選が発表されていたなら、……」と述べたことにふれたが、むしろ、この一件は、投稿原稿のまま受賞作が発表されていたなら、京武はたちまちにしてその作品の意味を了解し、鏡像段階の終焉をいさぎよく知ることとなったろう、と考えてみるべき事件だったのではないか。そしてまた、このまま発表されていたなら、寺山は「青春歌人」としてではなく、新たな戦後詩の担い手として別の迎えられ方をしたかもしれない、と考えうる事件だったのではないだろうか。

ちなみに、「父還せ」の歌は中井によって削除されたが、後に寺山が自らの手で全歌集を編集する時、

作文に「父を還せ」と綴りたる鮮人の子は馬鈴薯が好き

と微妙な変更を加えて甦っている。中井が演出しようとした「チェホフ祭」の雰囲気をそこなわないように、しかし微妙に翳りを落とすものとして挿入されている。「鮮人の子も」の「も」という助詞が、隣人との差異を際だたせることになる「は」へと変更されているのは、先に「われ」にとって不透過な内面がこの歌に想定されていると書いたが、こうした見方がうがちすぎではないことの証左ではないだろうか。

しかし、せっかく再導入されたこの歌は、皮肉なことに、現在最もポピュラーな歌集である角川文庫版のそれからは、差別語を含むという理由で、再度削除されている。その意味では、デビュー作が刻む徴候は、寺山自身の徴候というより、若き寺山の野心作にこうした顚末をたどらせてしまった戦後短歌、ひいては戦

後詩自体の徴候だといえるのかもしれない。

5　鏡像段階の乗り越えと事後的な再構成

以上、寺山のデビュー作をめぐる諸問題を検討した結果、デビュー作が、創作活動の根本において、京武という鏡像的他者の欲望から、〈主人性〉をとりかえす欲望を実現した野心作であり、数々の問題点は、田澤のいう寺山のパーソナリティを示すものではなく、人間存在の基礎に見出される構造、人間の欲望が他者の欲望であるということに由来するものであり、編集者の作品改編と当時の歌壇の趨勢が、それをより徴候的なものに見せていたことを確認することができた。

ところで、伝記作家エリボンは、M・フーコー（一九二六〜一九八四）が私立中学時代、学業において好敵手であり、かつ学業以外の知的好奇心を、ある神父のもとに共有した親友の名がピエール・リヴィエールであったことにふれ、以下のように書いている。

……学年末に賞が授与されるとき、彼はつねに優秀と評価される。（中略）しかしながら彼はほとんどの科目で、友人の同級生のひとりに打ち負かされている。その名は、……信じがたいのだが、ピエール・リヴィエールだ。三十五年後、哲学者フーコーは《十九世紀のとある尊属殺人》にかんする驚くべき記録を、それが眠っていた古文書のなかから掘り出してきて、それに解説を付し、『ピエール・リヴィエールの犯罪』という今日有名な著作のなかでその記録を発表するとき、はたして面白いと思ったろうか？　誰にもそれは言うことができまい。[31]

むろん、『狂気の歴史』から『監獄の誕生――監視と処罰』に至る思考の途上に必然的な位置を占めるこの著作は、こうした事実によってその価値がいささかも損なわれることはないし、その時の「心理」[32]については、まさしく「誰にも言うことができまい」。しかし、この事実を作品とは無関係な些末なこととして切り捨てるのは、はたしてフェアな見方といえるのだろうか。ピエール・リヴィエール事件は、当時とりわけて大事件というわけではなく、[33]もしフーコーらがその時、古文書の中から拾い出し、考察を続けなければ、いまだにその中に埋もれていたかもしれないものである。おそらく、フーコーがその史料に惹きつけられたのは、フーコー自身が言う、その手記の「美しさ」[34]のみならず、その名にも負うところがあっただろう。すでに単独的な固有名を有する哲学者となったフーコーが、今は国務院の一員となったかつての親友と同じ名を、奇妙に長く美しい手記を残した尊属殺人の犯人の名として思想史に登録する時、ここに、思春期において闘った鏡像段階が甦っていなかったといえるだろうか。少なくとも、ここで呼び起こされた鏡像段階が、狂気（精神医学）と権力について思考をめぐらす当時のフーコーの思考の、深いところに作用していた可能性があると考えることは、許されるのではなかろうか。

実際、こうした視点は、寺山が俳句に対して見せた不可解ともいえる態度に一つの説明をもたらす。寺山は中年期に、少年時代のものとして句集を発表しているが、現在、これは実際に書かれたものの多くが削除され、新たに中年期に書いたものを大幅に加えて再構成したものと推測されている。その作風は、実際に十代に作られた作品も含むとはいえ、全体の印象としては全く別物に仕上がっている。寺山は句集出版にあたり、京武との闘争の痕跡を消去してしまったのである。

もちろん、デビュー作によって、鏡像段階の闘争は一応の終結をみており、寺山は他者の欲望から〈主人性〉を獲得したといってよいのだが、しかしこれは一方で、ジャンルを変えることによって得た主人性である。俳句において見出した欲望を、俳句の世界で実現したというわけではない。寺山の中では、俳句における闘争は終わっていなかったのかもしれない。

すでに第一章で、「万緑によごれし孤児が火を創る」という句が、実際の十代の句において重要な句であることを確認したが、この句で表現されていた欲望、つまり他者の欲望から〈主人性〉を奪い返そうという欲望は、依然成就されずにいたのではないだろうか。中年期に新たに構成された句集を発表するにとどまらず、死期が迫った時、俳句という形式に再び回帰したのは、俳句形式のすばらしさに気づいたこと[35]もさることながら、鏡像的他者によって詩人になりたいという欲望に目覚めた最初の表現形式に、なんらかの決着をつけようとしたことの現れだったのではなかろうか。そこには鏡像的他者のみならず、草田男という創作上の父に対するコンプレックスもまた、脈打っていたのかもしれない。

ラカンによれば、自我とは他者である以上、そもそも「私は……である」という言明はパラノイア的な狂気を内包しているといえるが、とりわけ「私は詩人である」という言明に内包される狂気は、経験的にもよく知られている。多くは、社会的に保証する他者の不在が、そうした狂気を顕在化させるのであり、それは、優れた詩を書きながら同時代の誰にも評価されず、狂気のうちに世を去る天才詩人という、ロマン主義的な詩人像に集約的に現れているといえるだろう。あるいはまた、世俗的には、すべてを収奪する鏡像的他者への攻撃欲動を、実際の暴力という形で顕在化させてしまう社会的事件において現れもするだろう。ラカンの症例エメ(ラカンの学位論文に登場する女性患者の症例。作家志望であった彼女は、同僚たちの話から、ある女優が自分の息子を殺そうとしているという妄想を構築し、彼女を短刀で刺そうとして傷つける事件を起こす。そしてその行為を自ら自己処罰だと認識した後、妄想は消える。ラカンはこれを、自罰パラノイアと診断を下している)もまた、そうした狂気が顕在化した一つの例といってよいかもしれない。

もっとも、その作品の意図が正しく評価されなかったとはいえ、作品のレベルできちんと鏡像段階を終焉させ、十八歳で歌人として名を得た寺山は、実のところ、鏡像段階に潜在するそうした狂気からはとりあえず免れていたはずである。症例エメなどと異なり、寺山には、欲望の主体を支える他者が存在していたからである。すでに「私は詩人である」と公然と名のる位置を獲得し、さらには「私の職業は寺山修司である」という表現で、その固有名の単独性を示すまでになっていた寺山は、鏡像的他者に翻弄された時代からはるかに遠くまで来ていたといえる。

しかし現実には、京武と共有した十代の句の世界を、中年期の作品で覆い隠して発表し、デビュー以前の世界を捏造していることを知る時、われわれは、鏡像的他者によって形成された欲望の、かくも執拗な持続に驚かざるをえないし、ともすればここに、いったんは切り抜けられた京武との鏡像段階の失調を見たくもなる。また、田澤なら、ここにまたしてもパーソナリティの障害を見るであろう。実際、こうした行為は制作時期の捏造であり、一般的な社会規範からすれば、経歴詐称であり、逸脱行動に属するものである。

だが、一方で、寺山の創作活動に即してこうした行為を考えてみるとき、宗田安正が、以下のようにとらえていることは傾聴に値する。宗田は言う、「経験や内面の神話——〈私〉(自我)のアイデンティティを否定してしまった創作者になってからの寺山にとっては、恐らくあの中学・高校時代だけが、かろうじて

〈私〉のアイデンティティを生きえた唯一の幸福な時代」であり、「だからこそ、彼はことあるごとに回生の儀式ででもあるかのように青春時代に帰り、そこからエネルギーを獲て」いたのだ、と。(37) そして、中年期に演出された俳句世界は、実際の十代の〈青春〉がさまざまな〈私〉を呼び寄せる「依代《よりしろ》」となることで形成された、独自の〈青春俳句〉の世界たりえている、というのである。だとすれば、むしろこうした書き換えは、寺山が、鏡像段階に由来するパラノイア的狂気を自らの創作の要素としてとりこみ、「前衛」として常に新しい作品の産出を要求される創作活動の汲み尽くしえぬ源泉として、みごとに活用し続けていたことを示すものだ、ととらえることも可能になるのではないだろうか。

実際、寺山はあるエッセイ(38)において、ヒットラーの活動について、少年時代に親友クビゼックと共有したワーグナーの楽劇の世界を、歴史という途方もないステージで再現したものと解釈し、自身と京武が分かち合った俳句世界と、当時の寺山自身の活動との関係になぞらえているのである。

むろん、句の書き替えは、こうした視点のみから説明されるべきことではなく、寺山が書き換えた二つの句集を「作品」のレベルで検討してみると、当時の演劇活動とパラレルな世界を現出させるためであることがわかる。とはいえ、その書き換え作業の意味は、少年期の俳句世界を京武との間で形成された鏡像段階とみなし、書き換え作業を鏡像段階を乗り越えた後の事後的な再構成ととらえることで、はじめて明確になるものなのである。これについては第五章で検討することとし、ここでは、こうした作品そのものに即した書き換え作業に、創作者としての欲望が形成された思春期における鏡像段階が深く関わっており、句の書き換えが創作者としての自己像の再構成になっていることを指摘するにとどめておく。

6　結論

ラカンは鏡像段階に関するある論文(39)でこう述べている。

今日の人類学が執拗に探究している自然と文化のこの交叉点において、精神分析だけが、愛情がつねにほどき、断ち切らねばならないイマジネールな拘束の結び目を認識できるのです。

実際、鏡像的他者への殺害をまざまざと刻むデビュー作、および中年期以降の寺山がみせた俳句に対する奇妙な書き替え作業は、書くこと、創作することの根底に、主体の欲望が他者の欲望であることに由来する狂気、ひいては他者の欲望から〈主人性〉を奪い返そうとする狂気があること、そしてそうした狂気こそが、書くこと、創作することを促し、持続させてもいるのだということを、如実に例証しているように思える。それはまた、創作主体として登録されるときに、すべての創作者がくぐり抜けるであろう危機を照射していると考えることもできよう。

「第I部まとめ」

以上、寺山の初期作品を、フォルト・ダー遊びや鏡像段階という、ラカンが主体形成の基礎にすえた精神分析学的知見を導入して分析した。その結果、後年自ら編集・出版した句集からは削除されてしまっているが、実際に十代に作られた俳句は、後の活動を予兆する才能あふれる作品世界であると同時に、圧倒的な印象をもつ反復強迫的な母子の句と、ラカンのいう父の名の機能の痕跡を残した作品群を有し、神経症的主体の成立を見ることができること、そして、創作者としての公的なデビューにおいても、模倣問題をはじめとするさまざまな論議を呼びはしたが、「作品」のレベルでは、ライバルとの間で形成された鏡像段階をきちんと終焉させ、創作主体が成立していることを確認することができた。

公的デビュー後の寺山は、近代文学の制度である自己告白を厳しく戒め、その作品から直接に寺山の境涯を窺うことはできない。様々なジャンルで様々な〈私〉を表現し、とりわけ演劇活動を始めてからは、集団作業に意義を見出し、スローガンとしても〈私〉の解体を掲げ、いよいよ自己韜晦の度合いを増していく。それに比べて、中学二年から大学一年のデビューまでの時期になされた旺盛な創作活動は、自ら「自己形成の記録」と言っているように、父母不在の孤独な日々の想いと思春期特有のエディプス的なテーマやライバルとの関係を刻んだ、主体形成の記録といった色彩を強くもつものだったといえるだろう。こうした作品世界は後の作品集で削除、改作されることにはなるが、寺山が何度もこの俳句世界に立ち戻ったことによく表れているように、その創作活動を根底で支え続けたと考えられるのである。

注

（1）寺山修司「チェホフ祭」、『短歌研究』十一月号、一九五四年、六一一〇頁（後に寺山によって改稿、再編集され、

『寺山修司全歌集』沖積舎、一九七一年、及び『寺山修司青春歌集』角川文庫、一九七一年、所収）。
（2）篠弘「寺山修司の初期作品――『チェホフ祭』にみられるパロディの萌芽」、『現代詩手帖』十一月臨時増刊、一九八三年、二三〇―二三五頁。
（3）杉山正樹『寺山修司・遊戯の人』、新潮社、二〇〇〇年、長尾三郎『虚構地獄　寺山修司』、講談社、一九九七年。
（4）田澤拓也『虚人寺山修司伝』文芸春秋、一九九六年。
（5）前掲（2）篠弘論文。
（6）京武久美「なりふりかまわずの精神こそ……」、『太陽』、一九九一年九月、三〇頁。
（7）京武久美「高校時代」、『現代詩手帖』十一月臨時増刊、一九八三年、二九九―三〇一頁。
（8）寺山修司『誰か故郷を思わざる―自叙伝らしくなく―』、角川文庫、一九九二年、九一頁。
（9）「人間の欲望は他者の欲望である」というテーゼの変貌については、本書第六章、および最終章参照。
（10）Lacan, J., Le Séminaire Livre III, Seuil, Paris, 1981, p. 50.（小出浩之他訳『精神病』上、岩波書店、一九八七年、六二―六三頁）『セミネール』IIIにおいては、すでに象徴界優位の議論へと移行してはいたが、〈他者〉の欲望というテーゼについては鏡像段階論に近い発想をしている。
（11）扇田昭彦編『劇的ルネッサンス』、リブロポート、一九八三年、一一頁。
（12）Lacan, J., Le stade du miroir comme formateur de la fonction du Je, Écrits, Seuil, Paris, 1966, p. 97.（宮本忠雄訳「〈わたし〉の機能を形成するものとしての鏡像段階」、『エクリ』I、弘文堂、一九七二年、一二九頁）
（13）Lacan, J., Subversion du sujet et dialectique du désir dans l'inconscient freudien, Écrits, p. 808.（佐々木孝次訳「フロイト的無意識における主体の転覆と欲望の弁証法」、『エクリ』III、弘文堂、一九八一年、三一七頁）
（14）Lacan, J., Le Séminaire Livre IV, Seuil, Paris, 1994, p. 17.（小出浩之他訳『対象関係』上、岩波書店、二〇〇六年、一一頁）
（15）Lacan, J., Propos sur la causalité psychique, Écrits, p. 185.（宮本忠雄訳「心的因果性について」、『エクリ』I、二四八頁）
（16）Freud, S., Drei Abhandlungen zur Sexualtheorie, Gesammelte Werke V, p. 108.（懸田克躬他訳「性欲論三篇」、『フロイト著作集』5、人文書院、一九六九年、六六頁）
（17）京武久美「なりふりかまわずの精神こそ……」、『太陽』、一九九一年九月、三〇頁。
（18）Lacan, J., Le Séminaire Livre I, Seuil, Paris, 1975, p. 193.（小出浩之他訳『フロイトの技法論』下、岩波書店、一

九九一年、一七頁)
(19) ibid., p. 194.(同書、下、一九頁)
(20) Lacan, J., L'agressivité en psychanalyse, Écrits, Seuil, p. 114.(高橋徹訳「精神分析における攻撃性」、『エクリ』I、一五四頁)
(21) Lacan, J., Le Séminaire Livre III, Seuil, 1981, pp. 228-231.(『精神病』下、岩波書店、一九八七年、七七―八一頁)
(22) Lacan, J., Propos sur la causalité psychiqu, Écrits, p. 182.(「心的因果性について」、『エクリ』I、二四五頁)
(23) 田澤拓也『虚人寺山修司伝』、八七頁。
(24) 短歌研究新人賞投稿原稿『父還せ』(小川太郎氏私蔵コピー)。
(25) 寺山修司「ロミイの代弁――短詩型へのエチュード」、『俳句研究』二月号、一九五五年、三九―四三頁。
(26) 篠弘前掲論文、二三五頁。
(27) Lacan, J., L'agressivité en psychanalyse, Écrits, p.113.(高橋徹訳「精神分析における攻撃性」、『エクリ』I、一五二頁)
(28) 寺山修司『青春歌集』(改版)、角川文庫、一九九二年。
(29) 小菅麻起子は、編集者中井による寺山のデビュー作改編は、中井が当時の歌壇のありようをみきわめていたがゆえのもので、結果的にデビューを成功に導いたと見ているが、本書はこうした見方を否定するものではない(小菅麻起子「十代歌人〈寺山修司〉の登場―「父還せ」から「チェホフ祭」へ―」、『立教大学日本文学』八四号、立教大学日本文学会、二〇〇〇年、一一五―一二六頁)。
(30) 折口信夫『折口信夫全集』二七巻、中公文庫、一九七六年、二八〇、三〇二頁。
(31) D・エリボン『ミシェル・フーコー伝』(田村俶訳)、新潮社、一九九一年、二六―二七頁。
(32) M・フーコー編『ピエール・リヴィエールの犯罪――狂気と理性』、河出書房新社、一九九五年、二九〇頁。
(33) 同書、五―六頁。
(34) 同書、七、二一二頁。
(35) 寺山修司『身体を読む　寺山修司対談集』、国文社、一九八三年、二五三―二五四頁。柄谷行人『ダイアローグ一九八〇―一九八四』、第三文明社、一九九〇年、八三―八四頁。
(36) Lacan, J., De la psychose paranoïaque dans ses rapports avec la personnalité, Seuil, 1975.(宮本忠雄他訳『人格との関係からみたパラノイア精神病』、朝日出版社、一九八七年)

(37) 宗田安正「なぜ〈青春俳句〉でなくてはならなかったか」、久世光彦他編『寺山修司・齋藤愼爾の世界――永遠のアドレッセンス』、柏書房、一九九八年、一四四頁。

(38) 寺山修司『誰か故郷を想はざる―自叙伝らしくなく―』、角川文庫、一九九二年、九六―九七頁。

(39) Lacan, J., Le stade du miroir comme formateur de la fonction du Je, Écrits, p. 100.（「〈わたし〉の機能を形成するものとしての鏡像段階」、『エクリ』I、一三二―一三三頁）

第II部　創作活動の指針としての精神分析

第Ⅰ部で、寺山の十代における俳句作品には、実人生における主体形成の痕跡を如実に見ることができることを確認した。

しかし、その後の創作活動は、複雑である。寺山自身が常々語っていたように、作品と実人生は基本的に別物であり、演劇活動を開始して以降はとりわけその傾向を強め、集団制作と理論武装により自己韜晦の傾向は増していくのである。

とはいうものの、通時的にその創作活動を検討すると、十代の作品に見られた寺山母子と死せる父は様々に反復され、精神分析の知見が積極的に使用されている形跡が見える。第Ⅱ部では、こうした寺山の創作活動の傾向をふまえ、第Ⅰ部でみた寺山の作品世界がいかに反復されたかを検討することにする。

第三章　〈反復〉1　短歌形式と神経症

はじめに

寺山の公的なデビュー後の創作活動は、同時代の若者の共感にささえられた、戦後主体への問いといった色彩をもつ。終戦を九歳で迎えた寺山は、ほぼ同世代の大江健三郎、江藤淳、石原慎太郎らとともに、戦後の新しい価値の担い手として期待され、若くしてその文学活動を開始している。彼らは、二十歳で終戦を迎えた三島由紀夫とは異なり、戦中の記憶を残しつつも、基本的には戦後民主主義の申し子として、旧来のものとは異なる価値の創出をその主体形成とともに示すことが可能であり、ジャーナリズムなどで脚光を浴びつつ、その創作活動を開始しているのである。

中でも十八歳という若さで歌人として出発をとげた寺山は、三年余の闘病生活の後、短歌、ラジオドラマ、映画のシナリオなど旺盛な創作活動を続け、二十六歳で『家出のすすめ』(1)という講演録に基づいたエッセイで、時代のアジテーターになったが、ちょうどこの時期、結婚し、戦後主体のありようを作品化した第二歌集『血と麦』が脚光を浴びることとなる。

この章では、自らの主体形成の痕跡を残しつつ、ラカンの言う「父性隠喩」にあたるものがテーマとなっている第二歌集『血と麦』を検討し、十代の創作活動で示された世界が、いかに反復されたかを示すことにする。

1 ラカンの父性隠喩

まず、「父性隠喩」の確認から始めよう。

ラカンの「父の名」ないし「父性隠喩」は、フロイトのエディプス・コンプレックスのラカン的表現である。それゆえ、第一章で検討した、寺山の十代における俳句作品に、これを見ることができるといってよいだろう。しかし、ラカン自身はこれを、構造主義言語学を導入しつつ、自らの精神病論を展開する中で提出していることは注意を要する。

ラカンの重要な仕事に、神経症と精神病の構造論的差異の指摘がある。現在、精神分析は、ラカン自身、「分析はその当初から精神病を引き起こすことがあるという事実は、よく知られています(2)」と言っているように、精神病の治療における無力さや危険性が強調されることが多い。そのため、文化理論におけるラカン理論の適用は、神経症論に限定されていることが多い。しかし、ラカンが「人間の存在というものは、狂気なしには理解されないばかりでなく、人間がもしみずからの自由の限界として狂気を自分の内に担わなかったら、それは人間の存在ではなくなってしまうでしょう(3)」と一度ならず言っているように、フロイトの読み直しをはかったラカンの精神分析理論は、狂気に独自の接近を図る中で築かれてきたのであり、[4]構造主義言語学から導入したラカン理論の要をなすシニフィアン理論も、精神病論を展開する中で導入されているのである。

ラカンの学位論文はパラノイアについての論考[5]（一九三二年）であるが、「精神分析」に基づいた自身の精神病論（精神医学の診断基準とは一致しない）を発表したのは、一九五五～五六年のセミネール、および、『エクリ』所収の「精神病のあらゆる可能な治療に対する前提的な問題について」（一九五七年）であり、学位論文から二十年の年月を経たのちのことである。

ラカンは精神病をテーマにしたセミネールにおいて、こう言っている。

「私は次のような言い方で問題をはっきりさせようと思います。それはあらゆる象徴化に先立って――時間的にではなく、論理的に先立って――ある段階が存在しているということを精神病は示している、という点です。この象徴化に先立つ段階で、象徴化の一部が行われないことがあり得るのです。この段階は、神経症的なあらゆる弁証法に役立つものです。（中略）患者の存在に関する原初的な或るものが、象徴化の中に入らないということ、しかも抑圧されるのではなくて、拒絶されるということが起こり得るのです。[6]」

どういうことだろうか。

ラカンは、ソシュールの構造主義言語学から、シニフィアン（意味するもの）とシニフィエ（意味されるも

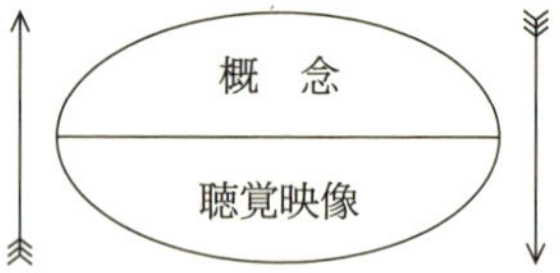

図1

$$\frac{S}{s}$$

図2

$$\overset{\Sigma}{\frac{S_1 \text{- - -} S_2 \text{- - -} S_3 \text{- - -} S_4}{s_2 \text{- - -} s_3 \text{- - -} s_4 \text{- - -} s_5}}$$

図3

$$\frac{S}{S'} \to \frac{S}{s}$$

図4

の）の結びつきに必然性はないこと（恣意性）、および、シニフィアンは他のシニフィアンとの差異によって意味を形成すること（示差性）、そしてその差異の体系は一挙に与えられること（共時性）などの重要な考え方を導入し、主体に先立ちすでに一定の構造をそなえた言語世界、象徴界の存在を措定している。その上で、人間が人間として存立するためには、象徴界に十全に参入しなければならないが、その際主体は、シニフィアンの体系である〈他者〉と遭遇し、象徴的去勢を被ると考える。

　ソシュールの言語学においては、記号（シーニュ）は、概念を指し示すものではなく、概念と聴覚映像の結合としてとらえられている[7]（図1参照）。つまり、「木」という語を記号と呼び、それが「木」という概念を担うものと考えるのではなく、「木」という概念は、木［ki］という音全体と分かちがたく結合しており、その二重体を記号と考えるのである。そしてそれら概念と聴覚映像がそれぞれ、シニフィエ、シニフィアンと呼ばれている。一方、ラカンはこれを踏襲しつつも、まず、シニフィアンとシニフィエを入れかえ$\frac{S}{s}$（S：シニフィアン、s：シニフィエ）を基本的な式とする[8]（図2参照）。そして、シニフィアン／シニフィエは緩い連鎖をなして相互に滑走しており[9]（図3参照）、意味作用は、こうした換喩的滑走を続ける一つのシニフィアンに、ある一つのシニフィアンを代入することで一挙に生まれると考える。つまり、$\frac{S}{s}$として表記されるシニフィアンとシニフィエの間の棒線はシニフィアンとシニフィエの分離を意味し、意味作用の抵抗を示しているのであり、互いに換喩的な配列をなしているシニフィアンに、も

$$\frac{\text{父の名}}{\text{母の欲望}}\cdot\frac{\text{母の欲望}}{\text{主体におけるシニフィエ}}\rightarrow\text{父の名}\ \frac{\text{A}}{\text{ファルス}}$$

図5

う一つ別のシニフィアンが抵抗の棒線を乗り越えてその場所を取って代わることで意味作用が成立する（図4参照）[10]、つまり「隠喩」が成立する、と考えるのである。そして、「人間が正常であるためには、必要最小限のシニフィアンとシニフィエの接着点が必要」である[11]とし、この接着点を形成するのが、まさしくこうした隠喩の機能、クッションのとじ目の機能だとするのである。

そして、ラカンは、フロイトのエディプス・コンプレックスを、こうした新たな布置のもとで解釈し、図5のように定式化する[12]。

分数の形をした式の分子に相当するのはシニフィアン、分母に相当するのはシニフィエである。簡単に説明しておこう。

まず、左辺の二番目の式、「母の欲望／主体におけるシニフィエ」であるが、母は、主体にとって、シニフィエのわからないシニフィアンであることを示す。母の欲望は子供にとって謎であり、定まらないものなのである。そして、一番目の式、「父の名／母の欲望」は、こうした定まらない母の欲望に応えるものとして父が出現し、母のシニフィアンに父のシニフィアンが取って代わることで、母の欲望が消去されることを示す。これによって、右辺が導かれ、新しい意味が創出される。つまり、シニフィエは謎xではなくなり、象徴的ファルスΦになる。これが「父の隠喩」の機能であり、子供は母にとってのファルスΦでありたいという欲望を断念し、他者A（＝象徴界）の一点を占め、ファルスΦをもちたいという欲望の主体が成立するというのである（ちなみにラカンは、こうした父性隠喩の成立に、現実の父の在不在は必ずしも関係せず、父の機能については、環境主義的に扱うことは慎重でなければならないと言っている[13]。

ラカンは、「エディプス・コンプレックスとはシニフィアンの導入」[14]だと言っており、エディプス・コンプレックスを、人間が人間として立つのに必要な、つまり象徴界に参入するのに必要な原初の象徴化である「隠喩の機能」としてとらえているのである。

このように、人間が言語という象徴の秩序に入っていくために必要な象徴的去勢を、ラカンは『セミネール』XIでは「疎外」とよび、以下のように説明している。

我々はこの「Vorstellungsrepräsentanz」を疎外の最初のメカニズムに関する我々のシェーマの中に位置づけることができます。このシェーマはシニフィアンの最初のカップリングであって、これによって我々は主体がまず〈他者〉の中に現れることを理解できます。それは最初のシニフィアン、すなわち一なるシニフィアンが〈他者〉の領野に出現するかぎりでのことであり、またこのシニフィアンが他のシニフィアンに対して主体を表象するかぎりにおいてです。そしてこの他のシニフィアンは主体の「アファニシス」（筆者注—aphanisis　ギリシア語で「消失」）という効果を持つことになります。ここから主体の分割という事態が生起します。それは、主体がどこかで意味として現れるとき、別のところでは主体は「消失」として現れるということです。ですからそこには一なるシニフィアンと、主体の消失の原因である、対となるシニフィアンとしての主体との間に、生と死という事態が存在するのです。この対となるシニフィアン、それが「Vorstellungsrepräsentanz」です[15]。

〈他者〉との遭遇で消失を被った最初のシニフィアンS_1は、対になるシニフィアンS_2に対して主体を代表象することによって、自身は下へおち象徴界から抹消されるが、無意識において対になるシニフィアンS_2との間で「引力」を形成し、象徴形成の基礎となるのである。これこそフロイトのいう「原抑圧」であり[16]、この原抑圧を核として後期抑圧が連鎖し、象徴界に参入した主体は失われた「もの」とシニフィアンを介してつながりをもち、なまなましい現実界、「もの」の出現から身を守ることができるのである。

ラカンは、このように隠喩の機能が生じて成立する神経症の主体を$\$\Diamond a$という表記で表したが、こうした隠喩の機序が起こらない、あるいは不完全な事態を想定し、ここに精神病を見る。ラカンは、「初めに、ある純粋な「是認」という水準で、この「是認」が行われるか行われないかによって最初の二分が成立します」[17]と言っているように、象徴化以前に想定される「現実界」（あるいは「もの」）における、基底のシニフィアンS_1との遭遇のレベルを問題にし、それを「是認」した上で「否定」し「抑圧」という形で象徴界に参入をはたすのが、父性隠喩の成立した神経症的主体だとすると、この水準で「是認」がなされず、基底となるシニフィアンを「排除」し、最初の意味作用を形成し損い、象徴界に十全に参入することが拒まれるのが、精神病的主体だとするのである。

もっとも、原抑圧が不完全にしか起こらなかったと考えられる精神病の主体も、ある時期まで象徴界に住まい、象徴秩序を鏡像的な模倣によってもちこたえるのであるが、要となるシニフィアンが呼び出されるような事態を契機として、その欠損が露わになり、排除されたシニフィアンが現実界に回帰し、やがて象徴界が崩壊にいたるとされるのである。ラカンは、こうした父の名の機能を、「街道」にたとえ、精神病における幻聴を、街道のないところで際限なく切りひらかれる小径にたとえており、街道たるシニフィアンの機能のおかげで、シニフィアンがひとりでに小径を辿るぶんぶんという音を聞かずにすんでいるのだと言っている。[18]

このようにラカンの精神病論は、「正常」とされる神経症的主体の構造を措定した上で、そこからそうではないものとしての精神病への接近をはかるものである。しかし現象学的な精神医学における「了解」という概念からは手を切り、言語学を独自に導入し、象徴化に先立つ言語の水準を想定することで、両者を同一の基盤に立った上で構造的差異の帰結として論じようとしているのである。ただし、言語学を導入して設立された理論ではあるが、ラカンは、〈他者〉(=「言語の場」)に遭遇した時に「もの」としての主体が無化を被り、抑圧という形であれ排除という形であれ、象徴体系の基礎にこうした無化を被った言語水準があって、これが隠されていながら象徴体系全域に影響を及ぼすと考える点で言語学とは異なっている。

こうした理論は、ラカンが「これは実証されることではありませんが、さりとて仮説でもありません。それは問題を考える道筋なのです。この最初の段階は、生成過程の中のどこかに位置づけることのできる段階ではありません」[19]と言っているように、精神病というものを生み出す人間について考える一つの道筋であって、経験的に幼児期のある特定の時点でそうしたことが生じた(あるいは生じなかった)と言えるものではない。それでも、臨床において、父性を喚起するような人との出会いや、父性を引き受ける契機に発病することが知られており、少なくとも発症においては、父というシニフィアンがなんらかの作用を及ぼしていることは、経験的に見出されるものなのである。

イデオロギー論の視点からファルス中心主義として批判されることも多いラカンの理論は、構造主義を経験した精神科医による精神病論において展開されたものであることは、確認しておいた方がよいかもしれない。ラカンの理論は象徴体系の内容ではなく、主体の象徴体系への参入において生じる事件を問題にしているのである。また、こうした考え方は、ラカン理論としては最も一般に知られている「鏡像段階論」（本書でも第二章で用いた）より後の考え方であることも確認しておきたい。

2　父の名とユダヤ＝キリスト教的伝統

もう一つ重要なことは、こうしたラカンの考え方は、ラカン自身が語っていたように、ユダヤ＝キリスト教的伝統を背景にもっているということである。

ラカンの基本的な考え方は、前節で説明したように、主体に先立って存在する一定の言語構造を備えた〈他者〉において、自らを構成するということである。ラカンの〈他者〉は、ソシュールの言語学によってシニフィアンの体系とされる〈他者〉であり、主体が最初に出会う具体的な他人との間に開ける言語的平面である。ラカンはこれを「〈他者〉とは、そこで、聞いている人と話している私 je が構成される場である[20]」という言い方をしている。嘘をつくことのできる者との間に形成されながら、同時に、自らを証立てる〈騙さない神〉との関係、といった色彩を強くもつものでもあり、ユダヤ＝キリスト教的伝統と深い関わりがあることに注意を促しているのである[21]。

ラカンは言っている。

「アリストテレスのある弟子たちにとっては、神とは天球という最も不変な領域だったのですが、そういう人と世界との関係はどんなものだったのかということです。それは、今申し上げたような言葉で(筆者注―Je suis celui qui suis.「私は私であるものである。」)自身を告知する神ではありません。それは自立した星々を携えている星座の天球、世界の中で動かない天球です。これは明らかに我々には奇異で、考えられない他者への関係であり、たとえば神による罰という幻想の中に置かれている人たちからかけ離れた他者との関係です。[22]」

ラカンによれば、ユダヤ＝キリスト教の伝統における〈他者〉との関係は、アリストテレス的世界観のように動かない天球のような恒常的なものとの間に形成されるのではなく、「私は私であるものである」と語る絶対的な唯一者の呼びかけに対して応答することにおいて、形成されるものである。ラカンは、姿を現さず「私は私であるものである」などと言うものは、全く疑わしいという言い方をしているが、[23]〈他者〉とはまさしく、こうした疑わしい(かもしれない)神の呼びかけとそれに対する応答の平面において出現し、「騙さない神」とそれに応える私は「信仰」において一挙に成立するのである。

ラカンは、「信仰によって動かされているように見えるあのパラノイアの奥底では、『不信仰』が支配しています[24]」と言う。それはまさに、シュレーバー議長[25]に見られるような精神病(パラノイア)において起こっていることは、確信のとりこになっている見かけとは異なり、こうした〈他者〉に、シニフィアンの一項目として参入するために必要な〈信仰〉の「不成立」なのだ、と考えるからである。[26]精神病の主体は〈他者〉

によって自らを構成しようとはするのだが、〈騙す神〉に翻弄され続けているのである。そのためシュレーバー議長は、父というシニフィアンを受け取ることができず、結局、神の女になって子をなすという妄想において、擬娩によってそれを実現することになるのだが、ラカンはこうしたシュレーバーのあり方にも、ユダヤ＝キリスト教的な伝統に巻き込まれている者の、ひとつのありようを見ているのである。

実際、ラカンは、自らの理論に、文化に規定されない形式的表現（マテーム）を与えることを好む一方で、セミネールなどで語るときに出してくるのは、ユダヤ＝キリスト教の伝統を強く喚起する例である。

たとえば、前節でふれた「隠喩」は、ユゴーの「眠れるボアズ」という詩の中の「彼の麦束は欲深くなく、恨み深くもなかった」という一節を引くことで語られているのだが、この詩は、『旧約聖書』の「ルツ記」第二―四章をふまえて書かれたものである。[27][28]

まず「ルツ記」について簡単に説明しておこう。表題になっているルツは、モアブ人、つまりユダヤの民にとって異邦の女性である。飢饉のため故郷を離れモアブに寄留していたエリメレクとナオミ夫妻の息子と結婚するが、夫に先立たれる。自らも夫と息子を失った姑のナオミは、ユダの地に戻るとき、ルツに故郷に帰るように言うが、ルツは、ナオミについてユダの地へ赴く。そこでルツは、ナオミの親戚である裕福な男ボアズの畑の落ち穂拾いをして生計をたて、姑につかえる。ボアズもまたルツに寛大な心をもって対処する。そんなルツとボアズを見ていたナオミは、ボアズに自分たちが失った土地や人を買い戻す権利があることを知ると、ボアズとルツの結婚を願って一計を案じる。ボアズの麦打ち場にルツを送り、休んでいるボアズの足下に横たわらせるのである。それは功を奏して、結果的にボアズは、ルツを買い取り、正式に妻とする。そしてルツには子供が生まれ、その子は後にダビデの祖父となり、さらにはイエス・キリストの父祖となるのである。

このように、「ルツ記」は、異郷で夫と息子を失ったナオミと、夫を失った異邦の嫁ルツが、ともにユダの地に戻り、力を合わせて働いた結果、寛大な心をもつボアズとの出会いを通して、神ヤハウェから息子を授かり、血統の断絶を免れ、三者とも、ダビデの、そしてイエス・キリストの祖先となった、という話である。

異邦の女が、ダビデやイエスの先祖として「正統」なるユダヤの家系に位置を占めることになるわけであるが、この点に関しては、『旧約聖書XIII　ルツ記　雅歌　コーヘレト書　哀歌　エステル記』の解説（同書、一九二頁）において、月本昭男は、以下のように書いている。

「バビロニア捕囚から帰還したユダの民は、エルサレムに神殿を再建し、祭儀と律法を中心にしたユダヤ教団国家をつくりあげてゆく。ユダヤ人は割礼、安息日、食物の規定などの宗教色の濃い律法を遵守することによって、自らを異教徒・異邦人から区別し、選民としての自覚を培ったが、それは同時に純血主義をも生み出した。そうした脈絡にルツ記をおくならば、異邦の女ルツに中心的な役割を果たさせることによって、物語はそのような偏狭な民族主義を内から衝き崩そうとしたのではないか、と思われてくる。イスラエルにとって、とくにモアブ人は地理的にも、文化的にも最も近い存在でありながら、忌むべき民とされていたのである。ただし、このようなルツ記の立場も、今日的観点からすれば、物語がルツを『ユダヤ化』せざるを得なかった点において、一定の限界内にあったことは否めない。」

このように、「ルツ記」は、家系、民族、女性といったテーマを考えさせずにはおかないものであるが、ともあれ、ユゴーの詩は、ナオミがルツをボアズの元へ送った時のことを描いた叙事詩で、問題の隠喩は、以下のように第三連に現れる。

ボアズは疲れはてて、横たわっていた。
日がな一日、麦打場で働いてから、
いつもの場所に臥所《ふしど》をしつらえ、
ボアズは眠っていた、小麦のあふれる大桝《ます》のそばで。

この老人は、大麦や小麦の畑をいくつももっていた。
物持だったが、心がけは正しかった。
ボアズの水車場の水は泥でよごれず、
ボアズの鍛冶場の火は地獄の影を宿さなかった。

この老人のひげは銀色に輝いていた、まるで四月の小川のように。
麦束をたくさん蓄えていたが、惜しみもせず、分けへだてもせず人に与えた。
（筆者注：Sa gerbe n'etait ni avare ni haineuse...　彼の麦束は欲深くなく、恨み深くなく……）
哀れな落ち穂拾いの女が通りかかると、
ボアズは言いつけた、「わざと穂を落としてやってくれよ」と。

ユゴーの詩は、ボアズが、「大麦や小麦の畑をいくつももって」いる「物持ち」だが「心がけは正しかった」ことにふれつつ、「彼の麦束は欲深くなく、恨み深くもなかった」と書いて、ボアズが、裕福だがつつましく、しかも気前がよいありさまを語っていく。

ラカンは、「彼の麦束は欲深くなく、恨み深くもなかった」という表現が、「麦束が貧しい人たちの間で気前よく散った『と同様に』、かのボアズ『もまた』欲深くなく恨み深くもなかった」というような「比較」ではなく、「同一化」であることに注意を促す[29]。つまり、このユゴーの詩においては、「麦束」という所有物が、「ボアズ」を主語の位置で消去し[30]、ボアズに取って替わっているのであり、ラカンはこうした消去こそ、新たな意味作用の創造に寄与するのだとして、以下のように述べる。

「しかし、贈与者が、このような過度の気前の良さによってその贈り物といっしょに姿を消したのは、彼がそこにおいて消滅した姿を取り巻いているもののなかに再び現れるためです。というのも、そのことは多産性の発現であって、――それは、詩が称揚するあの驚異を、つまり贈与者であるこの老人が、聖なる文脈のなかでこれから受け取る、父親になるであろうという約束を告げているのです[31]」。

ラカンは、「ボアズ」が「麦束」によって消去されたのは、別のところで再び姿を現すためだと言うのである。実際、この詩は、聖書の記述にはないが、問題のその夜、「ヤコブが眠ったように」眠るボアズに「ひとつの夢が降りてき」て、父となることのお告げを受け取ることが、以下のように語られるのである。

ボアズが見たのはこんな夢。一本の柏が
自分の腹から生えて、青空まで届いている。

その木を、ひとつの種族が長い鎖さながらに登っていく。
下ではダビデ王が歌い、上ではキリストが死んでいく。

ボアズは、いずれ父となり、ダビデやキリストの祖先となることを、夢の中で知らされ、しかも腹から「一本の柏が生えて」、「青空まで届」き、その木は「長い鎖」のようだというのである。これは明らかに「血統」を意味する樹木であり、しかも、下にはダビデ王が、上にはキリストがいるような、ユダヤの輝かしい家系を意味する樹木である。むろんこの時点でそれが現実となることを知ろうはずもないボアズは、八十歳になろうとする寡夫である自分に、何故そんなことが起ころうかと夢の中でいぶかり、足下に未来の妻が横たわっていることも知らず眠り続けるのだが、ユゴーはそんな様を記述するときも、

西洋杉が根もとの薔薇に気づかぬように、
ボアズもまた、足もとの女に気づかなかった。

と、ボアズを「西洋杉」という樹木の比喩において表現し（ただし、ここにおいてはラカンのいう隠喩としての同一化ではなく、比較になっている）、続いて「闇は、厳かな婚礼の気配に満ちていた」と記し、秘蹟にみちた厳かな夜を印象づけている。
「ルツ記」は、表題も「ルツ」であり、ルツ、あるいはナオミという女性の側を中心にした話といえるだろうが、ルツやナオミ同様、老齢で寡夫の身であるボアズもまた、血統が絶える危機にあったのであり、三者

は、この夜を契機として、はからずも後にユダヤの輝かしい歴史を担うことになるわけである。むろん、それを可能にしたのは「信仰」である。ラカンの注目した隠喩に沿って言うと、「麦束」によって消去されたボアズは、「柏」、そして「西洋杉」という樹木へと成長していくのであり(シニフィアンが次々に送付されていくと考えてよいだろう)、「麦束」によるボアズの消去は、西洋杉という樹木=家系(西洋文明の根幹をなすことになる家系)において再び現れるために、必要な象徴的殺害だったということになる。

それゆえに、詩的な火花が生じるのは、ひとりの人間の固有名詞であるシニフィアンと、これを隠喩的に消去したシニフィアンの間からなのです。そして、この場合には、その火花は、フロイトがこれによって、父親の秘密の、あらゆる人間の無意識における進行過程を再構成してみせた神話的事件を再び生み出しているだけに、父親であることの意味作用を現実化するのに、一層効果的です。(32)

とラカンは言っている。

前節であげたエディプス・コンプレックスの、ラカン的表現である父性隠喩の公式においては、下に落ちるのが「母の欲望」であるため、ボアズが下に落ちるこの例と完全には一致しないが、ラカンの考える隠喩、父性隠喩というもののありようを、よく表す例だといえるだろう。いずれも象徴界に参入するために必要な、シニフィアンによる「もの」の殺害(33)について語っているのである。とりわけ、ボアズの例は、ラカンの父性隠喩が、ユダヤ=キリスト教の神への信仰と、子をなして家系において位置を占めることと、深く関わるものであることを如実に告げている。ラカンは、フロイトの『トーテムとタブー』で示された原父殺害後の息子の、死せる父への事後服従[34]に父の名をみているが、子をなすことの父に与えられる役割が、現実の父親ではなく「宗教が我々に対して父の名として援用するように教えたものからの結果としてでなければありえない」[35]とも言っていることも、こうしてみてくると頷けよう。

このほか、ラカンはクッションのとじ目を説明する時にも、ラシーヌの『アタリー』[36]を引いて、「信仰」によって「家系」を存続させることにおいて、それを説明している。[37]

もちろん、フロイトは宗教を集団神経症にすぎないと批判したし、ラカンもまた、精神分析は宗教ではなく科学であると言った。しかし、主体が象徴界に参入する際に生じる出来事は、主体に先立つ〈他者〉との遭遇の平面において、一挙に成立するのであり、そこには合理的な根拠を見出そうとしても見出せない、パロール（発語行為）における「騙さない何か」の機能、つまり一つの〈信仰〉に似た出来事があるのみである。しかもそれをわれわれは事後的にしか知り得ないという意味でそのように言うなら、ラカンが自らの教義の核心部分を説明するときに〈信仰〉を持ち出してくることと、同時に精神分析が宗教であってはならないと主張することは矛盾しないはずである。実際、ラカンは、ヨーロッパにおいてめざましい発達をとげた科学は、ユダヤ＝キリスト教の〈騙さない神〉への信仰によって成立したことを強調している。[38]

3　短歌形式における父性の引き受け

さて、ここで寺山の第二歌集『血と麦』を検討しよう。[39]

第二歌集『血と麦』は、死の病からの奇跡的な蘇りを果たしつつあった一九五八年前後から、婚約にいた

る一九六二年くらいまでに作られた歌を集めて構成した歌集である。(40)

第一歌集では、独身者としての青年の生が刻まれたが、この歌集では、結婚による新たな主体形成が問題になっており、父、母、婚約者、分身たる若者の生などの地平を、自らとの距離を測りつつ丁寧に詠み込み、作品集全体において、「戦後の（男性）主体」を浮き彫りにしている。

最も象徴的な歌は、

晩夏光かげりつつ過ぐ死火山を見ていてわれに父の血めざむ

であろう。自らを主体形成へと呼びかけるものとして、「死火山」を表象している。亡き父や遠く離れた母、自身をとりまく友人や物をくり返し詠み込むことで安定させていた少年期を脱し、「死火山」という父性を象徴する語（フロイトが『トーテムとタブー』で示したように、父は死んで後に「法」として作用する）をもちこむことで、自己を再編成しようとする決意が、ここにあるというべきであろう。この歌が、以下のような歌に続いて配置されていることも、それを証拠立てるといってよいだろう。

埃っぽきランプをともす粱ふかく愛うすき血も祖父を継ぎしや
鷹追うて目をひろびろと青空へ投げおり父の恋も知りたき

父、祖父……と連綿と続く父性（死せる父）を「死火山」という表象において喚起し、父を引き受けようとしているようである。

実際、第一歌集で登場し、後に第二歌集に編纂されることになった「真夏の死」という連作では、「火山」をみていて父性が喚起されたが叶わなかった青春の日のことが描かれている。

遠き火山に日あたりおればわが椅子にひっそりとわが父性覚めいき
野茨にて傷つきし指口に吸い遠き火山のことを告げにき
かつて野に不倫を怖じずありし日も火山の冷えを頰におそれき
ぬれやすき頰を火山の霧はしりあこがれ遂げず来し真夏の死

青春の日の「火山」から「死火山」へと変容をとげて、いままさに父となろうとする日々を詠もうとしているのであるが、近代短歌の心境詠とは異なり、問題になっているのは、作者と一致する「私」の「心情」ではなく、「死火山」の呼びかけに応える戦後主体の父のありようであり、寺山自身の私的体験が窺われる歌も残しつつ、理念型としての戦後主体を浮かび上がらせている。

きみのいる刑務所とわがアパートを地中でつなぐ古きガス管
北方に語りおよべば眼の澄めるきみのガソリンくさき貯金通帳

寺山が同胞の意識をもって見つめる若者たちは、すでにデビュー作で見られたように、戦争遺児であったり、「父さんを還せ」と作文に書く在日朝鮮人だったりするのだが、この作品集でも、なんらかの形で戦後を屈折した形で生きざるをえない、アウトロー気味の若者たちである。寺山は、そうした若者たちの歌を配列する中で、死火山の呼びかけに応え、新たな家をもち「主体」を確立しようとする姿を浮き彫りにしている。

中でも重要なのは表題作「血と麦」の章で示された父親像だろう。

セールスマンの父と背広を買いにきてややためらいて鷗見ており
血と麦がわれらの理由工場にて負いたる傷を野に癒しつつ
さむき川をセールスマンの父泳ぐその頭いつまでも潜ることなし

「死火山」が象徴する連綿と続いてきた文化の伝統を前にして、特高刑事でかつセレベス島で戦病死した父とは異なる、「セールスマンの父」という戦後世代の父親像を表出しているのである。寺山個人とは重なることのない設定であるが、「血と麦がわれらの理由」である農村の若者たちと、そこに帰郷した「セールスマンの父」をもつ青年の世界が描かれており、「死火山」の呼びかけに応える主体形成と関連づけられている。

「セールスマンの父」といえば、アーサー・ミラーの戯曲に『セールスマンの死』[41]という作品がある。一九五〇年に発表され、日本でも一九五四年に初演されており、寺山もその塚本邦雄論[42]でふれている（ただし一九七六年のことだが）ことから、この歌集における「セールスマンの父」も、アーサー・ミラーの戯曲を意識したものである可能性が高い。簡単に見ておこう。

アーサー・ミラーの戯曲の「セールスマン」、ウイリー・ローマンは、妻と二人の息子の四人家族。一攫千金の夢に誘う兄の申し出を断り、セールスマン稼業を三十六年続け、ローンで買った家と電気製品に囲まれ、ひとなみの幸福を手中にしているように見えるが、その実月賦の支払いに追われ、息子たちも思うようにならず、とりわけ花形スポーツ選手として将来を嘱望されていた長男は、期待に反し三十を越すというのに自立できないままでいる。妻は尊敬し愛してもくれるが、長年勤めた会社からは用済みの宣告を受け、追いつめられていく。そして彼は結局、庭に「種まき」をした後、車で外出し死にいたるが、それは保険金を残すためであったかもしれないことがほのめかされる。最後に妻は墓前で言う。

「なぜ、あんなことなさったの？　考えて、考えて、考えぬきました。でも、わからない、どうしても。家の最後の払いは、今日すませました。今日ですよ。でも、住む人はいない。借りも払いも、みんななくなったのよ。これで、自由になったのよ。借りも……払いも……なくなってね……」(43)

この戯曲が日本で上演されるようになった頃は、「月賦を払いきるころ必ずこわれて新しく買いかえなければならなくなる自動車や電気冷蔵庫」や「二十五年月賦で家を買うこと」など、想像も絶することであり「実感をもって受け止めることはできなかった」(44)らしい。しかしそれでも、妻によって「大金をもうけたこともなければ、新聞に名前が出たこともありません」(45)、あるいは「つまらない人間だって、えらい人と同じように、疲れもしますよ。立派な人格者というわけでもありません。（中略）新しい販路をつぎつぎに切り開いていったというのに、あの年になって会社は給料を取りあげるのです」(46)と言われ、そして隣人には「セールスマンには、生活の基盤というものがないのだ。ナットでボルトをしめられるわけじゃなし、法律に通じているわけじゃなし、薬も作れない。靴をぴかぴかにみがき、にこにこ笑いながら、はるか向うの青空に、ふわふわ浮いている人間なのだ。だから、笑いかけても、笑いかえしてもらえないと、さあ大変（中略）セールスマンは夢に生きるものなのだ。その夢は受持区域にあるのだ」[47]と言われるような「セールスマン」の父の悲劇が、アメリカナイズされつつあった戦後社会の典型たりうるとして、漠然と予感した人は少なくないのではないだろうか。

さむき川をセールスマンの父泳ぐその頭いつまでも潜ることなし

寺山は、こうした無名のセールスマンが、ささやかな家族の幸福を願いつつ破綻するという悲劇をくり返しながらも、連綿と続いていく様を歌に詠み、自らの主体形成も関わらせつつ表出しているのである。ファシズムの父に代わる戦後社会の父は、何ら輝かしいところをもたず、勤勉さによって相対的幸福を手に入れようとする（そして失敗する）父であり、理想とはいえないものの、ファシズムを経たこの時代の一つの理念として受け入れている様子が読み取れる。

実際、寺山はこの歌集において、以下のように、セールスマンの父というシニフィアンによって組み替えられる主体のありようを表出した作品を多く詠んでいる。

たとえば、以下は、婚約者との地平を詠んだ歌である。

古いノートのなかに地平をとじこめて呼ばわる声に出でてゆくなり

林檎の木伐り倒し家建てるべしきみの地平をつくらむために
乾葡萄喉より舌へかみもどし父となりたしあるときふいに
父の年すでに越えおり水甕の上の家族の肖像昏らし

「古いノートのなかに地平をとじこめて」婚約者の呼び声に応え、故郷青森を想起させる「林檎の木」[48]を伐り倒して新たに「きみの地平」をつくろうと詠むことで、「私」の組み替えが行われている様子をみつめている。また、「あるときふいに」父になりたいと思ったというほほえましいエピソードを詠み込みながら、そのまなざしは遠い昔の「家族の肖像」に向けられ、父への願望が出現する根拠を示唆している。明らかに「死火山」の歌に呼応した、エディプス的主体の形成を観察するまなざしがここにはある。自らを主体へと呼びかけるものを見据えつつ、その呼びかけに応えようとする自分をもみつめている。

また、そのまなざしは同時に、そこからこぼれ落ちるものや微妙なかげりを見つめてもいる。

種まく人遠い日なたに見つつわが婚約なれど訛りはふかき
起重機に吊らるるものが遠く見ゆ青春不在なりしわが母
目の前にありて遥かなレモン一つわれも娶らん日を怖るなり

娶ることの怖れを詠まずにはおれないことは、母と妻との間で苦しみ、そのことと深く関わる作品を作っていくことになる後の活動（第四章参照）を考慮すれば象徴的だといえようか。ともあれ、こうした配置の

中に、

厨にてきみの指の血吸いやれば小麦は青し風に馳せつつ
夕焼の空に言葉を探すよりきみに帰らむ工場沿いに

のように、寺山にしては珍しい、素朴に夫となる歓びをストレートに詠んだ歌も置かれ、

亡き父の勲章はなお離さざり母子の転落ひそかにはやし

と詠まれるような形で戦後を生き始めた青年が、「死火山」の呼びかけに応え、「セールスマンの父」において自らを消去し、欲望主体を形成していく様がありありと表出されている。まさしく「父性隠喩」の成立それ自体が描かれているといえよう。

このように、寺山の第二歌集『血と麦』は、ラカンの「父性隠喩」そのものをテーマにしたような作品である。

日本において、ラカンの思想の背景にあるユダヤ＝キリスト教の伝統はないが[49]、戦後の体制の中で、「死火山」を前にして、「君は父となる人だ」という呼びかけを聴いている姿が描かれている。自らを取り巻くものを丁寧に詠み込みながら、「死火山」からの呼びかけに応答するありようは、ある種の信仰を思わせるし、フロイトの原父殺害の神話をも思い起こさせるものである[50]。タイトルもまさに「血と麦」、父というシ

ニフィアンを受け取る秘蹟にみちた瞬間は、子をなすこと、家系という象徴的な世界に位置を占めることと結びついている。天才歌人と呼ばれ、「家出のすすめ」で時代のアジテーターとなる寺山にしては、描かれた主体像は意外にオーソドックスなものだといえようか。たとえば、以下、寺山の年長の友であり、かつ寺山のよき評価者でもあった塚本邦雄の歌と比べてみれば、その違いは明らかである。

パリサイド・ホテル毛深き絨毯に足没す　かくも父に渇き　（『水銀伝説』）
象牙のカスタネットに彫りし花文字の　マリオ　父の名　ゆくさき知れず　（『水葬物語』）
頭巨き父が眠りてわがうちに丁丁と豆の木を伐るジャック　（『日本人霊歌』）

第一首、第二首は、ジャン・ジュネの倒錯の世界に通じるものがあるし、第三首の父は、無意識における不穏な欲動の動きを表出した世界のようでもある。(51)
むろん、塚本は実生活の上で父であり、

煤、雪にまじりて降れりわれら生きわれらに似たる子をのこすのみ　（『装飾楽句』）

というような歌も残しているものの、基本的にはそうした、子をなす父を呪詛するかのような父の歌を作ることが圧倒的に多く、倒錯的であったり、精神病的であったりする西洋文学の薫りのする幻想的世界を、短歌形式にもりこんだのであるが、寺山の短歌には、意外なことにこうした世界は乏しい。また、戦争遺児や祖国を追われた者に対する共感を詠んだ歌は多いが、塚本の、

日本脱出したし　皇帝ペンギンも皇帝ペンギン飼育係りも　（『日本人霊歌』）

のように直接国家を批判、呪詛する歌はない。とりわけこの『血と麦』では、原父殺害後の兄弟同盟よろしく、過度な夢をみず、都市に住んで堅実な仕事とささやかな家庭の幸福を夢見、世代の再生産を担う「セールスマンの父」を前面に押し出している。ファシズムの父を見据えつつ、この日本において父性隠喩を引き受けることをテーマとした神経症圏の世界が、自覚的に描かれているのである。

「家出のすすめ」を講演して回っていた時期でもあるが、これとて、そのタイトルから受けるイメージとは異なり、息子の母からの自立といった神経症的なテーマが基調をなしており、歌集の世界とさほど懸隔はない。

しかし、ほぼ同時期の演劇作品『狂人教育』[52]においては、「精神分裂症」（現在の統合失調症にあたる）という言葉が、その定義とともに劇の比較的初めの方で語られ、狂気（精神分裂症）を排除する「家族」の力学が、徐々にパラノイア的狂気を生み出していくありよう[53]を描いているのは、注目されるところである。

この劇は人形劇であるが、それを操る人と人形が話をしたり、人形は人間の代理といった了解事項を排する「男根と勲章しかない元将軍のガイコツや、女陰をむきだした浮気女の人形」を登場させ、「登場人物」である人形たちを記号として扱うといった、当時としては実験的なものだった。寺山は、「人形を使えば、

物でもない、人間でもない、観念を代表する〝なにか〟が作れるのではないか」と言っていたという。[54]ストーリーも、祖父母、父母、兄、姉、妹の六人家族の中に、狂人（精神分裂症）が一人いると医師に告げられたために、狂人と名指されることを恐れた家族が、相互に狂人探しを始めたあげく同質化し、ただ一人そうした強迫観念をもたない妹を、溶けて一つに化した家族人形が殺してしまうというものである。基本的に、この劇は、登場人物の心理ではなく、狂気をはらむ家族の力学を浮かび上がらせるといったもので、「人形劇」であることを巧妙に用いた作品だった。[55]

つまり、寺山は、歌集『血と麦』を発表し、私生活の上でも婚約し、「家」をもとうとすると同時に、「家」に潜在する狂気をテーマにした『狂人教育』という演劇作品を書いていたことになり、本節で検討した父の引き受けというテーマが、狂気を見据える中で作品化され、ラカンのいう「父の名」と密接に関わっていることがわかる。

4　結論

以上、この章では、第二歌集『血と麦』をラカンの父性隠喩と関連づけて説明した。

寺山は短歌形式において直接的には狂気を詠まなかった。しかし同時期の創作活動の分析を通してわかることは、狂気を思考から除外していたのではなく、むしろ意味作用のとじ目としての父というシニフィアンの引き受けが、狂気と不可分であることを見つめつつ、作品化を行っていたということである。むろん、寺山は、この時点ではラカンを知らなかったであろうが、演劇作品における狂気の設定の仕方や、この章で検討してきた短歌作品における父の位置づけなどから、第Ｉ部で見た初期作品とは異なり、フロイトなどの精神分析的な知見は、厳密にではなくても、ある程度「発想」としてはつかんでいたと推定される（交友関係があった塚本邦雄にはそうした知識が明らかにあり、そうした知識に基づいて歌作りをしていたことを考慮しても、そのように推測しておかしくはない）。

そもそも引用した戯曲の「セールスマンの父」の方は悲劇的な最後を迎えるわけであり、理想像とは言いがたいこうした父親像をあえて自我理想としてもちこむことで領域化される、異性とのささやかな幸福を提示するあたり、ラカンが、「生きることのできる穏やかな関係が両性間に打ち立てられるような避難所には、父の隠喩という媒体の介入が必要である」[56]と言っていることを想起させる。それは、先に引用したラカンの「人間の存在というものは、狂気なしには理解されないばかりでなく、人間がもしみずからの自由の限界として狂気を自分の内に担わなかったら、それは人間の存在ではなくなってしまうでしょう」という人間観と深く関わっているものといえよう。

そしてまた、ラカンが隠喩を説明する際に、機知をとりあげていることを想起すれば[57]、自我理想として「セールスマンの父」をもちこむことは、ある種の「機知」と考えられるかもしれない。

寺山の作歌活動は、これ以後もう一つ『田園に死す』という歌集を上梓して終わることになるのだが、この歌集では、「死火山」に対して「田園」が問題にされ、セールスマンの父に同一化して主体確立することにより失われた故郷と母が、作品化されていた。といっても単なるノスタルジーの世界ではない。寺山は、生まれ故郷の世界を描く中で、自らを捨て子家系の孤児として再発見する[58]。寺山は、狂気を見据えつつ、短歌形式においては基本的に、ラカンの $\$\diamond a$ という表記で表される神経症的主体の選択を表出していたといえそうである。

注

（1）寺山修司『家出のすすめ』、角川文庫、一九七二年。
（2）Lacan, J., Le Séminaire Livre III, Seuil, 1981, p.24.（小出浩之他訳『精神病』上、岩波書店、一九八七年、二三二頁）
（3）Lacan, J., Propos sur la causalité psychique, Écrits, Seuil, Paris, 1966, p. 176.（宮本忠雄訳「心的因果性について」、『エクリ』I、弘文堂、一九七二年、二三七—二三八頁）及び Lacan, J., D'une question préliminaire à tout traitement possible de la psychose, Écrits, p. 575.（佐々木孝次訳「精神病のあらゆる可能な治療に対する前提的問題について」、『エクリ』II、弘文堂、一九七七年、三四二頁）
（4）加藤敏は、精神病を了解不能なものとして排除するヤスパースなどの立場に対して狂気を内に含んだ主体理解をなすラカンの思想を、「狂気内包性思想」という言い方をしている（『創造性の精神分析　ルソー・ヘルダーリン・ハイデガー』、新曜社、二〇〇二年、二二三—二三九頁、及び「狂気内包性思想の精神分析」、『フランス哲学・思想研究』七号、日仏哲学会、二〇〇二年、二一一九頁）。
（5）Lacan, J., De la psychose paranoïaque dans ses rapports avec la personnalité, Seuil, 1975.（宮本忠雄他訳『人格との関係からみたパラノイア性精神病』、朝日出版社、一九八七年）
（6）Lacan, J., Le Séminaire Livre III, p. 94.（『精神病』上、一三三頁）
（7）F・ソシュール『ソシュール　一般言語学講義』（小林英夫訳）、岩波書店、一九七二年、九六頁。
（8）Lacan, J., Écrits, p. 497.（『エクリ』II、二四三頁）
（9）Lacan, J., Le Séminaire Livre V, Seuil, 1998, p. 478.（佐々木孝次他訳『無意識の形成物』下、岩波書店、二〇〇六年、三四〇頁）
（10）ibid., p. 33.（佐々木孝次他訳『無意識の形成物』上、岩波書店、二〇〇五年、三九頁）
（11）未開社会における「神話」というものが、昼と夜、天と地など、人間の設立に不可欠な基底のシニフィアンを提供することに注目している。
（12）Lacan, J., Écrits, p. 558.（『エクリ』II、三二二頁）
（13）Lacan, J., Le Séminaire Livre V, Seuil, 1998, pp. 166-167.（『無意識の形成物』上、二四五頁）

(14) Lacan, J., Le Séminaire Livre III, p.214.（小出浩之他訳『精神病』下、岩波書店、一九八七年、五四頁、新宮一成・立木康介編『フロイト=ラカン』、講談社、二〇〇五年、八〇頁）

(15) Lacan, J., Le Séminaire Livre XI, Seuil, 1973, p. 199.（小出浩之他訳『精神分析の四基本概念』、岩波書店、二〇〇〇年、二九四頁）なおVorstellungsrepräsentanzはフロイトの使用した語で、ラカンはこれを「表象的な代理」ではなく、「表象代理」であると強調した。

(16) フロイトがこれを説明するにあたって、耐え難い表象を意識から隔てておく〈反発力〉だけでなく、「原抑圧を受けたものがそれと結びつく可能性のあるすべてのものに対して行使する〈引力〉」の作用を強調していたことに相当する。Freud, S., Die Verdrängung, G. W. X, pp. 250-251.（中山元訳「抑圧」、『自我論集』、ちくま学芸文庫、一九九六年、五四―五五頁）

(17) Lacan, J., Le Séminaire Livre III, p. 95.（『精神病』上、一三四頁）

ここで、「是認」という概念について簡単に説明しておこう。フロイトによれば、判断機能には二つあり、ひとつは属性判断であり、「一つの特性を認めるか認めないかする」ものであり、もうひとつの存在判断は、「ある表象が存在するか否かを決定する」判断である。「原初の快感―自我」は、良い物はとりこみ、悪いものは排除する（とりこまれたものは良いもので、排除されたものは悪いものであるといってもよい）。これが属性判断であり、良い物をとりこむこの最初の同一化を「是認」といっている。これに対して、存在判断は、表象されたものが現実の中に存在するかいなかの判断である。最初の満足の体験を再現しようとしてかなわない場合、幻覚により再生するが、それは真の満足をもたらさない。そのため、表象が現実に存在するかどうかという「現実吟味」が必要となるが、そうした中で「かつて満足をもたらしたもの」について「まだある」という判断とともに、「もはやない」という否定判断を、否定象徴の形成によって行うようになる。この、属性判断における「是認」をもとになされる否定象徴の形成こそ、抑圧された内容を隔てておきつつ知的に承認することを可能にし、ラカンのいう象徴界に主体が参入する条件となるのであるが、精神病においては、この「是認」そのものが行われないために、象徴界への参入を十全に果たせないとラカンは言うのである。よって、「排除」とは、フロイトの言う「否定」の水準にあるのではなく、「是認」が行われる水準で想定されたものであり、ラカンが「精神病」を説明しようとして独自に提出した概念であることは注意しておきたい。

(18) ibid., p. 330.（『精神病』下、二三八―二三九頁）

(19) ibid., p. 94.（『精神病』上、一三三頁）

(20) Lacan, J., La chose freudienne ou Sens du retour à Freud en psychanalyse, Écrits, p. 431.（佐々木孝次訳「フロ

イト的もの、あるいは精神分析におけるフロイトへの回帰の意味」、『エクリ』II、一五二頁）Lacan, J., Le Séminaire, Livre III, p. 309.（『精神病』下、一九八頁）

（21）Lacan, J., Le Séminaire Livre III, pp. 76-77.（『精神病』上、一〇五—一〇七頁）

（22）ibid., p. 324.（『精神病』上、二二八—二二九頁）

（23）ibid., pp. 324-325.（『精神病』下、二三〇頁）

（24）Lacan, J., Le Séminaire Livre XI, pp. 215-216.（『精神分析の四基本概念』、三三二頁）

（25）D・P・シュレーバー『シュレーバー回想録——ある神経病者の手記』（尾川浩、金関猛訳）、平凡社、二〇〇二年。

（26）前節の表現を用いれば、最初のシニフィアンS_1が、対となるシニフィアンS_2に対して主体を代表象し、自身は象徴界から姿を消すということが成り立たない。

（27）本論文では、以下の書物を参照した。ヴィクトル・ユゴー『ユゴー詩集』（辻昶・稲垣直樹訳）、潮出版、一九八四年、二九四—三〇〇頁。

（28）ここでは、以下の書を参考にした。月本昭男・勝村弘也訳『旧約聖書XIII　ルツ記　雅歌　コーヘレト書　哀歌　エステル記』、岩波書店、一九九八年、三—一九頁。

（29）Lacan, J., Le Séminaire, Livre III, p. 247.（『精神病』下、一〇四頁）

（30）「麦束が『欲深くなく』『恨み深くない』ことに対しての主語の位置にあるからこそ、麦束はけちでなく気前のよいボアズと同一化されます。位置が同じということによって、麦束はボアズという主語と文字通り同じものなのです。」ibid., p.248.（同書、一〇五—一〇六頁）

（31）Lacan, J., L'instance de la lettre dans l'inconscient ou la raison depuis Freud, Écrits,p. 508.（佐々木孝次訳「無意識における文字の審級、あるいはフロイト以後の理性」、『エクリ』II、二五六頁））

（32）Lacan, J., L'instance de la lettre dans l'inconscient ou la raison depuis Freud, Écrits, p. 508.（同論文、同書、二五六頁）

（33）ラカンは論文「無意識における文字の審級、あるいはフロイト以後の理性」を以下のように締めくくっている。「たしかに精神は生かし、文字は殺すと言います。われわれはこのことを否定しませんし、ここでは何ぶんにも文字によって探求する誤りを犯した尊い犠牲者に対して敬意を表さなくてはなりません。同時にまたわれわれは、文字を抜きにして精神はどうやって生きるのか、と問います。」ラカンは隠喩による「もの」の殺害を、生きるためになす文字による殺害と考えているのであり、『セミネール』Vにおいて、「機知」を換喩ではなく隠喩としてとらえているのは注目するべきであろう。

(34) フロイトが考えた神話。有史以前の世界では、「原父」=「部族の長」がすべての女を自分のものとしていた。息子たちはこれに不満を抱き、対抗し、団結して父親を倒し、これをみんなで食べてしまった。父親殺害後しばらくは原父にとってかわろうと兄弟たちは互いに争うが、こうした争いが徒労であることを知り、互いに平和に暮らせるように自ら女たちを断念し、インセストタブー、族外婚の掟を課す。父が死んで、禁じる者がいなくなった後に、自らその父の法に服するというわけである。

(35) Lacan, J., D'une question prélimiaire à tout traitement possible de la psychose, Écrits, p. 556.(佐々木孝次訳「精神病のあらゆる可能な治療に対する前提的な問題について」、『エクリ』II、三二〇頁)

(36) 「事件の顚末は聖書のままで、異端の神バアルを信ずるアタリーは、正統の神エホバを信ずるダビデ王家の一族をみな殺しにして王位につくが、彼女の凶刃を免かれた孫ジョアスひとりがジョアドの手によって神殿に匿まわれて育ち、やがてジョアドの率いるレビ人たちに復讐され、殺される物語である。」伊吹武彦・佐藤朔編集『ラシーヌ戯曲全集』II、人文書院、一九六五年、三〇六頁。

ラカンは、第一場において、ジョアドが「約束された威嚇を守る神」という言葉で、アタリーがしでかすことをあれこれと「恐れる」アブネルに、「神への畏れ」という原初的シニフィアンを喚起し、異端の神を信じる女王アタリーをうち倒す決断をさせることに注目し、ここに「クッションのとじ目」を見ている。Lacan, J., Le Séminaire Livre III, pp. 298-304.(『精神病』下、一八〇—一九〇頁)

(37) フロイトが、自らの拠って立つ伝統を語るとき、それは「少数派」の意識ぬきにはなかったのに対して、ラカンにあっては、ヨーロッパの「正統な」伝統が喚起されているという違いは無視できないかもしれない。もっともラカンは、精神医学や当時の精神分析の世界では「異端」だった。

(38) Lacan, J., Le Séminaire Livre III, p. 77.(『精神病』上、一〇七頁)

(39) 以下、拙著『孤児への意志——寺山修司論』(法蔵館、一九九五年)の第一章と内容的に重複する部分を含む。

(40) ただし、一九七一年、自らの全歌集出版にあたり、大きく手を入れ第一歌集と一部入れ替えをしたり、配列を変えたりしている。現在文庫などで『寺山修司歌集』として出回っているものは、改変されたものの方である。本章で述べる父性隠喩というテーマを、よりくっきりと押し出すように改変されている。

(41) A・ミラー『アーサー・ミラー全集』I(倉橋健訳)、早川書房、一九七七年所収。

(42) 寺山修司『寺山修司全歌論集』、沖積社、一九八三年、八二—八三頁。

(43) アーサー・ミラー前掲書、三一九―三二〇頁。
(44) 同書、三二八頁。
(45) 同書、二〇一頁。
(46) 同書、二〇二頁。
(47) 同書、三一八頁。
(48) 「林檎の木ゆさぶりやまず逢いたきとき」という句を大学一年の六月に発表している。故郷での恋の句であるという。
(49) もっとも、明治以降日本は、政治体制的には国家神道に基づき、天皇を中心とした中央集権的な近代国家の成立をめざし、一神教的世界を導入したという見方もできる。
(50) 先にあげた火山の歌の中に、「火山」に禁止する父を見て、「恐れ」を感じている様子を歌ったものがあった。まさしく原父殺害後の死せる父への事後服従である。前述したように、ラカンはこれに「父の名」を見た。
(51) ラカンの言う多頭の主体、無頭の主体を想起させる。Lacan, J., Séminaire Livre II, Seuil, 1978, p. 200.（小出浩之他訳『フロイト理論と精神分析技法における自我』上、一九九八年、二七八頁）
(52) 一九六二年、人形劇団ひとみ座によって初演された。寺山修司『寺山修司戯曲集』1、劇書房、一九八二年所収。
(53) ラカンは精神病について、フロイトを継承しつつ、パラノイアとパラフレニー（スキゾフレニー）の間に分水嶺を設定している（Lacan, J., Le Séminaire LivreIII, p. 12.『精神病』上、五頁）。
(54) 一九六二年、毎日グラフ誌上での発言だという。『毎日グラフ別冊　寺山修司』、一九九三年十月、三七頁。
(55) この妹のヴィジョンは、後の演劇活動において生命を付与されることになる。第五章参照。また、この劇は、演劇の装置そのものをさらすという、天井棧敷の演劇のスタイルをすでにもっている点で注目される（三浦雅士「寺山修司を記述する試み」、『寺山修司の戯曲』5、思潮社、一九八六年、三四八―三五〇頁）。
(56) Lacan, J., Le Séminaire Livre XI, Seuil, 1973, p. 247.（小出浩之他訳『精神分析の四基本概念』、岩波書店、二〇〇〇年、三七一頁）
(57) Lacan, J., Le SéminaireLivre V, Seuil, 1998, pp. 9-81.（佐々木孝次他訳『無意識の形成物』上、岩波書店、二〇〇五年、三―一〇五頁）
(58) 詳しくは、拙著『孤児への意志――寺山修司論』、第二章を参照。

第四章 〈反復〉2

演劇活動と倒錯

はじめに

寺山修司の演劇作品には、怒れる専制君主的な女性と、それに従う男のイメージを核にしたものが頻繁に見られる。こうしたマゾヒスティックな形象は、市街劇など戯曲を必要としない実験劇をのぞくと、相当数の屋内演劇作品において見出され、きわめて徴候的なものとなっている。代表作は、その名も『奴婢訓』である。寺山はマゾヒストなのであろうか？

寺山の創作活動は、少なくとも一九七三年以降は精神分析学を創作活動の指針の一つとし、きわめて理論的なものになっていったと推測され、(1) マゾヒズムの形象もたぶんに記号操作的な色彩をもつ可能性が高い。年代順に創作活動を検討する限り、こうした形象は、第一章で見た、十代におけるエディプス的幻想と密接に結びついていて、創作過程においても生活史においても、必然的な意味をもって現れているのも事実である。本章では、この反復し書き換えられるマゾヒズムの形象について、寺山の実人生も考慮に入れつつ、創作活動に即して考察してみることにしたい。

1 「母の法」の成立

この怒れる専制君主的女性とそれに従う男の形象が登場したのは、一九六七年、天井桟敷の旗揚げ公演『青森縣のせむし男』(2)においてである。女はゲイボーイ丸山(現・美輪)明宏が演じた。作品においては母を装う女と息子を装う男という特異な設定であるものの、ここに現出しているのはまさしく、ファリックマザーに懲罰を求める息子のマゾヒズムという、寺山母子を喚起させる徴候的なものであった。

というのも、母と息子のテーマといえば、ここにいたるまでの作品やエッセイにおいてすでに徴候的な現れ方をしていたからである。すでに第一章で、父母不在(父は戦病死、母は出稼ぎで別居)の思春期における句作りにおいて、母と孤児の句がおびただしく反復強迫的に詠み込まれ、独特な傾向を示していたことを検討した。そうした傾向は、第一章で見たように、エディプス・コンプレックスを解消することで成立する主体形成とともに、いったん消失するものの、表現者としての公的なデビューをはたして後、短歌作品やラジオドラマにおいて別の形で反復されていた。思春期に生き別れの母子は、手を替え品を替え、様々な作品になって現れたのである。(3)

とはいえそれは、青年期の主体形成に伴うノスタルジーの圏内におさまるもので、倒錯的な要素は希薄である。実際、前章で見たように、自らの婚約、結婚を契機に、「晩夏光かげりつつ過ぐ死火山を見ていてわれに父の血めざむ」に象徴されるような父性隠喩がテーマになっている作品集、続いて、失われた故郷と母

『青森縣のせむし男』より

を詠んだ作品集を上梓しており、十代の俳句世界で見られた構造を自覚的に反復していることが見出される。

ところが、結婚直後の一九六四〜六五年あたりから、微妙な変化が訪れる。ラジオドラマ『山姥』、『犬神の女』(4)では、舞台装置を伝承に借りつつも、寺山母子を彷彿とさせるディテイルにおいて、きわめて徴候的な母が現出している。前者は、姥捨て伝説を下敷きにしたものだが、村の掟に従い母捨てをして結婚した男が、母を捨てることができず、結局中年になっても亡き母を思いつつ一人寂しく過ごすことになるという話である。後者は、犬神伝説を下敷きにしたものだが、母を失い祖母に育てられた犬神憑きの男が結婚式の朝、花嫁ののどを掻き切って逃亡するという話である。いずれも婚姻を破綻させるほど強い母と息子の絆が形象化されており、これまでの神経症的なノスタルジーの対象としての母から、一歩倒錯へと接近し、いっそう徴候的なものになっているように見える。大学時代の同級生であり「親友」といってよい間柄の山田太一（脚本家）は、この作品のディテイル（主人公が妻には全く手をふれないまま婚姻が破綻する設定など）にふれながら、「結婚一、二年目の夫の描く物語としては、ほとんどいたましいが、一方でそれが寺山さんに力強い主題を与えたことも事実である」(5)と書いている。

そもそも、寺山の結婚は当初から多大な困難をかかえるものであったことが、現在、母と元夫人の手記によって知られている。母は、長きにわたる別居の末やっと二人で暮らせるようになった矢先に息子の結婚ということになり、念願の同居がかなわず実に無念であったこと、そして結婚式が自分に秘密裏に行われたという、ただならぬエピソードなどを書いている。(6)一方、元夫人は、寺山の母による連日の「夜の来襲」（新婚家庭への投石や放火）があったという、すさまじいエピソードを伝えている(7)（ただし両者は寺山の死後和解し、元夫人は寺山の母の養女となって作品管理の役割を母から継承している）。

『青森縣のせむし男』を上演した一九六七年といえば、生活史の上では寺山の結婚が、形の上でも徐々に破綻を来たし始め（六九年末、離婚）、仕事場として使っていたアパートで、階を違えて母と暮らすことになる時期である（以後亡くなるまで寺山はこの部屋で暮らした）。この作品に現れた母は設定の上では継母であるが、これまでの作品で徴候的に現れた母がこうした私生活の危機の中、ファリックマザーといういっそう徴候的な形で、作品に現れたと考える根拠はあるだろう。

ところで、ラカンは、フロイトにおいて「倒錯というものは全てファリックマザーという幼児の性理論と去勢コンプレックスの経由の必然性との関係で把握され説明され」(8)ると言っている。第三章で、次頁図のラカンの父性隠喩について説明したが、ここに見られるファリックマザーとは、ラカンのいう父性隠喩の機能

$$\frac{\text{父の名}}{\text{母の欲望}} \cdot \frac{\text{母の欲望}}{\text{主体におけるシニフィエ}} \rightarrow \text{父の名} \frac{\text{A}}{\text{ファルス}}$$

という点からみると、いかなる事態なのであろうか。

ここで導入したいのは、エディプス・コンプレックスを三つの時に分けた上で、父性隠喩の機能と神経症、精神病、倒錯の主体の関係をみた、『セミネール』Vにおけるラカンの説明[9]である。

第一の時は、「母の欲望」と子供の関係である。シニフィアンの連鎖のため、ファルスはシニフィエの中でいたるところを循環する。上の式で言えば、「母の欲望／主体におけるシニフィエ」にあたる。父の審級はベールに覆われたままである。

第二の時は、父が禁止者として感じられる瞬間である。父は仲介としての母のディスクールの中に現れる。子供は母の欲望に目印をつけるという点で宙ぶらりんの状態に置かれる。上の式でいえば、「父の名／母の欲望」にあたる。

第三の時は、子供が父への同一化により、それまでと別の者になる時期である。父はファルスを「持つ」者として現れる。前頁の式の演算が成立し、右辺、「父の名（A／ファルス）」が導出される。母の欲望に父の名が代入されることで、シニフィアンとシニフィエの滑りが止まり、新たな意味作用が生まれることを示している。父の名は、「法の座としての〈他者〉の中で〈他者〉を代表象している」項であり、〈他者〉の中の〈他者〉である。[10]

こうした父性隠喩の成立に、「論理的に」三つの時を想定し、ラカンは精神病を第二の時の問題、そして倒錯を第三の時の問題としている。

精神病の場合[11]、第二の時において、母の彼岸に父の掟として介入するものがないので、子供に対する母のメッセージの上に重なる「否」というメッセージが、生《なま》な形であらわれるという。ラカンは『セミネール』Ⅲで精神病を原初的シニフィアンの排除という機制で説明しているが、父の名が「排除」されているために、なまなましい「もの」が幻覚として、あるいは妄想として現実界に出現するのである。

これに対し、倒錯（同性愛）は、(12) 精神病とは異なり、神経症と同様に第三段階が実現されているのに、つまりファルスへの同一化を禁じる去勢脅威の危機を知っているのに、まさにその危機的な位置において、母の構造に支えを求め、「父が母に掟を課す」を「父に掟を作ったのは母である」というように変更し、父を失墜させるのだという。父は機能していないのではなく、エディプスの出口において母が特別な状況の鍵を握り、（父に掟を課した）「母の掟」によって、最終的に父が失墜するのである。もっとも、こうした機序は、母との関係は緊密であるのは事実だが、状況は父との関係を介してしか重要性をもたないとし、ファルスを備えた母という概念が含意するものよりも複雑なものであると、ラカンは言っている。

〈他者〉である言語の世界に参入することで主体を形成する人間は、〈他者〉と主体の関係においてとりうるあり方として、一般に「正常」とされる神経症的選択以外にも、以上のような機序が想定される精神病、倒錯というあり方があるわけであるが、第Ⅰ部、および前章で見たように、神経症的選択が見られた寺山は、六七年という時期において、作品の上で、突然、エディプス・コンプレックスの第三段階を変更する、倒錯の主体を擁立したことになる。

これは、先にも述べたように、ある程度実人生における危機が反映していると考えられるが、しかし歌人であった寺山が新たな活動を開始し、『青森縣のせむし男』が天井棧敷の旗揚げ公演としてシンボリックに上演されたものであることを考慮するなら、寺山はこの徴候的な形象に一つの理念を見出し、半ば確信犯的にこの形象を提出した、と考えられるのではないだろうか。

2　共同体批判としてのマゾヒズム

ここで、天井棧敷の旗揚げ公演『青森縣のせむし男』を検討してみよう。

『青森縣のせむし男』は、大正時代の青森県、唯一の跡継ぎの消息が不明で、跡継ぎ問題が宙づりになっている「大正家」が舞台である。登場人物は、大正家の女中上がりの女主人マツ、語り手の女浪曲師、そして捨て子のせむし男松吉の三者であり、劇は、主として、女主人と女浪曲師が捨て子の松吉をめぐって争い、さらには劇の語りをめぐっても争い、結局女主人がいずれの争いにおいても勝利する、というストーリーを持っている。

寺山の分身ともいえる母恋いの呪縛にある松吉は、両者の間を揺れ動きつつも、女浪曲師の求婚を断り、母を装う女主人と近親相姦めいたいかがわしい契約に身を委ね、自らもこの母に断罪される。ここに松吉のファリックマザーに対するマゾヒズムを見て取ることができるのだが、このマゾヒズムの意味するものは何だろうか。明らかに、二人の女の間で揺れ動く松吉という設定は、母と妻の間を揺れ動いている寺山自身の嫁姑問題が影を落としていると考えられるが、実のところ、この劇において問題になっているのは、こうした登場人物が担う「法」の抗争なのである。

というのは、この劇には、去勢する父、法の体現者たる父は直接出てこないものの、語り手で、かつせむし男の恋人である女浪曲師が、松吉に母恋いの呪縛を断念させる役割を果たしており、去勢する父の法（家系）を代表していると考えられるからである。それは、劇の語りの上でも、彼女があくまで共同体の論理に即した語りをしていることからも、裏付けられる。一方、女浪曲師の論理をあざ笑い、大正家の女主人でありながら、家系を継続する意志をもたず、自分を母と呼んで跡継ぎになろうとする若者たちを、次々とおとしいれる専制君主的母は、それまでの作品に現れていた神経症的な母のイメージから作り出されたとはいえ、それまでとは異なり、家系や共同体の基礎にあるものを絶えず告発することで、父の法、共同体の法に対抗するアナーキーな、もう一つの法ならざる法として出現している。よって、女浪曲師の誘いをかわし、母を装う女主人との近親相姦めいたいかがわしい契約に身を委ねる松吉のありようは、まさしく先にみた、去勢の危機において母の掟に支えを求め、父の法を失墜させる「倒錯」の主体を示しているのである。

実のところ、寺山にとって嫁姑問題は、そのような形で現れざるを得なかったのである。寺山の母はもともと私生児であり、「家系」の外部にいた人間である。警察官であった寺山の父と結婚することによって、いったんは「家系」の内部に場所を得るのだが、戦後夫を失ったために、その場所を失い、とりわけ一人息子の寺山の結婚後は、いっそう家系の外、被抑圧者の系列をさまよわねばならなかった。一方、寺山の方はといえば、父の死後、いったんは母同様、家系の外部に放り出されたものの、結婚し、歌人としての名声を得、（流産に終わったものの）子をなそうとしたこともあるほど「家系」に位置を占めていた。妻もまた、もともと家系の中に定位置をもつ娘であった（その意味で女浪曲師と同じである）。寺山の神経症的な母の想起は、基本的に、主体形成期の心理一般には還元しきれない、「家系」の内外という問題に由来しており、結婚によって家系の装置が熟しはじめたこの時期に、婚姻を脅かしかねないところまで来ていたのである。

こうした中で寺山は、そうした母の「法」を、ゲイボーイ丸山の演じる、マツという専制君主的で残酷な母に託し、自らの分身である捨て子の松吉をこの母の法に従わせ、近親相姦願望の接近と破綻に歓びを見出すマゾヒズム、という奇妙な劇を書いたのだが、ここで注意したいのは、マツという残酷な母の法は、松吉を最終的には「ふるさとびとのおばけ」と断罪しており、こうした倒錯の主体を称揚したわけではないということである。ここで問題になっているのは、主体がそこで自らを構成する〈他者〉、つまり「土地の論理」そのもの、あるいはその「土地の論理」の不均衡だといったらよいだろうか。

ラカンは言う。

「親族の構造に関するさまざまな慣習によって子供が家系の中で占める場所、すなわちしばしば子供をその祖父と同一化するところの名前とか、民法上の場所とか性を表示するものなど、幼児がだれであるかをまったく気にしない何かがあるのだ。もし、幼児が両性具有として生まれてきたらどうなるであろうか。」[13]

すでに、ラカンに即して、主体は主体に先立って存在する一定の言語構造を備えた〈他者〉において自らを構成する、という考え方で論を進めてきたが、この〈他者〉とは、内容的には、エディプス・コンプレックスの原因たる家族に限定されるものではなく、シニフィアンの宝庫であり、我々がそこにおいて「真理」を構成する場であり、主体を誕生前から待ちかまえている文化のディスクールの総体である。ラカンは、そうした〈他者〉の根源的他性を強調し、主体は生まれる前から「訴訟されて」[14]おり、その中で真理の細い糸がなしうることは、すでにして「嘘の織物を縫う」[15]ことでしかない、という言い方さえしている。

実際、生まれてくる子供は生まれるやいなや、男性器の視覚的優位に基づいた判断によって男／女という性別が割り振られ、「家系」の中に、たとえば長男や次女として位置を与えられる。将来はわからないが、今のところ男／女以外の第三の性はシニフィアンとしては存在しないから、どんな幼児が生まれても、「家系」という登記簿の中に「両性具有」としては登録されないだろう。このように、〈他者〉の場において主体が自らを構成することは、ある意味で「嘘の織物を縫う」ことでしかないのだが、しかし、そうは言っても、〈他者〉においてこそ主体は生み出され（厳密に言えば、それ以前に主体はない）、真理が構成されるのであり、この〈他者〉の中にあって、〈他者〉の真理を保証する〈他者〉こそ、父の名であるとラカンは考えるのである。[16] 寺山は、ここで大正時代の「青森縣」を舞台にして、土地の交換体系、レヴィ＝ストロースの「親族の基本構造」のようなものを示しつつ、「母の法」に従うせむし男を設定することで父の名を問い、人間を人間たらしめる論理を考察しているといったらよいだろうか。

ところで、「母の法」にこうした批判的機能を見出し、マゾヒズムに積極的な意味を見出した著作に、ドゥルーズの『マゾッホとサド』がある。ドゥルーズはマゾッホの文学作品を読解することで、やはりフロイトの死の欲動に超越論的原理を見、自らのマゾヒズム論の要となる議論を展開しているのだが、この中で、ドゥルーズは、マゾヒズムの契約を、父を否認（dénier）し、「口唇的な母親にファルスの権利と所有権を譲渡する」[17]ことで「現実的なるものの正当な権利主張に異議を申し立て、純粋に理想的な拠点を現出せしめる」[18]ものであるとし、この契約が、父を追い出してなされた、母による象徴形成であることに注意を促している。ドゥルーズは、基本的にフロイトに従いつつも、フロイトにあっては暗黙の了解事項として父の法に回収されることになる母の法に、自律的立法者としての権限を与え、父の法を批判する機能を見出しているのである。[19]

ドゥルーズはまたこれを、「単性生殖的な第二の生誕」[20]と書いている。歌人として名を得た寺山が、当時自らを襲っていた私生活の危機を、「共同体の論理＝父の法」に対抗する母に従う息子のマゾヒズム、という文学的形象において問題化することで、演劇という第二の活動を開始し、同性愛などをモチーフにして家系という法を問う作品を次々に発表し、さらには私生活の上でも大きな転換をもたらした（数年後に離婚し、生殖による家系の存続を放棄し、それとは別の象徴形成の担い手として生きることになる）[21]ことを思えば、この時期の寺山の創作活動を説明するのに援用できる理論体系かもしれない。[22]ともあれ、この時期の寺山が、寺山言うところの「捨て子家系」の文学のアレゴリーとして、倒錯としてのマゾヒズムの形象に賭けたものは大きいと考えられる。

3　病理としてのマゾヒズム

もっとも、こうした倒錯としてのマゾヒズムの形象は、寺山のその後の活動において楽観的に肯定され続けた、というわけではない。

たしかに、六九年末に離婚した寺山は、それ以降、天井棧敷の主宰者として、市街劇などでは犯罪すれすれの行為で新聞の社会面をにぎわせ、風俗的にも、異議申し立てに生きる若者、フリークス、ゲイ、少女たちを巻き込んで、市民社会にゆさぶりをかけてゆく。そして屋内演劇においては、六七年に丸山明宏が演じたファリックマザーが、新高恵子に継承される形で舞台の一角を占め、重要な役割を果たしている。それはまさしく異議申し立てのシンボルであり、「政治を通さぬ革命」を標榜した演劇活動を支え続けているように見える。

だが、この時期のファリックマザーは、六七年の丸山のありようからは、微妙に推移してきていることに注意しなくてはならない。六七年にはこのファリックマザーは、父の法に対抗する母の法として現れたが、七四年『盲人書簡』[23]最終公演では、父を戦死に導いた太平洋戦争以前の空間に導き[24]、寺山個人の死せる父のシニフィアンを回復させ、七五〜七六年にかけて上演された『疫病流行記』においては、父の戦病死に関わる記憶の植民地を問題化し、マゾヒズムの空間に父を回帰させる役割を果たしたあと、ラストシーンで死滅させられているのである。

『疫病流行記』では、ファリックマザーは男装の麗人で、記憶の植民地の女主人、魔痢子として現れるのだが、魔痢子という命名に、すでに徴候として、「病理」としての認識が現れているし、実際彼女の統括するその島では、疫病が流行し、パニックが生じている。しかも、劇の冒頭部では、「隣町の疫病患者の手術に失敗した」医師たちは「刑罰として両手を切断され」ており、去勢不安ともとれるイメージが印象づけられている。つまり、寺山はこの作品で、七三年あたりに本格的な遭遇を果たしたと考えられる精神分析の知を応用する形で、異議申し立ての拠点として擁立していたファリックマザーを、去勢不安の防衛、ある種の病理として際だたせた上で、死滅させているのである。

この作品を詳細に検討してみよう。

前章で検討した異議申し立ての拠点としてのマゾヒズムは、ここにおいてセレベス島における父の戦病死に起因する、反復強迫の空間へと書き換えられている。「反復強迫」とはいうまでもなく、フロイトが「快感原則の彼岸」において示したように、不快な災害の場面を何度も繰り返す外傷性神経症の患者に見られる症状であり、母の不在という不快を反復する幼児の遊戯にも見られるものである。フロイトは、こうした反復強迫の観察から、快感原則よりも根源的なものとして死の欲動を想定し、以後、その理論体系を大幅に変更するにいたったことはよく知られている。超自我、自我、エスという第二局所論を構想し、一方で生の欲動と死の欲動という、二つの対立する欲動で論の組み替えを行ったのも、この直後の論文、「自我とエス」においてである。フロイトはここで、超自我をエディプス・コンプレックスの継承者とすると同時に「純粋培養された」死の欲動であるとし、そうした死の欲動によって自我が死に追いやられるメランコリーなどを考察しているのだが、フロイトが「マゾヒズムの経済論的問題」を書いたのも、実際、こうした思考の延長上においてであった。

寺山は、こうした後期フロイトの理論を喚起する舞台設定において、六七年以来登場し続けた異議申し立ての拠点たるマゾヒズムの形象を、セレベス島という外傷的な固有名を核にした戦争神経症者の反復強迫の空間として設定し、その空間には、超自我、自我、エスという三つの審級に対応するかのように、ファリックマザーと自己処罰の意識にさいなまれる元陸軍上等兵、二人組の若者・米男と麦男、そして地下室でファリックマザーにいたぶられる元陸軍中尉を配置しているのである。

こうした設定は、戦後三十年たっても一時も戦争を忘れない母、セレベス島で戦病死したが戦地に赴くまでは特高刑事でもあった父をもつ寺山のエディプス・コンプレックスだけでなく、戦後三十年、戦争責任をめぐって繰り返される曖昧な議論の横行という、当時の社会状況とも深く関わっていると考えられる。

これは、異議申し立ての拠点としてのマゾヒズムの形象を作品に打ち出してから五年を経て、こうした形象の背後に戦病死した父の問題がぬきがたくある（寺山の婚姻を破綻させるほど強い力をもつ母の法の背後に、父の戦病死を見ないでいることは難しく、それがあるパースペクティブのもとに構成される虚構にすぎないと知ってはいても、セレベス島はやはり外傷として焦点を結んでしまうのである）ことを意識しての設定だと思われる。

しかし、面白いのは、劇が進行するにつれて、こうした設定のもとに作られた反復強迫の空間は、疫病流行の噂とともにしだいにパニックの様相を呈しはじめ、登場人物の抗争は、「自我とエス」さながら、超自我の脅威に対する自我の抗争、死の欲動の脅威に対する生の欲動の抗争として描き出されてゆき、最終的にこの空間は、ファリックマザー魔痢子の猛り狂った掟に従い、自壊するにいたるということなのである。

こうしたありようは、いま「『自我とエス』さながら」と書いたが、むしろ、『『自我とエス』からこの直後の『マゾヒズムの経済論的問題』における考察に従うように』、と書いた方がより正確であろう。というのは、フロイトは「自我とエス」[25]においては、あくまでエロスは死の欲動の破壊性を拘束し、生命を維持するべく貢献するものであり、破壊性の出現は欲動の乖離によって生じる、としていたのであるが、「マゾヒズムの経済論的問題」においては、エロスに対する見解を微妙に変えて、以下のように書いているからである。

……道徳的なマゾヒズムは、欲動の融合が存在することを典型的な形で証言するものである。これが危険であるのは、道徳的なマゾヒズムが死の欲動によって発生するものであり、破壊欲動として外部に向かうはずの欲動の一部が、みずからに向かうためである。そしてこれは他方ではエロス的な成分としての意味をもちうるのであり、リビドー的な満足を伴って、その人物の自己破壊が起こりうるのである。[26]

フロイトは、死の欲動に対抗し生命をまもるはずのエロス（生の欲動）が、死の欲動に奉仕して自己破壊欲動として機能し、自らを死に至らしめることもみてとり、道徳的マゾヒズムが「生命の番人」たる快感原則を麻痺させてしまう形で自己破壊に導いてしまうことの、危険性と不可解さを指摘していたのである（原初的マゾヒズムの考え方はこの論文で確信的なものとなる）。

ラストシーンで、寺山の分身である米男と麦男の片方が、この反復強迫の空間からの逃走に成功し、片方が魔痢子とともに自壊するというのも、エロスについてフロイトが示している二つのありよう、死の欲動の脅威から自我を護ると同時に、死の欲動に貢献して自己破壊欲動として機能するというありようと対応している。

つまり、『疫病流行記』は、病理としてのファリックマザーを極限状態に導き、フロイトが危険視した（死の欲動に由来する）自己破壊欲動から、エロスの力によってかろうじて主体を解放するという結末を用意し、病理としてのマゾヒズムを新たな局面へと導いているのである。

このように、六七年に登場した倒錯としてのマゾヒズムの形象は、七四年の『盲人書簡』を経て、七五〜七六年の『疫病流行記』において、神経症的な病理として形象化された後、いったん死滅させられる。ここで重要なのは、病理としてのマゾヒズムの不可避性を限界において引き受けることによる、主体の変容とでもいうべきものが作図されているということである。つまり、ラストシーンにおけるこの形象の死滅は、徴候を消失し、再度父性的な主体を形成して「正常化」することを帰結するのではなく、むしろ徴候の（脱性化された）反復に帰結することになるのだということである。

それゆえ『疫病流行記』のラストシーンにおいて死滅させられたファリックマザーは、その直後の作品『阿呆船』[27]で、新たな相貌をもった「母の法」としてユーモラスに復活をとげ、「母の法」は、自壊することでこれまでにない分裂気質的な様相をもつことになる。まるで中世の阿呆船を現代において反復するかのよ

うに、一九七〇年代の日本を漂流する天井桟敷の水先案内人として、「母の法」は新たに生まれ直すのである。(28)

4　思想としてのマゾヒズム

このように、寺山は、『盲人書簡』、『疫病流行記』、『阿呆船』という三部作において、一九六七年に擁立した倒錯としてのマゾヒズムを、精神分析的知識を援用しつつ、いったん神経症化したうえで、徴候から神経症的要素を結果的に抜き取り、新たな形で復活させている。ここでなされたことは、後期演劇活動の代表作『奴婢訓』（七八～八二年）において、最も充実した成果をみたといってよいだろう。

『奴婢訓』(29)（海外公演のタイトルは Directions to Servants）は、そのタイトルに象徴的に現れているように、まさしくマゾヒズムのモチーフを前面に出した作品である。(30)寺山はこの作品で、大正十三年に遡行し、宮沢賢治の童話の世界を題材に、「主人＝奴隷ごっこ」に明け暮れる奴婢たちの饗宴を現出させている。フロイトがフェティシズムの対象として選ばれやすいとした靴も、巨大な（あるいはおびただしい数の）オブジェとして登場し、拷問機械や全身剃毛の裸体俳優のアクロバティックな演技とともに、そうしたモチーフを倍加させている。神経症的なファリックマザーは、鞭や蹄鉄などによって「不在としてのファルス」（ラカン）(31)を補完された存在であることが強調され、奴婢たちが主人に仕立て上げる諸対象の一要素と化し、マゾヒズムは複数化されている。戯曲はジュネの『女中たち』、スウィフトの『奴婢訓』(32)も下敷きにされ、ときおりサディズム的な法にユーモラスに抗うマゾヒズムの政治学（ドゥルーズ）を喚起するようなシーンも挿入され、舞台上を埋め尽くす奴婢たちの大饗宴は、マゾヒスティックな身体の一大スペクタクルと化し、かつてない芸術的完成度に達している。

こうしたマゾヒズムの前景化は、なんといっても『疫病流行記』のラストシーンと大きく関わっているが、かといって、これを性倒錯としてのマゾヒズムの大肯定、あるいは法に従いつつ勝つマゾヒズムの政治学の大肯定ととらえるのは、単純にすぎるだろう。というのは、戯曲との関係で上演を検討すると、この劇空間は、先取りしていうならば、異なる三つの座標軸のもとに構成された戦後社会の空間論としてとらえるべきものになっているからである。寺山自身、この劇のテーマは「主人の不在という今日の世界状況である」と言っている。

座標軸を確認しておこう。

第一のものは、「主人の不在」という明示されたテーマを素朴にとらえれば出てくる方向性で、王や神など超越的中心が不在の、近代的空間を示唆する。とりわけ、舞台上に常時置かれた不在の主人の椅子や、主人殺しのスペクタクルがそれを方向付けている。主人不在を暗示する空間の中で、主人ごっこに興じる奴婢たちの姿は、神なき時代の自律的主体であることを求められながら、その実、不在の主人の場所をフェティッシュで覆い、無を埋め合わせる近代人の戯画とみなすこともできる。

第二のものは、大正十三年、グスコーブドリの死の家、という設定において示唆される方向性であり、それは精神分析の心的装置を意味する。この場合、寺山のいう「主人の不在」とは、「意識」あるいは「自我」という主人の不在ととるべきであろう。この劇の奴婢たちは、フロイトに即して言えば、快を求めてやまず、自我を翻弄するばかりか厳格な超自我すら快楽の海におぼれさせてしまう、「騎手」（自我）を翻弄する

「奔馬」[33]としてのエスであり、「リビドーの大きな容器」[34]としてのエスである。自我あるいは意識は主人であるどころか、エスの奴隷であることを強く示す設定になっている。ラカンに即して言えば、〈他者〉（＝シニフィアン）に疎外された主体が幻想を通して結びつく享楽（jouissance）の次元を示している。

寺山は、このような設定において、大正十三年、主人（グスコーブドリ）が死んだ後のグスコーブドリの家に遡行する意識を、精神分析の見地から無意識の主体としてとりあげ、問題にしているのである。大正十三年といえば、戦後社会を思考する時、私たちがそこに何がしかの意味を見出し、遡行することの多い過去である。あるものは、そこに民主主義の起源を見、あるものはそこにファシズムを避け得たかもしれない多様な可能性を見る。

宮沢賢治についていうならば、生前に出版された唯一の詩集（自費出版で当時の文壇ジャーナリズムにおいてほとんど無視された）が出た年であり、同時に迫り来るファシズムに無自覚であったことを示す空間でもあり、戦後評価が高まる中で、評者たちはさまざまな思いをかきたてられつつ、ここに遡行を繰り返している。ここは、戦後に住まう人々の意識をして、「もし……だったら……だったかもしれない」という反実仮想命題において焦点を結ばせずにはおかない時空なのである。私たちはすでにないその時空に停止し、何らかの意味を打ち立てようとするが、それは事後的に見出された虚構であり、何度でも作り替えのきくものである。ラカンは、歴史の想起とは、連続する歴史の連鎖を停止させる「隠蔽記憶」であると言っている[35]が、実際、大正十三年という遡行点は、それ自体に意味があるというより、それに続く外傷的な時空を指し示す換喩であり、いわばフェティッシュである。そこに遡行せしめたものは、「もし……だったら」という条件節の背後にある、それとは矛盾する事実、外傷である。

フロイトが隠蔽記憶の例としてあげたパンとタンポポの空想も、やはり「おまえがこの娘なり、あの娘なりと結婚していたら、おまえの暮らしははるかに楽になっていただろう」という反実仮想命題においてリビドーが充足される、架空の地点であった。[36] つまり、外傷を遮蔽する隠蔽記憶としての過去に遡行し、何らかの意味を打ち立て拠点とする意識は、「ないというかぎりのファルス」をそこに見るフェティシズムであり、それは、奴婢仲間を主人とみたててリビドーの充足を得る奴婢たちのありようと、欲動のレベルでは等価であるといってよい。

もっとも、だからといってこうした時点への遡行は、単なる虚構であり無意味なのかといえば、そうではない。これまでの寺山作品をたどってみても、一九二七年の上海という隠蔽記憶への遡行（『盲人書簡』）を経て、『疫病流行記』においてセレベス島という外傷的固有名を析出させ、自壊させていた。私たちはこうした隠蔽記憶への遡行を経て、回想空間の基礎にあるもの、すなわち「マゾヒズムによって留め置かれ、死の欲動へと通じる」[37] 享楽（jouissance）の次元、去勢によって拒まれているがゆえに、「欲望の〈法〉という逆様の梯子の上で到達されうる」[38] 享楽の次元にふれ、なにがしかの認識を得るのである。

もっとも、享楽の次元にふれるといっても、「知は享楽へと向かう限界のところで立ち止まる」[39] のであるが。実際、この劇でもラストシーンに近づくにつれて、『疫病流行記』よろしくこの空間は自己破壊に向かって行き、次第に回想空間の享楽の次元を明るみに出してゆくことになる。その意味で奴婢たちのマゾヒズムは、私たちが今ここにある空間を回想によって思考する時、必然的にたどるべき欲動の軌跡を言いあてているといえる。

そして第三の座標軸は、すべてを見通せず、たえず中断を強いられ、意味作用に回収されることを拒むスペクタクルが体現しているもので（寺山演劇において早い時期から見られた設定である）、神の不在を示唆する第一の座標軸とも関わるのだが、世界を超越的に認識することの不可能性である。神の位置で世界を認識できない私たちは、そうした認識への欲望をもちつつ、限定された場所から世界を主観的に組みたてるほかはない。

では、このように三つの重層的な座標軸によって照射される奴婢たちの饗宴は、何を現出させているのだろうか、改めて考えてみよう。

第三の座標軸で、私たちは、今ここの空間を超越的に認識することが不可能であることを知らされているのだが、それでも私たちは、今ここの空間を認識しようとするとき、たとえば回想という手段を用いてそうした認識を得ようとする。たえず中断をせまるスペクタクルは、断片としての世界を喚起しつつ回想空間の虚構性をも示唆するのだが、それでも過去への遡行を通して認識の手がかりを得ようとするとき、そこで私たちの回想行為は第二の座標軸に従って、前述の欲動の軌跡を描いていくことになる。

実際、そうした経緯を経たとき見えてくるのは、まず、第一の座標軸において、大正デモクラシーを背景とした限りなく中心が希薄な空間において、主人の靴や鞭、奴婢仲間から排泄物にいたるまで、様々なフェティッシュを主人としてまつりあげることに躍起になっているばかりの、強欲で愚かしい奴婢たちの姿である。彼らは、大正時代の農家の使用人であるが、自らを代表する主人（大地主グスコーブドリ）を失い、とりあえず主人とみなした他者によって自らの無を埋め合わせ、欲動を充足させようとするのみである。それは飽くことなく延々と続く夢の饗宴なのだが、この回想空間が自己破壊に突き進んでゆく中で見えてくるのは、そうした奴婢たちのさらなる狂乱ぶりであり、第二の座標軸におけるエスの強欲なありようであり、この空間の基礎にある享楽の次元である。そしてさらに、この空間が消滅する限界点としてのラストシーンで目撃されるのは、突然、先ほどまで主人ごっこに興じていた奴婢を演じていた俳優が、今までとは様相を異にし、訓令を象徴する光の輪めがけて暴力的に自らをたたきつけてゆく姿である。失った主人に代わり、より強大な主人に跪くように。それはまさしく、第一の座標軸における、ファシズムに供されるマゾヒズムの身体の現出だと考えられるものである。まるで、大正十三年という隠蔽記憶の空間の途切れる先に生じる、民主主義から天皇制ファシズムへの反転を現出せしめるかのように。

その意味で、これはまたファシズム論としての広がりをもつ内容だといえる。だが、本書ではむしろ、寺山が、エッセイやアジテーション、そして作品においても第三の座標軸としてあげたすべてを見通せないスペクタクルにおいて、徹底して回想行為を批判しつつも、この集大成的な作品において、精神分析の心的装置を一つの重要な座標軸としつつ、戦後の空間を、大正十三年への遡行とその解体を反復する回想空間すなわち精神分析的空間として作品化していることを、その思想性として強調しておくことにしよう。

実際、ラストシーンのファシズムを思わせるマゾヒズムの身体は、そうした観点からすると、語りがそこへ落ちて行く地点を特権的シニフィアンとして指し示すことを意味し、見る者を再度、すべてを見通せないスペクタクルで示される第三の座標軸に連れ戻していたと見ることも可能である。寺山は、この作品で積極的に何かを語ろうとしてはいない（舞台上で繰り広げられている台詞劇は、延々と続く奴婢たちのマゾヒスティックな主人ごっこであり、リアリズムの空間を前提としてなんらかの意味内容を読みとろうとすれば、失望するだけである）が、私たちが今ここにある空間を認識しようとするときにたどるべきシニフィアンと、欲動の軌跡を示しているのである。つまり、マゾヒズムは、ここで戦後の空間のアレゴリー、より正確には戦後の空間について語ることのアレゴリーになっていたのである。その意味では、〈他者〉の欠如である〈無〉こそ、「不在の主人」ということになろうか。

寺山は自選戯曲集に掲載した戯曲において、以下のように締めくくっている。

世界の飢えは、下男の食事用の一枚の皿のかすかな疵から侵蝕し、やがて「書かれ得る」すべてのものに及んでいくだろう。／世界は、たった一人の主人の不在によって充たされているのである。(40)

フロイトは第二局所論を、カントの示した超越論的図式に代置する意図をもっていたようである。(41)寺山は、精神分析の心的装置を用いて、戦後社会の空間論を独自のマゾヒズム論として作品化することに成功したのである。

5　結論

以上、一九六七年の旗揚げ公演から、七八〜八二年の『奴婢訓』にいたるまで、反復し、書き換えられるマゾヒズムの形象について検討してきた。その結果、それは婚姻を破綻させるほど強い神経症的な想起を促す母から作り出され、共同体批判として擁立された後、精神分析の知見を参照しつつ父の戦病死に関わる病理として書き換えられ、いったん死滅するも、ユーモラスに復活し、結局、マゾヒズムをモチーフとしつつ戦後社会論の射程をもつ作品へと結実するに至ったことを確認することができた。

ラカンは、「あまり急いでマゾッホとマゾヒズムを混同してはなりません。精神分析がマゾヒズムという名をこれほど広く使ってきたのはそれなりの理由があるはずです」[42]と言っている。寺山のマゾヒズムについての考察は、一作一作試行錯誤を経てなされたものであり、複雑であるが、通時的にとらえてみると、まさしく精神分析が広く使ってきたマゾヒズムを用いて思想性を獲得しているのは、注目されるところである。代表作『奴婢訓』の思想性は、そのスペクタクルの芸術性もさることながら、精神分析の心的装置と「反復」の概念を用いて戦後空間を語ることのアレゴリーとして、作品化されているところにあるといってよいだろう。

寺山の演劇活動は、多様な側面をもつ（第七章参照）。戯曲に記されたものは、その多様な活動のひとつの面にすぎない。しかし、天井棧敷旗揚げ公演で擁立され、以後戯曲において反復されたマゾヒズムの形象は、寺山の「捨て子家系」という問題設定に深く関わったもので、寺山演劇の思想性を形作る重要な部分であるのはまちがいないことだと思われる。

注

（1）第四章以降で述べるように、少なくとも一九七三年以降、寺山は、精神分析の知見を「理論」として積極的にとりいれて、作品制作を行っている。
（2）寺山修司『寺山修司戯曲集』1、劇書房、一九八二年。
（3）とりわけ初期のラジオドラマのシナリオにはその傾向が強く見られる。
（4）山田太一編『ジオノ・飛ばなかった男　寺山修司ドラマシナリオ集』、筑摩書房、一九九四年。
（5）同書、二八二頁。
（6）寺山はつ『母の蛍――寺山修司のいる風景』、新書館、一〇六―一〇七頁、一九八五年。

（7）九條今日子『不思議な国のムッシュウ　素顔の寺山修司』、主婦と生活社、一二二―一二六頁、一九八五年。
（8）Lacan, J., Le Séminaire LivreIV, Seuil, 1994, p. 250.（小出浩之他訳『対象関係』下、岩波書店、二〇〇六年、七一頁）
（9）Lacan, J., Le Séminaire Livre V, Seuil, 1998, pp. 179-212.（佐々木孝次他訳『無意識の形成物』上、岩波書店、二〇〇五年、二六三―三一二頁）
（10）ibid., p. 146.（同書、二一三―二一四頁）
「精神病のあらゆる可能な治療に対する前提的問題について」以降、この時期まで、父の名は、シニフィアンの宝庫である〈他者〉の中で法を示すシニフィアンとされていたが、後に「〈他者〉の〈他者〉は存在しない」というように、父の名に与えられる意味が変化していくことには注意を要する。
（11）ibid., pp. 203-204.（同書、二九八頁）
（12）ibid., pp. 207-212.（同書、三〇三―三一二頁）
（13）（14）（15）Lacan, J., Remarque sur le rapport de Daniel Lagache《Psychanalyse et structure de la personnalité》, Écrits, Seuil, 1966, p. 653.（佐々木孝次訳「ダニエル・ラガーシュの報告《精神分析と人格の構造》についての考察」、『エクリ』Ⅲ、弘文堂、一九八一年、一〇〇頁）
（16）ラカンは、こうした〈他者〉の内容よりも、主体が〈他者〉において自らを構成するその論理の方が重要であり、父性隠喩の機能の仕方によって、神経症的選択、精神病的選択、そして倒錯的選択のありようを示したのである。
（17）Deleuze, G., Présentation de Sacher-Masoch, les éditions de minuit, p. 108, 1967.（蓮實重彦訳『マゾッホとサド』、晶文社、一九七三年、一五五頁）
（18）ibid., p. 30.（同書、四三頁）
（19）すでに見たように、ラカンも、男性同性愛など倒錯の主体を支えるのは「母の法」であると言っており、ドゥルーズの見解と矛盾しない。ただ、ラカンには、ドゥルーズのように、マゾッホから読みとれるマゾヒズムに特別な意味を読みとる姿勢はない。一方、ドゥルーズが「マゾッホのマゾヒズム」と非対称とみなす「サドのサディズム」については、本格的な言及が見られる。
（20）Deleuze, G., Présentation de Sacher-Masoch, p. 82.（『マゾッホとサド』、一二五頁）
（21）一九七一年一月には、父性隠喩をテーマにして、自らの神経症的な主体形成の痕跡を残してもいた第二歌集『血と麦』を中心に大きく手を入れた『寺山修司全歌集』を出版し、神経症的な主体とその外にある主体（独身者）、家系と捨て子家系の問題をくっきりと浮かび上がらせる。寺山は、この旗揚げ公演から、一九七〇年を過ぎた頃にいたるまでに、「倒錯」を起点にして「人間」を観察しつつ、一つの重要な選択を行ったようである。

(22) もっともこの著作は、『青森縣のせむし男』上演と同年の出版であり、邦訳は一九七三年を待たねばならないので、この時点での影響関係はない。

(23) 寺山修司『寺山修司戯曲集』3、劇書房、一九八三年、一六三―二〇五頁。

(24) 同時期の映画『田園に死す』、『蝶服記』でも、過去への神経症的想起をテーマにした作品を作っている。『蝶服記』については第六章で扱う。

(25) Freud, S., Das Ich und das Es, G. W. XIII, pp. 284-285.（中山元訳「自我とエス」、『自我論集』、ちくま学芸文庫、一九九六年、二六六頁）

(26) Freud, S., Das ökonomische Problem des Masochismus, G. W. XIII, p. 383.（中山元訳「マゾヒズムの経済論的問題」、『自我論集』、二九一頁）第七章で述べることになるが、ラカンは、フロイトの「死の欲動」を、「均衡へと向かう傾向」ではなく、「破壊の意志」としての「享楽」へと読み替えたのであるが、ここでのフロイトの考え方は、「享楽」に近い。

(27)『寺山修司戯曲集』3、二五三―二九六頁。

(28) 天井棧敷は、寺山に率いられた「捨て子家系」に属する者たちの漂流という意味で、モーゼに率いられてエジプトを脱出するユダヤ人たちにたとえられなくもないが、天井棧敷のアレゴリーのようなこの作品では、これを率いるのは、神経症的な要素をぬきとられた分裂気質的な母であり、かつてないほど稚気やユーモアのセンスが発揮されたものとなっている。

(29)『寺山修司戯曲集』3、二九七―三三九頁。

(30) 寺山の演劇作品の中で最も上演数が多く、しかも上演のたびに手が加えられ、最初の上演と最後の上演では同じ作品とは思えないほど変貌をとげており、ここでは、寺山自身が戯曲集で掲載したものをベースにして、この作品の最大公約数的な特徴を検討した。

(31) Lacan, J., Le Séminaire LivreIV, p. 154.（小出浩之他訳『対象関係』上、岩波書店、二〇〇六年、一九六頁）

(32) Deleuze, G., Présentation de Sacher-Masoch, pp. 77-78.（『マゾッホとサド』、一一一―一一二頁）もっとも、細則を反語として裏切るというパーフォーマンスは、スウィフトの『奴婢訓』をもとに根本豊らが作った、十分ほどの即興劇がもとになっているという（『奴婢訓』再演パンフレット、二〇〇三年、九頁）。

(33) Freud, S., Das Ich und das Es, G. W. XIII, p. 253.（『自我論集』、二二二頁）
(34) ibid., p. 258.（同書、二三〇頁）
(35) Lacan, J., Le Séminaire Livre IV, p. 157.（『対象関係』上、二〇〇頁）
(36) Freud, S., Über Deckerinnerungen, G. W. I, pp. 546-549.（小此木啓吾訳「隠蔽記憶について」、『フロイト著作集』6、人文書院、一九七〇年、二九―三一頁）
(37) Lacan, J., De nos antécédents, Écrits, Seuil, Paris, 1966, p. 67.（佐々木孝次訳「われわれの過去」、『エクリ』I、弘文堂、一九七二年、八六頁）
(38) Lacan, J., Subversion du sujet et dialectique du désir dans l'inconscient freudien, Écrits, Seuil, 1966, p. 827.（佐々木孝次訳「フロイト的無意識における主体の転覆と欲望の弁証法」、『エクリ』III、弘文堂、一九八一年、三四二頁）
(39) Lacan, J., Le Séminaire Livre XVII, Seuil, 1991, pp. 17-18.
(40)『寺山修司戯曲集』3、三三九頁。
(41) Freud, S., Ergebnisse, Ideen, Probleme, G. W. XVII, p. 152.
(42) Lacan, J., Le Séminaire Livre VII, Seuil, Paris, 1986, p. 281.（『精神分析の倫理』下、一一一頁）

第五章 〈反復〉3

俳句形式と精神病

はじめに

ここで、最初に検討した俳句形式そのものの反復を検討しよう。

第一章で述べたように、少年期の俳句は、一九七五年（当時三十九歳）に自選句集『花粉航海』として自ら世に発表したものが、定本としてゆきわたっているが、現在では、これが大幅な加筆修正を伴ったものであることが判明している。寺山は第一章で見たような少年期の俳句世界を、中年期に書き換えてしまったのである。正確には、寺山は、公的デビュー以後、自らの手で四回、俳句作品を発表しており、自選句集『花粉航海』は三回目にあたる。寺山は、少年期の俳句を様々な形で反復しているのである。

一回目は一九五七年、『われに五月を』。これは、公的デビュー後、重病を患った寺山に中井英夫が出版を申し出た処女詩集であり、高校三年から大学一年くらいにかけて詠んだ自信作を、短歌や詩とともに収録したもので、特に作為のある編集にはなっていない。

問題は、二回目以後である。一九七三年『わが金枝篇』、一九七五年『花粉航海』、一九八〇年句稿「わが高校時代の犯罪」と、旺盛な演劇活動の傍ら、次々に俳句作品を発表しているのだが、句集のあとがきには、「大半は十代に書いたもの」とあり、先に述べたように、後年の作品が多く混入されていることは明かされていない。寺山は中年期になって、三回にわたって新たに少年期の俳句を反復しているのである。

いったいこの反復は何を意味するのか。とりわけ、一九七五年の自選句集とは、いったい何なのだろうか。九つの章（二三節）から成るこの句集は、それぞれのセクションに対して標題が付され、『創世記』に範をとったと考えられるエピグラフもあり、一大叙事詩といった趣である。書名も何かしらメッセージ性を喚起している。実際に十代に書かれた作品も多く収録されているにもかかわらず、全体の印象としては別物に仕上がっており、きわめて作為のまさった反復になっている。

本章では、第一章から第四章にかけて検討した、実際に十代に書かれた俳句作品や短歌作品、そして演劇活動など、当時の創作活動に留意しつつ、中年期に「捏造」した自選句集『花粉航海』とは、いったいどのような作品世界であり、寺山はここで何をしようとしたのかを探っていくことにしたい。

1　「作品化」された少年期の俳句

まず、一九七三年に発表した『わが金枝篇』の検討から始めよう。二年後、この作品集は『花粉航海』にほぼ吸収されてしまうが、寺山はまず、こちらを世に発表しているからである。

一九七三年（三十七歳）、すでに「歌のわかれ」をすませ、演劇という新たな活動をはじめて六年目を迎える頃に発表されたこの句集は、全一一七句（うち実際に十代に作られた作品は八六句）からなり、様々な投稿雑誌に書き散らされた少年期の俳句を、一つのまとまった形に仕立て上げたものである。

目つむりていても吾《あ》を統《す》ぶ五月の鷹
便所より青空見えて啄木忌

など、実際に十代に書かれたみずみずしい秀句が採録される一方で、

書物の起源冬のてのひら閉じひらき
歴史の記述はまずわが名より鵙の贄
老いたしや書物の涯に船沈む

のような観念性のまさった新作が登場し、句集の趣を方向付けているのが特徴的である。
具体的にみてみよう。まず、第一章で検討した少年期の俳句の顕著な傾向である、思春期特有のエディプス的な危機を刻んだ、父、母、孤児の一連の句群は、ここに採録されていないことが確認できる。父、母をモチーフにした句がすべて消去されたわけではなく、この時期のあとのもの、たとえば、

麦の芽に日当たるごとく父が欲し

桃うかぶ暗き桶水父は亡し

などは一部修正した上で採録されている（句のモチーフにかかわらず、総じてエディプス的な危機を刻んだ時期のものは敬遠され、基本的に高校三年から大学一年にかけて詠まれたものが収録されている）。

もちろん、こうしたエディプス的な危機を刻んだ作品は、「作品」というよりは「徴候的生産物」といった印象を与えるものであり、寺山自身も「作品」として疑問が残ると判断したとしても不思議ではない。しかし、ここで特筆すべきは、寺山は、こうした作品の意味を直感によってではなく、むしろ理論的に厳密に理解しており、明確な理念のもとに書き換えが行われたのではないかということである。

それは、一つには、問題の一連の句が、意図的にごっそり削除されているばかりでなく、採録には不都合があるとは思えないみずみずしい句群までもが、切り捨てられていることからも窺われる。また、寺山がこの時点で挿入した新作、とりわけ父と母をモチーフにした新作を検討することによってもわかることである。

たとえば、以下の二句は、母をモチーフにした新作であるが、高校二年を中心にして詠まれた母と孤児の句を、フォルト・ダー遊びとして改めて解釈して作ったように見えないだろうか。

母を消す火事の中なる鏡台に

紙漉くやひらがなで子を愛す母

第一句など、フロイトが「快感原則の彼岸」の中で、鏡に映る自分の像を消す子供のことを書いていたことを想起させる（もっとも寺山の句にあっては、子ではなく母を消すのであるが）。第二句も、フォルト・ダー遊びが、幼児が母を断念し、その喪失を統御する遊びである、というフロイト＝ラカンの解釈を想起するなら、まさしくフォルト・ダー遊びそのものをモチーフにした作品とみなすことができる。おびただしく詠み込まれた、反復強迫的な母と孤児の句を収録する代わりに、それらの意味を解釈し直し、こうした新作を収録しているのである。

そして、父をモチーフにした新作は、実際の十代における父の句が、個人史から逸脱しない等身大のものだったのに対し、以下のように、虚構性、観念性が強く、句集に独特の趣を与えている。

癌すすむ父や銅版画の寺院
裏町よりピアノを運ぶ癌の父
父を嗅ぐ書斎に犀《さい》を幻想し

出版当時、塚本邦雄が第一句をとりあげて、いささかも個人の境涯とはかかわらず、独自の叙事性と美学をもつように見えるこの句を特筆すべきものだとして、独特の長い解説を賦与しており(1)、この句集全体の印象を決定づけるものとなっている。当時それらは新作であることは明かされておらず、寺山が実際に十代に作ったものと受け取られていたから、その特異性はいっそうきわだって映ったはずである。第二句は第一句より物語性を喚起してわかりやすいが、あきらかに虚構の父であり、個人の境涯とは関わらない作品である。歌集『血と麦』刊行前後に作られた短歌に似たものがあり、そこからとられたものだろう。第三句についても、シュルレアリスム的な作風として鑑賞できるものであり、十代の俳句にはなかった新しい句である。

いずれもかつての句にはなかった新傾向を示しており、犀を登場させた第三句については、精神分析的にとらえるならば、動物恐怖症が父コンプレックスと関わるという点で、第一章で検討した、エディプス・コンプレックスの解消に重要な機能を果たしていた「聖前夜馬が海への道ふさぐ」など、去勢不安を意味する馬の句を意識して作った、と考えることも可能である。フロイトは去勢不安と関わる動物恐怖症の対象として、馬を主にあげているが、寺山は、フロイトの学説を検証するかのような自身の十代俳句における馬の句をながめながら、馬を犀にずらして、シュルレアリスム風の作品としても、去勢不安そのものをテーマにした作品としても、両様に読みうる作品を作ったのではないだろうか。

このように、父の句、母の句、いずれの書き換えにしても、自らの主体形成の過程を刻む一連の句に関して、距離をとって解釈しなおした形跡があり、批評的なまなざしを感じさせる。

実際、それは、句集のタイトルからも窺える。句集の標題は、『わが金枝篇』だが、『金枝篇』[2]といえば、人類学者フレーザーの、神殺しをテーマにした著作を想起させる。寺山は当時自らの演劇活動を、類感呪術、感染呪術（フレーザーが『金枝篇』で定義した呪術の二類型）などの概念を援用して説明している[3]し、何よりフレーザーといえば、フロイトの中期の代表作といえる『トーテムとタブー』でおびただしく引用されているることから、この「金枝篇」という語がフレーザーからの引用であることはまちがいない。フロイトは、フレーザーなどの人類学者のトーテミズムに対する考え方に触発を受けて、『トーテムとタブー』を書いていたのである。

そこで、簡単に、フロイトのトーテミズムに対する見解をまとめておこう。

トーテミズムとは、同一トーテムに属するものは、たがいに性関係を結んではならないという規則、いわゆる「族外婚」という規則をもつ制度のことである。トーテムは主に母系によって伝えられ、トーテム禁止の規則を厳密に守る彼らは、王とか酋長とかいうものを知らず、成人男子の集会が共通の事柄について決定を下す。フロイトは、これを今日のわれわれの感情とかけはなれ、実際にはとっくの昔に放棄されて新しい形式にとってかわられた宗教的・社会的制度であるとしつつも、人類史における発展段階の一つであり、道徳や宗教の起源であるとした。そしてまた、原父殺害後の、死せる父への事後服従の状態であり(4)、バッハオーフェンの認めた母権制と結びつけた。しかし、フロイトはアトキンソンとは異なり(5)、これを原始群より暴力的ではない状態とはとらえなかった。トーテム動物は父の代替であって、こうした状態は、トーテム饗宴におけるトーテム動物の殺害に見られるように、むしろ抑圧された原父殺しの記憶に由来する、父コンプレックスのアンビヴァレンツが存続している状態だとし、個人史においても、神経症者、あるいは子供の成長過程にも現れるものとみなした。つまり、症例ハンス(フロイトの五大症例の一つ。五歳児ハンスの幼児期恐怖症の症例記述)などに見られる動物恐怖症も、トーテミズムの幼年期回帰であると解釈したのである。

こうした視点からすると、寺山の少年期の俳句に刻まれていた圧倒的な母の句と孤児の句、わずかばかりの禁止する父の句、そして動物恐怖を意味する馬の句が形成する世界は、父に対する葛藤が刻まれておらず、一見父殺しの要素をもたないかのようにも見えるが、父コンプレックスのアンビヴァレンツを潜在的にもつトーテミズムを、個人史において現出させたものだという見方が可能になる。

それだけではない。何より、この句集を出版した時、寺山は、『盲人書簡』という完璧な暗闇を舞台装置にした演劇において、死せる父の回帰をテーマに作品を作っていた。第三章で見たように、一九六七年から一九七〇年にかけて、父の名を無効にする母の法に従う、倒錯としてのマゾヒズムを作図していたわけだが、まさにここにおいて寺山自身の死せる父に関わる反復強迫が問題化され、倒錯としてのマゾヒズムはいったん神経症化されているのである。

つまり、寺山は、この時期、自身の十代の俳句に刻まれたトーテミズムと解釈される世界と、マゾヒズムの空間に回帰してきた死せる父の記憶の、両方に出会っていたのであり、いわば、「わがトーテミズム」とでもいうべき世界に直面し、ラカンの言う「父の名」と改めて出会っていたことになる。とすれば、「わが金枝篇」というタイトルは、やはり、こうしたことと無関係だとは考えにくく、むしろ、フロイトという含意でフレーザーを引用するというずらし方は、寺山らしいやり方であり、このタイトルによってフロイトを示唆していることはまちがいないといえるだろう。

寺山がいつから精神分析関係の書物を読んでいたのかはわからない。しかし、少なくとも、一九七三年の句集編纂時には、無意識の形成物をはからずも刻んでしまった少年期の俳句に向き合いつつ、精神分析的な視点に強く沿う形で、父の名の下に、一連の句群の取捨、選択、書き換えを行い、「作品化」を計っていたことはまちがいないと思われる。実際、同時期の映画や演劇作品において「精神分析」という語がはっきりと見出されるし、(6)採用されなかった句が膨大にあり、秀句であっても採録されていないものが多いのは、句集編集にあたって明確な理念があり、それを優先したからだと考えられる。

ちなみに、この句集は、「眼の上を這う蝸牛《かたつむり》俳句の死」という新作でこの連作を終えている。「俳句の死」という言葉は、この時期だからこそ用いられた言葉だといってよいだろう。「眼の上を這う蝸牛」とは、中年期の世界に、未決着なままの少年期の俳句が回帰して滞っている様子を、言いあてているように思われる。

寺山はこの句集を編纂・出版することで、公的な表現活動以前の時期を支えた句作りの世界に、「作品」としての形を与え、終わりを告げようとしたのだといえよう。

2　自選句集『花粉航海』

このように、少年期の俳句作品を整理し直し、俳句形式に決着をつけたかに見えた寺山は、しかし、『わが金枝篇』刊行からわずか二年後、新たに『花粉航海』という句集を出版する。掲載された句の半分は『わが金枝篇』から採録されたものの、百句におよぶ句が、少年期の俳句にも『わが金枝篇』にも見られない作品であり、この時期に新たに作られたと推測されるものだった。寺山は演劇活動の傍ら、旺盛な句作りを再開していたようなのである。おもしろいことに、『わが金枝篇』で最後をかざった句は、「眼の上を這う蝸牛敗北し」と、「俳句の死」が「敗北し」に修正され、連作最後の位置から退いている。「俳句の死」をのぞみながら、句作りの欲望にさからうことができず、「敗北し」と詠んだのだろうか。

新たに編纂された句集を見てみよう。

この句集には、「目つむりても吾を統ぶ五月の鷹」に代表されるような、十代に実際に作られ、しかも寺山自身の少年時代を感じさせるようなみずみずしい句が多く採録されてもいる。しかし、何より特筆すべきは、ここで挿入された新作は、以下のように、一目でこれまでの作風とは異なっているということである。

みなしごとなるや数理の鷹とばし

鰐《わに》狩りに文法違反の旅に出き
月光の泡立つ父の生毛かな
手で溶けるバターの父の指紋かな
法医学・櫻・暗黒・父・自瀆
冬髪刈るや庭園論の父いずこ

数理の鷹、文法違反の旅、……いずれも十代の句作りには見られない言葉づかいであり、宗田安正がいうように、「屈折と情念化、観念化が進み、ついには言語の無意味性のなかに韜晦、もしくは解体した中年の作品群」(7)といってよい。言葉だけの世界といった印象である。注意したいのは、第三句から第六句までにみられる父の句である。実際の少年期の俳句に見られる、個人史の枠を逸脱しない等身大の父と異なるだけでなく、『わが金枝篇』で登場した観念性のまさった父とも異質だといってよいだろう。父をモチーフにしていても、いささかもエディプス的なテーマに引き寄せて読むことはできない。父という語を単にリテラルに用いた句である。ラカンは、精神病を父の名の排除と定義したが、まさしく、父というシニフィアンが呼び出されたのだが、シニフィアンが排除されているために、それに応えるすべがない、といったありようを示している。ラカン的な意味で精神病的な（統合失調症的な）句といってもよいかもしれない。むろん、精神病的な、といっても、書き換えのプロセスを考えれば、あえて父性隠喩が成立しない方向をめざして作られているのである。

こうした父の句の書き換えの方向性は、母、孤児の句などの変化に注目すると、より明らかになってくるだろう。

みなしごとなるや数理の鷹とばし
私生児が畳をかつぐ秋まつり

すでに見たように、実際に十代に作られた俳句作品においてきわめて特徴的だった孤児をモチーフにした句は、『わが金枝篇』では、すべて消去されたのであるが、この句集では、孤児という語を「みなしご」、「私生児」というように、同じ意味の別の語にずらして、復活させている。といっても、句の趣は全く異なっている。フォルト・ダー遊びになぞらえられるような句ではなくなっており、以前の句がもっていた神経症的要素を排除し、第一句など、いわば分裂気質的なものとなっている。第二句は、ほどよく俳諧の軽みを継承した作品といってよいかもしれない。

お手だまに母奪われて秋つばめ
母とわが髪からみあう秋の櫛
紙漉《す》くやひらがなで母呼び出しつゝ
ひらがなで母をだまさむ旅人草

母の句は、父や孤児の句にくらべれば、等身大の世界を反映しているが、『わが金枝篇』同様、かつての神経症的な徴候を刻んでいるといった印象の句は一つもなく、二度の書き換えを経て、抽象度を高めつつ、より穏やかな美しい作品として結実したようである。

また、フォルト・ダーに例えられる寂しい蝶の句（第一章参照）も採録されず、大学入学以後の句や以下のような新作がとってかわっている。

蝶はさみ祈る手あわす楚囚篇
眼帯に死蝶かくして山河越ゆ(8)
蝶とんで壁の高さとなる雅歌や
森で逢びき正方形の夏の蝶

この他、家族をモチーフにしたものとしては、

いもうとを蟹座の星の下に撲つ
旅鶴や身におぼえなき姉がいて
姉と書けばいろは狂いの髪地獄

など、不在の「姉」や「いもうと」を題材にした新傾向の新作も加わっている。十代に詠まれた、母の代理形成のようなありようをした「いもうと」は、宇宙空間で撲たれることになり、「身におぼえなき姉」につ

いては、「姉」という「語を書く」ことによって広がる世界を示している。このように、十代に顕著だった父、母、孤児をモチーフにした句は、『わが金枝篇』でトーテミズムとして解釈された上で、削除・書き換えがなされ、父の名のもとに統御された感があったが、この句集では、句のモチーフとしては復活するものの、別様の趣をもったものになっている。

また、家族に関わる句以外の句でも、比喩の成立しない、無意味な方向へ書き換えられた新作を相当数挿入しているため、実際に十代に作られた俳句も四割強残っているものの、句集全体の印象は、実際の十代俳句とは相当に懸隔があり、これはもう、中年期の創作物といってよい。先にこうした新たに加えられた作品の傾向を分裂気質的、あるいは精神病的と書いたが、寺山は明らかに、こうした方向性を意図的に導入しているのである。とはいえ、一九七三年の句集でいったん父の名によって作品化をはかった上で、それらを消去することなく、新たにこうした方向を織り込んでいるわけで、なかなか手の込んだ所作だといってよい。(9)

しかも、寺山はあとがきで、これを「大半が高校生時代のもの」と書いているのだから、こうした作為的な行為は不可解であり、あれこれ詮索を呼びやすい。しかし、ここで注意したいのは、こうした作為が、少年期への天才神話捏造のための事後的なアリバイ工作といった視点でとらえきれるものではなく、一九七五年時点での問題意識のもとに、実際の少年期の俳句を下絵として、それとは別の、ありうべき「少年時」の世界を再構築しようとしたものであり、そこには思想的な意味があるのではないか、ということである。

たとえば、以下のような少年を描いた新作に注目してみよう。

十五歳抱かれて花粉吹き散らす　(A)

自らを浄《きよ》めたる手に花粉の罰　（B）

夏石番矢は、(10)（B）の句について、花粉は種子であり精子であるとし、これらの句に汎生殖的、汎性欲的世界、あるいはホモセクシュアルな光景の表出をみているが、それらが少年期の性を喚起していることはまちがいなかろう。実際これらの作品自体は、分裂気質的でも統合失調症的でもない。しかし、こうした花粉をモチーフにした句が、先に引用した父、母、孤児の句の世界、つまり『わが金枝篇』において「トーテミズム」と解釈された世界を、別様に書き換えてしまった世界に置かれ、何より句集のタイトルが「花粉航海」であり、しかも（A）（B）の句が句集の第一章と最終章に分かれて置かれていて、最終章の標題は「花粉日記」とされているとなれば、この句集全体で表出されている叙事と関わらせないわけにはいかないだろう。

「吹き散ら」される精子は、通常、思春期に回帰するエディプス・コンプレックスの神経症的回路を経て、「人間」そして「家系」へといたる「正しい」道筋を得ることになるし、寺山の少年期の俳句の世界においても、そうした道筋をたどった痕跡を見出せたのであるが、新たに挿入された作品が分裂気質的、統合失調症的な趣をもつために、この句集においては、こうした花粉の句は、神経症的な回路の外にある少年の性を喚起するものになっている、と考えるべきではないだろうか。

実際、一九七五年当時、寺山は、いったんは家系の中に位置を占めながらも、そこを離脱し、家系的なものを問い直す方向を選び、天井桟敷を拠点とした独自の活動に力を注いでいた。もちろん、家系に対する問いは、結婚前からあった。しかし、結婚・離婚を経て、戦病死した父と戦後民主主義的な父のあり方との間に身を置き、また、私生児として生まれた母との関係で、自らを通常の「家系」の外部に位置づけるようになっていた寺山は、「捨て子家系」という言葉で「家系」というもの、そして「人間」の形成というものをいっそう問うようになっていた。寺山は「捨て子家系」の生きる方途を、自らの文学の中で模索していたのである。

そうした問題意識は、演劇作品やエッセイやアジテーションにおいて、様々な形で表明されていたが、少年期の俳句もまたその出版にあたって、そうした問題意識のもとに編纂し直される必要があったのであろう。寺山は、いったん父の名によって統御し作品化した俳句世界に、今度は、分裂気質的な、あるいは精神病的(統合失調症的)な作品群をおりまぜて再構成し、二つの極の中間地帯に少年の句を配置し、新たな人間を予兆する捨て子家系の少年像を、ここに到来させているのである。

3　書き換え作業の指針としての精神病

しかし、それにしても、こうした作為にみちた少年俳句を構成することに、いかなる意味があるのだろうか。それは、端的に言って、自らの演劇活動に多大な影響を及ぼしたアルトー、およびニーチェ(11)が創造的な精神病者(統合失調症者)であり、その存在が訴えてくるものから目を背けることは、難しかっただろうということである。(12)

しかし、アルトーら創造的な精神病者は存在するにしても、臨床的実体としての精神病は悲惨であることが多いし、このような創造的な作家にあっても、病は創作活動に必ずしも寄与しているわけではない。寺山自身、アルトーの演劇論やニーチェの哲学に触発は受けても、アルトーやニーチェに同一化していたわけではないし、狂気をロマン主義的に礼賛する態度とは無縁だった。寺山は「家出」を勧めるアジテーターであるが、すでに第一章でみたように、十代の俳句は、印象的には母と子の句が圧倒的でありながら、きちんと父の名が機能しているのを見たし、またこの章の第1節においても、中年期の寺山は十代俳句を、いったんは父の名によって統御して作品世界を形成していることを見た。また、短歌作品においても、第三章で見たように、ラカンの父性隠喩そのものをテーマにしたかのような作品からもわかるように、寺山はその創作活動を通して「家系」というものに問いを投げかけたが、（アジテーションのレベルではともかく）作品の上では、驚くほど家系のシニフィアンに忠実であり、常に父のシニフィアンは参照点として機能している。

ここで注意したいのは、そもそも、精神分析の重要な考えは、人間が人間として世界に立つためにエディプスの坂を越える必要があることや、父性隠喩が成立する必要があることだけではないということである。確かに主体形成においてエディプスの坂には危機がつきまとうし、それは重要なテーマである。しかしどちらかの性に同一化して終息するエディプス・コンプレックスの危機は、象徴界へ十全に参入し、とりあえずの危機を脱したのちにも、繰り返し訪れる。原初的シニフィアンの抑圧を経て成立する神経症的な主体は、反復を通して、抑圧されたものに迂回路を介して出会うことになる。「正常」とされる神経症者もまた、「抑圧」という形で、原初的シニフィアンから切り離されているのであり、それは分析によって事後的につきとめられるものなのである（第三章で述べたように、ラカンの父性隠喩の考え方で重要なのは、隠喩の機能により下に落ちたシニフィアンが、隠されつつ象徴界全域に作用を及ぼすことである）。

象徴界の成立には、父の名の引き受けというある種信仰めいた出来事が必要である（第三章）[13]にしろ、精神分析は、その上で、自らを象徴界に誘った〈他者〉の欠如を探し求めることを、主体に要求するのである。いわば神は存在しないことを引き受けさせるのである。実際、ラカンの理論においても、父の名の意味は、「〈他者〉の中の掟のシニフィアン」から、「〈他者〉の欠如のシニフィアン」へと変化していくことには注意を要する。

すでに第四章で見たように、この二つの句集の書き替えがなされた時期は、演劇活動においては、『盲人書簡』(一九七三~七四年)、『疫病流行記』(一九七五~七六年)、『阿呆船』(一九七六年)という三部作を発表した時期と重なっている。一九六七年に作図された、父の名に対抗する倒錯としてのマゾヒズムは、この時期に再度神経症化され、一九七五年は、父の戦病死に由来する反復強迫の空間とその外傷点が作図されるとともに解体され、神経症的主体の相対化が可能になった時期でもある(前章参照)。〈他者〉の欠如のシニフィアンを探し求め、原初的シニフィアンを析出することは、精神病と神経症に共通の水準から、そうではありえなかったがそうであることもできた、精神病的主体の可能性を「考える」ことができる地点へと、行き着いたことでもある。(14)

そもそも、第三章で検討した第二歌集『血と麦』、および同時期の演劇作品『狂人教育』においてすでに、父の名の引き受けが、狂気へのまなざしと不可分でなされたことを見た。それから十三年を経たこの作品では、寺山は、いったん引き受けた父の名を括弧に入れ、『狂人教育』において犠牲になった統合失調症的ビジョンを、作品世界に導入しようとしているのである。つまり、〈他者〉を保証する父の名をいったん括弧に入れ、父の名、あるいは「騙さない神」の成立によって消去された、〈他者〉との遭遇の地点を見つめ、別の論理を探っているのである。

たとえば精神病（パラノイア）においては、シュレーバー議長に顕著に見られるように、「騙す神」に翻弄され、妄想によって象徴的機能を補塡しつつ、徐々に象徴界が崩壊していくのであるが、臨床的には精神病者ではなく、また精神病者に向かい合う医師でもない寺山は、それを思考実験として導入しているのである。しかも、寺山もまたラカンと同様、神経症からの接近、精神分析的な知見からの精神病への接近であって、アルトーのように病そのものを生きた芸術家とは、決定的に差異がある。しかし、「正常」の側から病を観察しているわけでもなければ、逆に、創造的な精神病者に同一化し、その芸術を模倣しているというわけでもない。父性的主体に回収されない自らのマゾヒズムの症状の引き受けとともに、神経症的主体と対極にある極を作品に導入し、自らの位置を確定した上で、精神病圏（統合失調症）になんらかの価値を与えているのであり、こうした作図は、ある価値転換を含んだ〈意志〉であり、〈創造〉だと考えられるのではないだろうか。

実際、前章第3節で述べたように、『疫病流行記』における反復強迫の空間とファリックマザーの死滅は、徴候を消失し再度父性的な主体を形成して「正常化」することを帰結するのではなく、むしろ徴候の引き受け、新たな反復を帰結し、次作『阿呆船』では、ファリックマザーは神経症的要素を抜き取られ、分裂気質的な様相をもって新たに生まれ直すことにつながったのである。その意味で、俳句世界におけるこうした作図は、家系というシニフィアンの論理に回収されない論理を、作品世界に〈創造〉しようとする試みだといえるだろう。

4 ユダヤ的なものの自己解体

ところで、この句集では、以下のようなエピグラフが付されている。

彼は定住の地を見て良しとし、
その国を見て楽園とした。
彼はその肩を下げてにない、
奴隷となって追い使われる。

ロバの木《ママ》をぶどうの木につなぎ、
その雌ロバの子を良きぶどうの木につなごう。　「創世記」

これは「創世記」の第四九章一五節、および一一節の一部からとられている。[15][16]ヤコブ（イスラエル）がその臨終に際して、十二人の息子たちに祝福の詩を授ける場面で、最初の四行はイサッカルに、あとの二行はユダに述べたものであり、後者は若干修正した上で引用している。

寺山の句集に聖書の一節が引用されるのは、いかにも唐突だが、しかし、この句集の、理論に裏打ちされた手の込んだ作成ぶりをみた今、聖書学の厳密さはなくても、なんらかの重要なメッセージがこめられていると考えるべきだろう。

このエピグラフを単なるペダントリーではないとして注目した論考に、夏石番矢(17)のそれがある。夏石は、寺山が、イサッカル部族に日本の東北の民の来歴と現在を重ね、この部族を象徴する「彼」すなわち驢馬に憐れみと共感を抱いているとし、このエピグラフは、後半二行に示される、ぶどうの木につながれた驢馬がたちまちにぶどうの木をだいなしにしてもいいようなぜいたくで豊かなメシア時代の幸福が、取るにたりない驢馬にまでもゆきわたるさまを暗示している、という。そして、この句集は、弱者、貧者、愚者の姿や行動をモチーフとしたものが多く、このエピグラフは『旧約聖書』からの引用であるが、作品世界はむしろ『新約聖書』の世界に近く、「寺山の青春、そして彼の人生全体をも、忘れ去るための、神に近い、弱さ、貧しさ、愚かさを体現した祈りの書ではなかったか」と書いている。

なるほど、このエピグラフはおそらく夏石のいうように、単なるペダントリーではないだろう。おそらく自らが再構成したこの句集の世界に、深く関わる内容であることはまちがいないだろう。

だが、寺山はこのエピグラフで、豊かなメシア時代を、「『創世記』の未来時の出来事ではなく、『花粉航海』収録作の大半が収束する想像上の過去(18)」として示したというのは本当だろうか。そしてまた、この作品世界が弱者、愚者を愛で包む『新約聖書』の世界に近いというのは本当だろうか。

確かに、第三章で、歌集『血と麦』の作品世界を、ラカンのユダヤ＝キリスト教の伝統に根ざした父性隠喩の考え方と関連づけた。しかし、第四章で見たように、寺山は自身の劇団による演劇活動や自身の生の形態の変更によって、一歩そうした世界から旅立っていた。そしてこの句集では、精神病的世界の導入という意図をもった書き換えがなされている。『血と麦』や『家出のすすめ』とは異なり、「捨て子家系」という問題設定を明瞭にもっており、彼らに家や土地をもたないで移動する生き方を唱えていた時期である。

そう考えると、「定住した結果、奴隷として追い使われた騾馬に憐れみと共感を抱く」というのは、当時の寺山の考え方にはそぐわないものではなかろうか。岩波文庫版の注釈(19)を見ても、「イサカルは元来東ヨルダンにいた自由な種族であった。ところが西ヨルダンのエズレル平原の安穏な生活にあこがれ、前十四世紀の終わりないし十三世紀の始めエジプトの支配下にあったこの地に移り、自由を失った」とある。寺山がイサッカルのありようを、よしとしていたようには見えない。これに対し、あとの二行はユダに与えた言葉であるが、寺山は、「その雌ロバの子を良きぶどうの木につなぐ」を「つなごう」と修正して引用している。ヤコブの祝福を受けた十二人の子供たちの名に、ほぼ一致するユダヤ十二支族のうち、現在まで続くイスラエル人の基となったのは、南王国のユダの生き残りの人々で、ユダヤ人という名称はそれに由来するといわれる。イサッカルが、前八世紀にアッシリアに滅ぼされてイスラエル王国を追われ、他の十部族とともに行方がわからなくなってしまったのに対して、ユダはバビロン捕囚を経て滅びるどころか、「モーセ五書」の編纂などを通じてユダヤ教を体系化し、その後一族からはイエス・キリストが生まれている。そして、この一族からは、一方では、『新約聖書』に基づいて、西洋文明の根幹をなす文化を築く者たちが生まれることになり、他方では、イエス殺しの烙印を押され、自らは土地をもたぬまま、西洋文明の傍らで生き延びる「ユダヤ人」が生まれることになったのである。

この句集が出されたのが一九七五年であり、「家系」と「捨て子家系」という言葉で自らの問題意識を表明し、自らを「捨て子家系」の一員と規定した上で「捨て子家系」たる若者にメッセージを送っていたことを考慮すれば、西洋文明の根幹をなす『新約聖書』の世界よりも、流浪の民としてのユダヤ人やユダヤ的なものに対して、関心をもっていてもおかしくはない。というより、この二つの系列の分岐そのものをみつめつつ、流浪の民としてのユダヤ人側に身を置いていた、と考えておかしくはない。とすれば、このエピグラフは、前半部で、楽園とみなした土地に定住することによって失うものを示唆し、流浪の民としての「ユダヤ人」にメッセージを発していると、とらえるべきではないだろうか。

実際、天井桟敷という活動集団は、劇団であると同時に、共同体からの脱出を呼びかける新興宗教の要素をもち、モーゼが率いるユダヤ人の集団に譬えられるものでもあったのだから。その意味では、やはり『旧約聖書』的なものを喚起しているのである。[20]ただし、幾分かの修正と俳句世界の書き替えの方向を考慮するなら、それに上書きするように、あるメッセージが籠められていると推測される。つまり、ユダヤ的なものに独自の批判を加えたニーチェに即して、「前者、重荷を背負う驢馬より、後者、葡萄酒と演劇の神ディオニュソスたれ」というメッセージを籠めている、と考えられるのである。

ニーチェは、ユダヤ教的な弱者の怨念、およびそれが転化したキリスト教的な愛を、徹底的に批判した。先に見たように、『花粉航海』という作品における理念としての精神病の導入は、象徴界の参入に必要とされたユダヤ＝キリスト教的な「騙さない神」を括弧に入れ、「騙さない神」が隠蔽した狂気をみつめ、そこから新たに創造をはかるものだったことを考えれば、ニーチェと関連づけることが可能なのではないだろうか。実際、『疫病流行記』のラストシーンにおいても、ニーチェを思わせる「人間は約束をする動物だもんな」という台詞とともに、被害者の怨念と手を切って、未来への反復へ向かうというシチュエーションが用意されている。[21]この時期の寺山がニーチェを意識していたことは、ほぼまちがいないだろう。[22]

とすれば、確かに夏石が言うように、寺山はこの作品を出版することで、少年時代を忘却しようとしているのだとしても、それは「弱き者、貧しき者、愚かな者は、強き者よりも神に近い」という『新約聖書』の教えにおいて少年期に別れを告げるのではなく、むしろニーチェのいう、受動的な痕跡としての記憶からの解放という「健忘の力」と関わるのであり、未来において約束をなすための、〈意志の記憶〉を生み出そうとする試みなのではないだろうか。[23][24][25][26]

もっとも、この作品世界にニーチェの価値転換に匹敵するビジョンが読みとれるからといって、ここで寺山がなしたことを、精神分析的知の批判だと性急に結論づけることはできない。作品世界に精神病的なものを理念として導入しているとはいえ、ラカンのいう父の名によっていったん統御した上で導入していることに象徴されるように、寺山は、基本的に精神分析的な世界を前提としている。エピグラフも、あくまで「創世記」の一節を前提にして、それに上書きするようにメッセージを籠めている。父の名の排除としての精神病という発想自体、ラカンによる精神病の定義なのである。[27]あくまでユダヤ的なものを前提にし、それを相対化するものとして、創作上の理念である精神病が呼び出されていることに注意したい。

その意味で、ここで想起したいのが、ラカン派の哲学者、A・ジュパンチッチの主張である。ジュパンチッチは『リアルの倫理』において、「主体は自らの無意識に従属している」と同時に、最終的に「その無意識を選択した者でもある」[28]こと、そしてその無意識を選択した主体が「「病的」な領域から倫理へと移行するには、完全なる断絶、思考枠の交換が必要である」[29]ことを強調している。そしてこれを、ラカンのいう〈無からの創造〉と結びつけている。倫理は、病理学的なもの（パトローギッシュなもの）の絶え間のない浄化から生まれるのではなく、無意識を選択した主体がそれ以前の思考枠を破壊することによって生まれるというのである。[30]

とすれば、『花粉航海』に見られる書き替えも、無意識を選択したのちの、思考枠の変更としての〈無からの創造〉と見ることが可能なのではないだろうか。そしてその意味でなら、『新約聖書』の世界と接点をもつことにもなろうし、未来へ向けた反復という意味でのメシア思想とも関わることになるだろう。(31)

5　結論

以上、一九七五年に出版された自選句集『花粉航海』は、実際の十代俳句を、中年期になってから、ある理念のもとに意識的に書き換えたもので、その編集、書き換え作業の指針として、精神分析の知見があることを確認した。

もっとも、こうした見方は、精神分析が家系的なものの発想の起源にあるかのように、批判の矢面に立たされることの多い昨今、家系批判を繰り返した寺山に対する見方としては、奇異な見解と映るかもしれない。また、一九七五年の句集で造型された世界は、この作品だけを読むと、精神分析を想起することは難しいかもしれない。むしろ対極にあるような印象さえ受けるだろう。

しかし、すでに見てきたように、この句集は、寺山が二度にわたる書き換えを通して、精神分析を主要な参照軸としつつ、事後的に見出した世界である（実際の精神病者がこういった句を作るかといえば、かならずしもそうとはいえないだろう）。また、第七章で再びとりあげるラカンの〈無からの創造〉という考え方に沿えば、少年期の新たなる反復として、この時期の書き換えを説明できる。この句集に「独学や拭き消す窓の天の川」という新作をしのばせた寺山の念頭に、精神分析学の読解をはじめとする自らの読書体験があったことは、ほぼまちがいないと思われる。

実際、翌年の『阿呆船』で、分裂気質の母に導かれて船出するビジョンが打ち出され、モーゼに率いられるユダヤ人と対極にあるビジョンを打ち出し、一九七九年の『レミング』(再演は一九八三年、寺山の死により最終公演となった)においても、劇の中盤、次のような挿入歌でモーゼという名が出てくることは見逃せない。

一番最後でもいいからさ
世界の涯てまで連れてって
世界の涯てまで連れてって
　Come down Moses, come down
　Come down Moses, come down(32)

『レミング』は、実際の壁が取り払われても、自ら夢(=幻想)という壁を招いて「囚人」となってしまう者たちに、夢という壁を突破してゆくことを呼びかけるドラマであり、「幻想劇」の集大成的な趣をもつものである。今ここからの脱出を願いながらも、夢の囚人でいる者たちの心性を、まさしくモーゼを求める心性としてとらえていたことが窺える。

確かに「捨て子家系」は、共同体からの脱出を図ろうとして、通常の「家系」に場所を占める者以上に、脱出を導く強い父モーゼを求め、フロイトのいう、集団神経症としての宗教の罠に陥りやすいのである。実のところユダヤ的なものは、何よりも「捨て子家系」たるものにおいてこそ、反復されるのである。寺山は、こうしたことを前提として、脱出を求める若者が、ユダヤ的なものをいったん引き受けた上で、『狂人教育』において殺された妹の再来であるような少女に導かれて、そこから脱出するラストシーンを設けていること[33]を考えれば、エピグラフをユダヤ的なものの自己解体[34]と説明することの、一つの根拠となるのではないだろうか。

ちなみに、最初に述べた四回目の俳句形式の反復は、まさに『レミング』上演の年であり、以下のような作品である。過去へ神経症的想起に際限なく導かれるも、分裂気質の妹の導きでかろうじて脱出する『レミング』のテーマを見出せる。この時期だからこそ作られた作品といえる。

テーブルの下の旅路やきりぎりす
押入れに螢火ひとつ妹欲し
母二人ありてわれ恋ふ天の火事
鏡台にうつる母ごと売る秋や
冬畳旅路の果ての髪ひとすじ

ともあれ、寺山は、ことあるごとに十代俳句を書き換えている[35]。死を前にした寺山が最後に挑もうとしたのも俳句であり、宗田安正ら同人とともに俳句雑誌『雷帝』をたちあげた。結局、一句も発表しないまま死を迎えることとなったが、このことからも、寺山がこの形式を、創作活動の節目節目に使用していたことは明らかだといってよい。とりわけ、本章でとりあげた自選句集『花粉航海』は、実際の十代作品と大きく懸隔があるとはいえ、自己分析と父の名への問いに基づいて見出された創作上の理念によって、少年期の作品を新たに反復したものであり、中年期の寺山の思想の、重要な局面をよく表している作品集だといえる。

［第II部まとめ］

以上、十代の作品に刻まれた世界が、短歌作品や、演劇活動、そして自選句集の出版によって、独自の反復がなされ、精神分析でいうところの神経症、倒錯、精神病が、その時々の創作活動の指針として見出されることを見てきた。むろん、神経症、倒錯、精神病といった区分は、精神分析が臨床的に見出したカテゴリーであるが、ラカンの構造論的見地からみて、〈他者〉と主体のとりうる関係における、主体の選択のあり方と見ることができる。

以下の図表は、寺山作品の中に描かれた母子の形象を、構造論的に見て、その推移を実人生のエピソード

寺山作品に現れた母子の形象の推移

	［主な作品］	［作品に現れる母子の形象］	［実人生のエピソード］
一九五四年	歌人としてデビュー		入院[36]（五五〜五八年）
一九六二年	第二歌集『血と麦』	神経症	婚約・結婚
	人形劇『狂人教育』	精神病	

一九六七年	『青森縣のせむし男』	倒錯（マゾヒズム）の擁立	天井桟敷結成
	実験演劇		離婚（六九年末）
一九七一年	『寺山修司全歌集』	神経症／倒錯（独身者）	
一九七四年	『盲人書簡』	倒錯の神経症化	
一九七五年	『疫病流行記』	徴候の引き受けと解体	
一九七六年	『阿呆船』	倒錯の統合失調症化	
一九七八～八二年	『奴婢訓』	マゾヒズム論の集大成	入退院[37]（七九～八三年）
一九七九年	『身毒丸』	マゾヒズム／精神病	のぞき事件[38]（八〇年）
一九七九、八三年	『レミング』	神経症／精神病	死去（八三年）

と対応させたものである。

一九六二年には、演劇作品によって狂気をみつめつつ、短歌形式において父を引き受け、神経症的選択をする主体を描いたが、一九六七年、天井桟敷による演劇活動の開始とともに、母の法に従う倒錯の主体を理念として掲げ、一九七五年には、俳句形式と演劇活動で、父の名の排除としての精神病を創作活動の理念として掲げている。

通時的に見れば、神経症→倒錯→精神病と、創作活動の指針が推移しているようにも見えるが、神経症的主体を作品化した時点から、精神病のビジョンは取り込まれていることに注意したい。寺山の中では、はじめから狂気を取り込む形で人間形成が考えられていた。ただ、家系と捨て子家系という問題設定を重要視し、生の形態を変更した時点で、力点が変わってくるのであり、一九七五年の時点で、寺山は、一九六二年のビジョンにおいては犠牲にされるしかなかった側を、生かすように移動しているのである。もっとも精神病を理念として掲げるといっても、原初的シニフィアンの析出のあと、思考実験として、〈無からの創造〉として作図されており、参照枠は常に精神分析の枠組みであり、十代の俳句世界をベースにした書き替えであることには注意したい。

そうした創作の姿勢は、風俗現象でもあり捨て子家系を率いる新興宗教の要素もあった天井桟敷の、主宰者である寺山自身の自己分析、父の名への問いの要素をもっており、危険をはらんだ転移集団の安全弁となると同時に、一歩ずつ注意深く「人間」概念の解体と拡張に向かうものであり[39]、結果的に、芸術作品としての独創性と完成度も高めるにいたったと考えられる。

注

(1) 寺山修司『わが金枝篇』、三二一―三五頁。
(2) ジェームズ・フレーザー『図説　金枝篇』(内田昭一郎他訳)、東京書籍、一九九四年。
(3) 句集出版とほぼ同時期にあたる一九七三〜七四年、寺山は『盲人書簡』という、「完全な暗闇」を「主人公」とする演劇を上演しているが、この劇の主要なモチーフの一つである、「完全な暗闇」のもつ接触伝染の演劇性について語るとき、フレーザーを引用していた。
(4) 第三章第2節参照。
(5) Freud, S., Totem und Tabu, G. W. XI, p. 172.(西田越郎訳「トーテムとタブー」、『フロイト著作集』3、二六六頁)
(6) 一九七四年には、演劇作品『盲人書簡』と実験映画『蝶服記』(第六章参照)において、作品の中や自作解説に「精神分析」という語を見出すことができ、少なくともこれ以降は、明らかに精神分析は創作活動の指針の一つとなったと考えられる。

（7）宗田安正「なぜ〈青春俳句〉でなくてはならなかったか」、久世光彦他編『寺山修司・齋藤愼爾の世界——永遠のアドレッセンス』、柏書房、一九九八年、一四三頁。
（8）前年制作の実験映画『蝶服記』と同一のモチーフ。
（9）こうした操作によって、作品集はいわば二つの極をもち、脱中心化されることになる。
（10）夏石番矢「人生を忘却するために——『花粉航海』とは何か」、『国文学　解釈と教材の研究』、一九九四年二月、三二頁。
（11）『疫病流行記』のラストシーンで『道徳の系譜』からの引用がみられる。
（12）フランスでは一九七二年に、ドゥルーズ-ガタリの *L'ANTI-ŒDIPE : Capitalisme et schizophrénie*, Les Éditions de Minuit（邦訳『アンチ・オイディプス』）が出版されている。邦訳出版は一九八六年であり、この時点（一九七五年）では、日本において本格的な受容はなされていなかった（ただし、ドゥルーズについては『マゾッホとサド』一九七三年、『ニーチェと哲学』一九七四年、と立て続けに翻訳が出版されている）が、ニーチェやアルトーの肯定的な読解を重要視するポスト構造主義の言説は、ジャーナリズムを中心に紹介されつつあり、無類の読書家でもあった寺山の創作活動の動向は、こうした機運と無関係にあったわけではない。
（13）第三章で、ラカンに依りつつ、ユダヤ＝キリスト教的伝統における〈他者〉が、「私は私であるものである」と語る、絶対的唯一者の呼びかけに応答する平面において出現し、「信仰」において騙さない神とそれに答える私が一挙に成立するのであり、父の名とは、そうした「騙さない神」を成立させる「信仰」と不可分であることを見た。
（14）『セミネール』XXにおいて、ラカンは原初的シニフィアンであるS_1における享楽と象徴的なものの結びつきを、ララング（lalangue）とし、ランガージュはララングの上の知の労作であるというようになる（Lacan, J., Le Séminaire Livre XX, Seuil, 1972, p. 127）。そしてこのセミネールを契機に、ラカンは、父の名を、ひとつの「症状」である、あるいは〈他者〉の中にある穴の埋め方の一つ、というように相対化していく。このあたりのことは、最終章で扱う。
（15）関根正夫訳『旧約聖書　創世記』、岩波文庫、一九五六年、一七七—一七八頁。
（16）the Joint Committee on the New Translation of the Bible: the New English Bible, the Old Testament, Cambridge University Press,1970, pp. 68-69.
（17）夏石番矢、前掲論文、三〇—三三頁。夏石によれば、「一句一句が小宇宙を形成し、それらの小宇宙が連関を持って配列され、最終的には一つの句集としての大宇宙へとまとまってゆく前例」は、「近・現代俳句史においては、富沢赤黄男『天の狼』（一九四一年）、高柳重信『蕗子』（一九五〇年）」などがあるが、試みとしては少ないようである。第二章で見たように、寺山はデビュー作の短歌作品において、すでに連作戯曲構成による叙事詩への志向をもっており、そうした志向は中年期の俳句作品でいっそう発揮されたと考えるべきだろう。折口が滅亡せんとする短歌の方途を語るとき、俳句においては、芭蕉が「叙事の方向に詩境を拓いて置いた」ことに、肯定的に言及していることと関わっていると考えてよいだろう（折口信夫『折口信夫全集』二七巻、中公文庫、二八〇頁）。

(18) 夏石番矢、前掲論文、三一頁。

(19) 関根正夫訳『旧約聖書　創世記』、二四五―二四六頁。

(20) その意味で、フロイトの晩年の著作『人間モーセと一神教』と関連づける見方も可能である（野島直子「寺山修司とフロイト――自選句集『花粉航海』の成立をたどって」第5節「寺山修司とフロイト」、二〇八―二一〇頁、『人間存在論』、第八号、京都大学人間・環境学研究科綜合人間学部「人間存在論」刊行会、二〇〇二年、一九九―二一三頁参照）。

(21) 第七章で再びとりあげる。

(22) 寺山は飼い犬にニーチェという名をつけていた。

(23) 夏石前掲論文、三三頁。

(24) ニーチェ『道徳の系譜』（木場深定訳）、岩波文庫、一九六四年改版、六二―六三頁。

(25) 同書、六三頁。

(26) 前年（一九七四年）、ドゥルーズの『ニーチェと哲学』が出版されており、寺山の読書事情を考えれば、これを読んでいなかったとは考えにくい。

(27) ラカンはニーチェについて語ることはなかったが、スピノザについては青春期から傾倒しており、セミネールではしばしば言及した。そして、スピノザの神は、ユダヤ＝キリスト教の「信者」の神とは異なる、孤独者の神であると言っており、無神論者フロイトにもそれをみた。

(28) Zupančič, Alenka, Ethics of the Real Kant, Lacan, Verso, 2000, p. 35.（冨樫剛訳『リアルの倫理――カントとラカン』、河出書房新社、二〇〇三年、五一頁）

(29) ibid., p. 10. 同書、二五頁。
ジュパンチッチがこれを強調するのは、カントの倫理学が、「『病的なもの』（パトローギッシュなもの）の絶え間ない浄化、倫理的思想への漸進的接近を要求する」と一般に解釈されていることに対し、批判的だからである。「意志を少しずつ浄化していけば、目標を少しずつ洗練されたもの、深遠かつ高尚なものにしていけば、卑しい獣的本能に少しずつ背を向けていけば、我々は倫理の王国に到達できる、などということはありえない」(ibid., p. 10. 同書、二五頁)。ジュパンチッチが注目するのは、カントの『たんなる理性の限界内の宗教』の中の以下の文である。「もし人が法的に善良であるのみならず、道徳的にも善い人間であることを望んだとしても、……彼の行動原理の基盤が不純であるかぎり、これは漸進的な改革によっては達成されえないだろう。むしろこれは彼の心術の革命によって成し遂げられなければならない……。彼は、ある種生まれ変わることによってのみ、いわば新しく創造され直すことによってのみ、新しい人間になることができる」(ibid., p. 11. 同書、二五頁)。

(30) ジュパンチッチは、「精神分析は、主体を新たな選択の入り口まで導いたとき、つまり主体が新たな選択の可能性があることに気づいた時、終了する」(ibid., p. 35. 同書、五一頁) と言っている。

(31) ただし、これについては、最終章で別の見解を示す。

(32) 寺山修司『寺山修司戯曲集』3、劇書房、一九八三年、五〇頁。

(33) 詳しくは、拙著『孤児への意志——寺山修司論』、第八章参照。少女は「とび出すネズミがたった一匹！」という合言葉で、主人公の若者と母を救い出す。ネズミがユダヤ人を表すことがあることを考慮すれば、この合言葉からも、そうしたメッセージが読みとれる。

(34) ニーチェの書物が反ユダヤ主義として読まれた事実はよく知られている。明らかに誤読であるが、しかしそう読まれてしまう危険をはらんでいたのも事実である。ユダヤ的なものを攻撃し、超人をかかげるその言い回しの中に、そう読まれる危険はあったし、今も、それと知らずそう読まれ続けているのではないだろうか。本来は、自らの中にあるユダヤ的なものの自己批判としてのみ、意味のある書物なのではないだろうか。『道徳の系譜』におけるユダヤ的なものの批判は激烈であり、これを自己批判として読まなければ、容易にナチズム的な要素をもつことになる。

(35) 同人は、宗田以下、齋藤愼爾、倉橋由美子(小説家)、松村禎三(作曲家)、三橋敏夫の五人。

(36) 大学一年で歌人としてデビューするも、その後、ネフローゼで三年余におよぶ闘病生活、そのため大学を中退することになる。

(37) 重い肝硬変により、入退院をくり返す。

(38) アパートの敷地に入っているところを、大家に通報され、大きく報道されるが、事実関係は不明。

(39) もっとも、捨て子家系という問題設定をして活動する寺山に対して、「捨て子家系」の「さらなる捨て子」である永山則夫は、以下の書物を通して反論している。
永山則夫『反—寺山修司論』、JCA、一九七七年。

同『捨て子ごっこ』、河出書房新社、一九八七年。

第III部　思想としての精神分析

第II部で検討したように、寺山の創作活動は、十代の創作活動の世界を様々に書き換えることで、自己分析の要素をもち、自身の生活史の再編成の過程を刻みつつ、思想性を獲得していったことが窺われる。しかし、寺山作品が書き換えによって徐々に思想性を獲得していったことは事実だとしても、集大成的な作品に行き着く前の各作品もまた、各々別のテーマをもった、独立した作品として提出されており、芸術史や文化理論の文脈において、それぞれ独自の思想性を有していることを見過ごすことはできない。

そこで、通時的な側面はさておき、各作品を独立した作品として考察し、作品の中で精神分析が果たした役割を考えてみたい。

第六章　映画装置論

『蝶服記』をめぐって

はじめに

まず映画論としての映画から始めよう。

寺山修司の映画については、生前は演劇に次ぐジャンルとみなされがちであった。しかし、劇映画、実験映画を含め二十本あまり制作しており、寺山の創作活動において看過できないジャンルである。

寺山が映画に着手したのは一九六〇年のことであるが[1]、本格的に取り組んだのは、天井棧敷の活動が軌道に乗り始めた一九七〇年以降であり、以後、劇映画と多くの実験映画を制作している。この時期に制作された映画は、基本的に「映画」というジャンルへの問いを作品の中に含んだメタ映画であり、とりわけ一九七四年以降集中的に制作された短編映画は、映画を成立させる基本装置である、スクリーン、観客、プロジェクターなどを問題にしつつ、映画を撮ること、見ることへの問いを、凝縮して表現している。

こうした自己反省を含む映画制作の姿勢は、寺山の創作活動の過程をふまえると、必然的な意味をもって現れるのだが、同時に、映画史を振り返ってみれば、一九六〇～七〇年代にかけてなされた、古典的映画の条件を問う様々な試みと、問題意識を共有するものである。とりわけ装置への問いを先鋭化した短編映画は、一九七〇年代の欧米における「構造映画」の流行に呼応したと見ることができるし、(2)また、すでに日本において一九五〇年代末から様々な形で試みられていた、実験映画の流れと切り離すこともできないだろう。(3)

本章では、映画理論を参照することで、こうした時代背景の中でなされた寺山の試みが、いかなる意味をもつものであるかを検討することにしたい。作品は、一九七四年制作の短編映画『蝶服記』（十二分）を取り上げる。

1 イデオロギーとしての「装置」

映画『蝶服記』は、寺山自身によって「さえぎる映画」と呼ばれている。寺山は、この映画について、以下のように書いている。

かすかに欲情した少年の眼帯から少しずつ死んだ蝶がはみ出してきて視野をさえぎってゆく。その少年を演じているのは作者の私自身である。三八歳の私が半ズボンをはいて少年に戻っている。そこまでを、一つの「記憶の」映像化、思い出の精神分析化として扱った。通常の映画として撮影したわけである。そして次に、その映像をプロジェクトして、スクリーンにとどくまでのあいだに、さえぎる行為を介在させたのである。客は少年の映画を観ているのだが、その中間で手がさえぎったり、影がゆっくりプロジェクターの前に立ちふさがったりするのである。[4]

寺山のいう「通常の映画」として撮影した映像とは、画面の奥に見える映像であり、少年に戻った寺山（に扮する少年）が、天井桟敷の俳優たちによって演じられている「エロスの部屋」[5]を、のぞき込んでいる映像である。少年の目は眼帯や蝶でさえぎられており、すでにこのモチーフだけで何事かを語っているようなのであるが、この作品は、さらに、この映像をスクリーンにプロジェクトしたときに、影になって映像をさえぎる観客の映像をとりこんで、作品としているのである。そのため、この作品を見る観客は、はじめのうちは、スクリーン上に映し出された映像を素朴に見ることも可能だが、その映像に観客の影がかぶさってくると、奥にある映像だけを見るわけにはいかず、影として現れる映画の中の観客の作る光景も、同時に見ざるを得なくなる[6]（図1参照）。

図1

実際、この影の観客は、「通常の映画」の展開につれて、徐々に物語めいた展開をしており、影を消去して見ることは不可能である。何よりも、それが観客の影であることから、今まさに映画を見る自分自身を意識せざるをえなくなる。おまけに、上映時には、プロジェクターとスクリーンの間をさえぎる行為が、何かしら用意されているから、そのこととあいまって、観客はいやおうなく、会場、プロジェクター、スクリーン、観客という、映画上映に必要な装置を常に意識せざるをえない。そのため、奥の画面にある「通常の映画」は、観客に、断続的に印象深いショットを提供するものの、継起的な物語としての鑑賞が不可能なため、観客の視線をひきつける囮でしかないように見えてくるのであり、観客は、「素朴な」鑑賞の不可能性に立ち会いつつ、映画を見ることの自己反省に誘われるのである。

「装置」の顕在化による、こうした映画の自己反省は、まさしく、七〇年代に「映画の基本装置」を「イデオロギー」とする視点を打ち出し、後に英語圏における映画装置論の隆盛を促した、ジャン゠ルイ・ボードリーら映画理論家の議論を想起させる。

一九五〇年代から六〇年代にかけて「古典的映画」の表象システムをうち破るような作品が登場し、それに伴い、映画理論もまた、古典的な映画美学から、言語学を導入した映画記号学へという新たな道が開かれた。そして七〇年代になると、フロイトを言語学の導入によって読み換えたラカンの精神分析学に依拠して、映画の自己反省をなす新たな方向が打ち出されることになる。こうした方向を推し進めたのが、映画装置を観客の欲望を組織するイデオロギーとしてとらえるジャン゠ルイ・ボードリー、ジャン゠ルイ・コモリといった映画理論家であった。彼らは、アルチュセールのイデオロギー論に依拠し、従来のように、作品の主題や意図、あるいはその制作や公開の条件、監督の演出法などに、政治的、経済的イデオロギーを見るのではなく、「映画作品の制作と上映に必要となる、装備と操作の総体」つまり「装置」を「イデオロギー」として捉え、映画についての自己反省をなしたのである。(7)

こうした視点をいちはやく提出した、ボードリーの議論(8)を振り返ってみよう。

ボードリーは、カメラ・オブスクラ（壁に小さな穴をあけた暗い部屋。ピンホールカメラの原理）から、ルネッサンスの遠近法において確立された、遠近法の消失点に位置し、世界の意味の中心として組織される目の主体が、西欧絵画だけでなく、映画においても見出せるとする。スクリーンやプロジェクターなどの投影装置が、フィルムに記された非連続なイメージを継起的に映し出すことで、連続性を回復し、カメラに同一化した目の主体に意味ある連続的世界を与え、この目の主体である観客は、特権的で中心的で超越的な意味の主体として組織される、というのである。映画における対象のリアリティは、西欧絵画や写真に見られるような、遠近法的構築によって生じる「超越性」によるものであり、それによって可能になった超越論的主体（フッサール）が、意味付与するとしたのである。

さらにボードリーは、ラカンの精神分析を援用し、観客の像へのとらわれ（同一化）[9]を記述する。ラカンの鏡像段階論によれば、幼児は、神経系統のまとまりの不十分な「寸断された身体」という、原初的不調和の状態にあるのであるが、鏡の中の像や近くにいる類似の他者の像に同一化することで、統一像を作り、その像を自我とみなす。この像は他者の像であり、それは誤認された自己像なのであるが、主体はこれによって自らを能動的で意識的な主体であると思いこむことができる。映画は、プラトンの洞窟[10]を思わせる装置（暗いホール、プロジェクター、スクリーン、モビリティを奪われ目の機能だけが突出した観客）において、観客に鏡像段階を再現する条件を与え、スクリーン上の像によって統一像を付与し、「観客」として組織する。そして、像を主体であるとする誤認を維持させることによって、物語世界にひきこむ[11]。

古典的映画に慣れた観客は、通常こうした装置を抑圧し、スクリーンに表現された物語世界を享受するのであるが、ボードリーにとっては、表現された物語世界のイデオロギー性よりも、むしろこのような形で観客を組織する映画装置自体の方が、イデオロギーとして認識されたのである。以下に示すボードリーの発言は、やや極端ながら、当時の彼の問題意識をよく示している。

結局、採用される物語の形式や、イメージの〃内容〃などは同一化が可能であるかぎり、ほとんど重要性をもたない。ここで現れるのは、イデオロギーの支持台、手段としての映画が果たす特別な機能である。それは中心的な位置――これは神の位置であれ、他のいかなる代替者であれ――の欺瞞的な範囲設定によって「主体」を構成する。それは主体の幻想化を創りだすという支配的イデオロギーにとって必要な、重要なイデオロギー効果をもつように運命づけられた装置なのであり、観念論の維持に著しい効力をもって作用するのである。(12)

すでに述べたように、寺山はこの作品で、奥の「通常の映画」が囮にしか見えないまでに装置を顕在化させ、観客が超越的な視点で見ることを不可能にしていた。まさしくボードリーの言うように、「メカニズムの露出によって見ることの平穏さとその同一性を同時に破壊(13)」し、そのことによって、「装置」に組織される観客主体についての自己反省を促したといってよいだろう。

それだけではない。通常は映像に映し出されることのない観客の像を、影として映し出し、スクリーン上の像に鏡像をみて、同一化を果たす観客の物語を織り込み、以上の議論に匹敵するような試みを行ったことも見逃せない。

二人の女性観客に注目しよう。二人とも、画面一杯に映る美しく強い女性の像に関わりをもっている。一

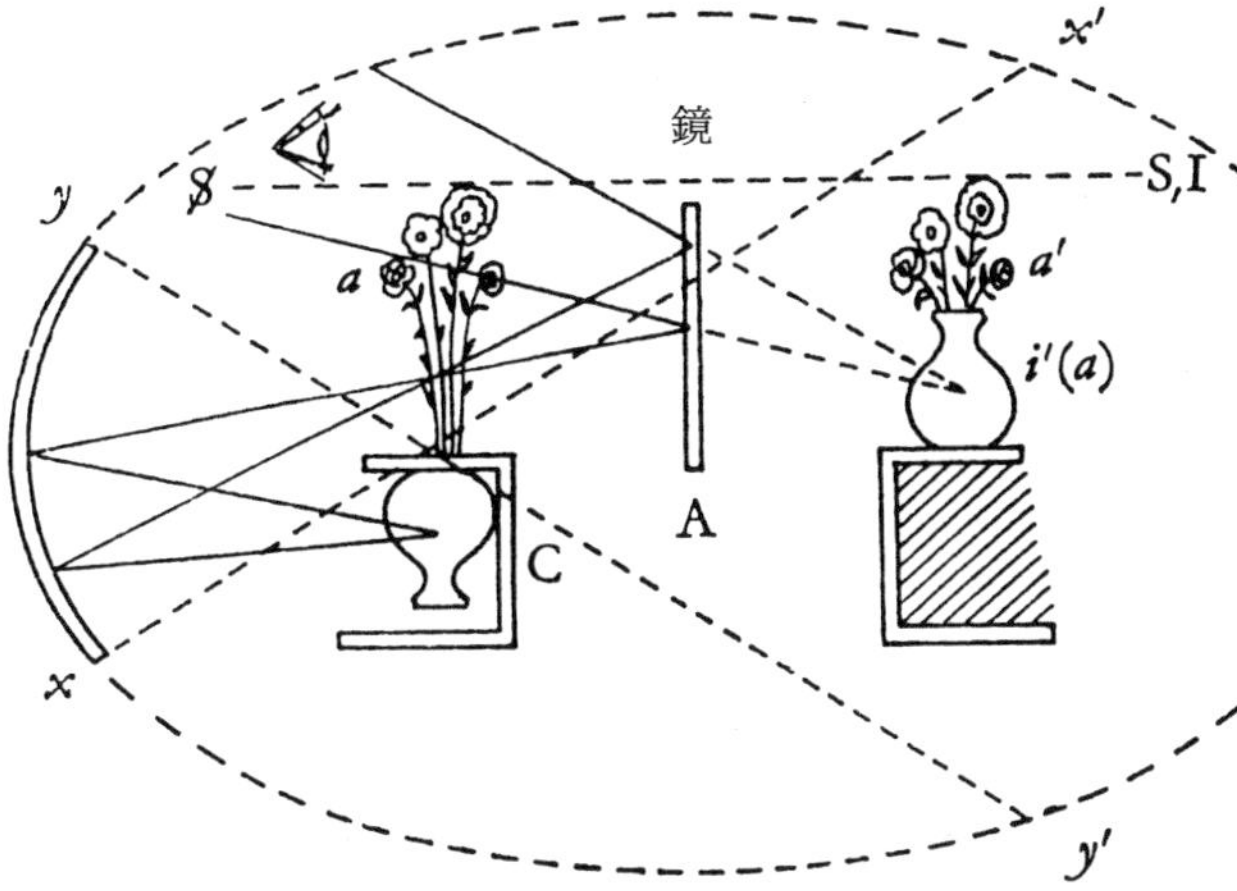

図2

人目は、美しく強い女性のイメージにじっと見入って同一化するも、ふと背後のプロジェクターの光で影絵をすることが可能であること、つまり「装置」の効果に気づくのをきっかけとして、この場を去るが、しばらくすると、もう一人の女性に暴力をふるう。装置の効果に気づいてその場を離れたが、すでに転移は生じており、美しく強い女性の像の特徴を取り入れ、暴力をふるうのである。

一方この時、暴力をふるわれた女性は、しばらく倒れこんでいるが、やがて美しく強い女性の像を前にすると、先ほどとはうってかわって美しく強く踊り、傷ついた自我の修復に一瞬成功する。これは美しく強い女性に直接同一化したというより、そのまなざしを自我理想として、傍らの花瓶の花のような美しい自己像を作り上げる同一化で、一人目の観客の同一化のありようとは差異がある。が、ともあれいずれも、スクリーンを鏡として、そこで得た像によって主体を構築する観客の物語であり、「装置」によって同一化が可能であることが示されている。しかも、口唇的取り入れを示すところでは、口蓋と歯のオブジェが示されたり、不在対象を在とみなしていることを意識させるシーンでは、フェティシズムを意味する靴の影の映像が映し出されたりして、その描き方は明らかに精神分析的である。花瓶の花の設定など、同一化の問題を扱ったラカンの光学的モデル(14)（前頁図2参照）を想起させる設定でもある。

寺山は、同時代のボードリーにかなり近い問題意識をもって、作品を組み立てていたといえそうである。

2　映画装置論批判

では、寺山の短編映画は、ボードリーに代表される当時の映画理論家の見解に吸収されるのであろうか。装置の顕在化によって奥の画面は、もはや囮にしか見えないまでに縮減されるのは事実だが、上映会場で一回切りの鑑賞をする主体ですら、蝶と、蝶に片目をふさがれた少年の顔のクロース・アップの反復には気づくことができるし、映画の冒頭、少年は観客を、階段の上の「エロスの部屋」に誘っているようにも見える。タイトルも『蝶服記』で、少年の眼を覆う蝶のイメージが問題になっていることは明らかである（先にみた観客の物語の中にも、中盤あたりに登場し、同一化の物語とは異なる物語を形成している）。何より前述の寺山の発言でも、奥の映像について「精神分析」という言葉が使われている。もう一つの仕掛け――おそらく装置論と関係する――少年の眼を「さえぎる」蝶のモチーフについて、考察しないわけにはいかないだろう。

この問題に入る前に、ここでいったん、こうした映画理論家の仕事について、一九九〇年代に入ってからなされたコプチェクの批判にふれておくのは無駄ではあるまい。コプチェクは、映画装置論は、もっぱらラカンの初期の鏡像段階論に依拠し、その後の理論的展開、とりわけ『セミネール』XIの対象a（欲望の原因〉としてのまなざしの議論（後述）が押さえられていないとして、以下のように批判する。

映画理論においてまなざしは、完全な意味、あるいはイメージの中に現れるすべてのものの集合であるイメージのシニフィエとしての地点であり、同時に意味を「与える」地点として、イメージの「前」にあるとされている。主体はまなざしと一体化し、それゆえに、ある意味では一致すると考えられている。一方ラカンによると、まなざしは、イメージの中に現れそこなったものとして、それゆえにイメージの意味すべてを疑わしいものにするものとして、イメージの「背後」にあるとされている。そして主体はまなざしと一致したり一体化したりせずに、むしろまなざしから切り離されてしまう。（中略）〈他者〉のまなざしと出会うとき、あなたは見つめる目に出会っているのではなく、盲目の目に出会っているのだ。[15]

どういうことだろうか。先に見たように、映画理論においてスクリーンは鏡としてとらえられており、主体はスクリーンに映し出される肯定的イメージに自己を同一化し、主体を構築する。そこで得られたまとまりを得た自我は、そもそも他者の像であるという意味で誤認なのであるが、たとえ像に疎外されるもその像によって、意識の上では世界の主人たりえる主体でもある。そうした同一化＝誤認を可能にするのが超越的なカメラの視点であるがゆえに、その装置はイデオロギーである、ということになる。ここでのまなざしは、意味を与える点であり、視線でもある。

一方、ラカンが『セミネール』XIで展開した対象aというまなざしの議論は、そうした考察とは重要な違いのあるものである。そもそもラカンは「眼差しはあらかじめすでに存在しているということです。つまり私は一点だけから見ているのに、私は私の存在においてあらゆる点から見られているのです[16]」と言っているように、まなざしと視線は一致するものではない。ラカンは、まなざしに関して、「去勢不安という構成的欠如としてしか、われわれへと現れてはきません[17]」と言っているが、まさしくそれは、見る、見られるが未分のありようから、象徴的去勢により「見る」への転換を果たし、一つの視点からの有限化した「視野」を確立すると同時に回帰してくる、象徴界の無意味を露呈する「盲点」である。この「盲点」こそ、見ることの欲望をかき立てるものでもある。

こうした二つの立場の違いは、コプチェクも指摘しているように、ほぼラカンの主体理論の変遷に由来している。ここでラカン理論の変遷を大まかにたどっておこう。ラカンは、まず、その主体論を鏡像段階論において確立したが、想像界から象徴界へという方向性をもっていたそれを、言語学の導入によっていったん象徴界の優位を強調した理論〈他者〉はパロールの展開の場であり、無意識はひとつの言語活動として構造化されている）へと修正し、その後、一九六〇年前後から現実界を前景化することで、大きな理論的変貌を遂げる。対象ａとしてのまなざしという議論は、こうした理論的展開の中で練り上げられたものである。

転回をとげたあとのラカンの主体理論では、言語活動をする人間は、主体を代表象するシニフィアンに縫いつけられて、象徴界の一点を占めるようになるが、その象徴界にも亀裂が入っており、その亀裂は現実界であるとされる。それは象徴界の成立のために、もはやその存在が不可能になった「もの」の世界なのであり、言うことも想像することもできない、象徴界にあいた穴、裂け目である。それは象徴界に属する主体によってはもはや不可能なものではあるが、夢や反復強迫における幻想という形で、主体とつながりをもつ。

ラカンの$\$\Diamond a$というマテーム（形式的表現）は、シニフィアンに疎外されつつ幻想という形で現実界とつながりをもつ、そうした主体のありようを示したものである。象徴界の裂け目を埋めにやってくる幻想は想像的なものであるが、鏡像段階論の鏡像とは異なり、現実界を遮蔽すると同時に、主体を現実界に接近させるものである。ラカンは「主体と現実界は幻想という抵抗の中で分裂の両側に位置づけられるべきである」[18]と言っている。

「人間の欲望は〈他者〉の欲望である」という有名なラカンのテーゼも、初期においては、鏡像的他者の模倣によって（あるいはそれを可能にする象徴界によって）主体の欲望は作られ、実現される、という意味であるが、転回以後は、象徴界〈他者〉の一点から（現実界を遮蔽する）幻想を通して不可能なものを欲望する、という意味へと変化してゆく。転回後のラカンの〈他者〉は、主体に先行し、託宣のごとく主体を捕獲し、一として象徴界に誘う[19]と同時に、その真理を保証するものを内にもたない、不完全で一貫性をもたないものであるとされている[20]。それゆえ、主体は〈他者〉に完全に捕獲されることはなく、幻想を通して現実界と結びつき、欲望する主体となるとされるのである。

このように、ラカンは現実界の前景化により、大きな理論的転回を遂げているのであり、それゆえ、ラカンは映画理論と同様に、遠近法（ただし絵画）を問題にするが、見ることの遠近法が瓦解する地点を絵の中に示したアナモルフォーズ（歪像）に注目する。ひきあいに出すのはホルバインの『大使たち』で、絵を見るのをやめて立ち去ろうとしたときに斜めからふりむくと、正面から見ると無意味なしみとしか見えなかったものが、頭蓋骨として形をあらわし、さきほどまで見えていた像は、視界から消えるというものである。ラカンは、ホルバインが「主体というものが輪郭を取りはじめ、実測光学が探究されるまさにその時代のさなか」に、「去勢という $-\phi$ を像によって実体化するという形」で「無化されたものとしての主体」を示したのだ、と言っている。[21] ラカンはこの頭蓋骨のアナモルフォーズを、遠近法的構築によって条件付けられた超越性が瓦解する、つまり全能性を付与されたかに見えた視覚の主体が、「言語学的に」去勢されていることを可視化したものであるとし、ここにゼロ記号ではなく $-\phi$ つまり対象aとしてのまなざしをおく。ボードリーは、遠近法によって条件付けられた視覚の主体が、超越的視点を有した一なる全体を形成するとして批判するが、ラカンはむしろ、視覚の主体は〈他者〉（＝シニフィアン）に一として去勢され、原抑圧を被った無意識の主体であるとし、表象世界は対象aとしてのまなざしを遮蔽するスクリーンであるとして、問題提起を行っているのである。ラカンにとって、遠近法絵画のように視覚に奉仕させられていた絵（表象）の世界は、対象aとしてのまなざしを鎮めるスクリーンなのであり、見る主体が欠如を抱え欲望する主体であることを、しばし忘却させているものなのである。

コプチェクは転回以後のラカンに注目を促しつつ、以下のように書いている。

確かに映画理論は、映画装置が自己を表象世界の源や中心と誤認する主体をイデオロギー的に生産する機能を果たしていると常に主張してきた。同時にこの主張は、主体が点状の存在であるというルネサンス遠近法がわれわれに信じこませようとしていた考えは間違いであるということも示唆しているので、このような主張にはラカンの主張と同じものがあるように思えるかも知れないが、映画理論の誤認に関する概念は重大な点でラカンの概念とは違うことがわかる。（中略）映画理論は、このような誤認の立場の構造しか述べておらず、点状ではないような別の実際の（actual）地点があるということが暗示されているにもかかわらず、その地点の構築を述べることができたためしはない。[22]

つまり、コプチェクによれば、映画の自己反省は、映画を、現実を代行する表象システムであるととらえ、見る主体の誤認を可能にしつつそれを隠蔽する超越的視点を、イデオロギーとして指摘することでは果たせない。われわれは視覚の領域においても〈他者〉（＝シニフィアン）から自立しているわけではなく、むしろ〈他者〉の一点を介してしか、「見る」ことに参入することはできず（よって誤認は避けられず）、その主体は、表象世界の背後に想定される現実界の不気味なまなざしと関わりをもつということ抜きにはありえないのである。コプチェクは、ラカンの転回以降の主体論に可能性を見て、シニフィアンと現実界に分裂した主体として映画観客をとらえ、映画装置の内部に表象世界の一貫性を瓦解させる対象aとしての現実界を想定し、それをアクチュアルな地点だとみなしているのである。

3　作図される対象a

ここで寺山が奥の画面に置いた仕掛けを見てみよう。少年は片目を黒い眼帯で覆い、その中には蝶が入れてある。視覚的には何もみえないはずの、その黒いスクリーンに蝶を映し出し、階上にあるエロスの部屋を覗いている。一見窃視者の物語ともとれるが、白塗りのマリオネットのような登場人物は、エロスの部屋という特異な舞台装置とともに、独自の空間を作っており、明らかにリアリズムの空間ではない。そしてまた寺山が、これに対して「記憶の映像化、思い出の精神分析化」という言葉を使っていることを考えると、精神分析的な想起がこうした独特の舞台装置において、寺山独自の文法で表現されていると推測される。

とはいえ、台詞抜きの十二分の実験映画である。極端に説明が不足している。そこで、この年に制作された他の二つの作品を検討してみると、明らかな共通点があることがわかる。

この映画では少年を「三十八歳の少年」としているが、寺山はこれを作ったとき、まさしく三十八歳であり、この年、『盲人書簡』という「完璧な暗闇」を舞台装置とした劇では、父の死にかかわる過去を想起する少年のドラマを上演しているのである。そこにおいて主人公の少年は、暗闇に過去の幻影を投影しつつ、その背後にあるものを探っていた。「三本のマッチ、一本ずつ擦る、一本はおまえの生まれるところを見るため、一本はおまえの死に顔を見るため、そして残る一本は何を見るため？」[23]という台詞も織り込まれ、まさしくラカンのいう「まなざし」が問題になっていたことが知られる（台詞の中に「精神分析」という語も見られる）。

長編映画『田園に死す』では、一九六五年に出版した同名の歌集を映画に移し替えながら、「もし、あのとき母を殺していたら……」という反実仮想命題において、過去を想起しつつその意味を問う作品を作っている。想起された過去はいくらでも作りかえのきく虚構だが、否応なくさらなる想起を要求する何かがあることを示し、「どこからでもやりなおしはできるだろう。……だが、たかが映画の中でさえ、たった一人の母も殺せない私自身とは、いったいだれなのだ!?」[24]というナレーションによって、想起された過去の幻影、ひいては幻影としての映画に潜在する特異な現実性を問題化していた。いずれもまさしく、ラカンのいう、幻想という抵抗の中で現実界に隔てられつつ接近する主体、つまり$\$\lozenge a$が問題になっていたのである。

そして翌年の演劇作品においては、第二次世界大戦に関わる反復強迫の空間を舞台化し、父の戦病死した島の固有名セレベスを、外傷的な点として作図するにいたっている。[25] また、十代に作った俳句を、後年の作品を織り交ぜながら再編成していた時期でもあり、反復強迫的な蝶の句を新たに書き換えたりしている。[26] 三十八歳の寺山はこの時期、様々なジャンルで同じ主題を扱っており、その際、精神分析学を創作活動の指針としていた形跡があるのである。

このように、台詞もあり物語もある、比較的わかりやすいこうした同時期の『田園に死す』との関係から考えて、寺山は『蝶服記』で、これらの作品が扱った精神分析的な想起の空間から「内容」をはぎ取り、思い切って十二分の映像（音声はささやき声や短い音楽に限定され、初期映画のような印象を与える）に縮減してみせたと推測することは、根拠のないことではないだろう。

黒い眼帯、三十八歳の少年の眼を隠す蝶という仕掛けは、暗闇に過去を投影するまなざしが問題になっており、『盲人書簡』の舞台装置を思わせるし、句集編纂の跡から考えても、蝶は、反復強迫的に出現する謎のイメージであると類推される。

わかりにくいのは、「エロスの部屋」であるが、これは、精神分析的な枠組みで考えると、想起を行っている主体が幻想活動によって出会う欲動の世界、幼児の性的体制（口唇期、肛門期、男根期）を示すものではないだろうか。実際、奥の画面で繰り広げられる光景は、芸術家が倒錯の美学を映画で示したものというより、むしろきわめて記号的な扱いがなされており、フロイトが示した性欲動（部分欲動）の目録に見える。こうしたフロイトの学説については、発達段階の指標としてとらえられがちであるが、ラカンは、発達段階という考え方自体は否定しつつも、マクロコスモスとミクロコスモスの照応というような思考から脱却し、われわれの思考や幻想の基礎を宇宙ではなく身体に置き直したという点で、きわめて重要であると言っている。[27]

ラカンはまた、「眼差しと視覚の間が分裂しているからこそ、……視の欲動が欲動のリストに加えられるのです」[28]と言っているが、片目を黒い眼帯で覆い、そこに幻想をみつつ、同時にそれが視覚的には何も映っていないことを知っている主体が「エロスの部屋」を徘徊するという設定は、まさしく視の欲動という問題設定を浮かび上がらせつつ、精神分析的な幻想の主体をよく表現しえている仕掛けだといえるだろう。

それは、継起的な物語を追跡することで、よりはっきりする。少年の顔と少年の眼を覆う蝶のクロース・アップに注意すると、全体は四つのシークエンスに分けられ、反復する蝶のクロース・アップを句読点として物語に展開が生じている。

第Ⅰシークエンスにおいては、幼児の性的体制を想起させる部屋が順に映し出され、少年がのぞいている。第Ⅱシークエンスでも、前エディプス期を思わせる部屋が映し出され、少年はその部屋の外を行きつ戻りつしているだけである。[29]

ところが、第Ⅱシークエンスから第Ⅲシークエンスにかけて、男根期を思わせる設定において、少年が美しく強い女性（ファリックマザー）に縛られ、鞭打たれる、という去勢コンプレックスを喚起するシーンが映し出され、音楽もあからさまに郷愁的なものになる。これらは、想起行為における固着点を示しているように思われる。少年はこのとき観客席にも現れ、幻想と知覚的現実に引き裂かれている様子が描かれるが、続いて、人形を足でつぶすと、人間の方が階段から落ちてしまうという、虚実が逆転するシーンが映し出され、幻想の現実性が示唆される（フロイトの用語で言えば、心的現実の物的現実に対する優位が示される）。

第Ⅳシークエンスになると、音楽は緊迫感のあるパーカッションに変わり、人形の方が逆に人形遣いを支配しているようにも見えるシーン(30)に続き、少年と美しく強い女性が「エロスの部屋」の奥にある窓の「外」から、こちら（観客）をのぞいているシーンが続く。見ていると思っていた観客が、逆にまなざされていたという印象を受けるシーンであり、幻想というスクリーンの向こうにあるまなざしが、ぬっと現前したかのように見える。

そして、ラストシーン。蝶のクロース・アップのあと、白いスクリーンを一瞬影がよぎるのであるが、興味深いことに、これは、「狼男症例」（フロイトの五大症例の一つ。狼男はロシア生まれの若い男の偽名。フロイトはこの症例において、ユングとの対立点である幼児期性生活の出来事の現実性について論じている）において示された「原光景」（主体が、両親の性交を目撃したと証言する光景で、フロイトはそれを初め事実とみなしたが、その後、幻想である可能性を認めた）を喚起させるものである。具体的に言えば、この影は、性行為の最中の男の横顔にも、ふるえる揚羽蝶の片羽にも見えるように作られており、上映会場で一回切りの鑑賞をすれば、画面を一瞬横切る影としてしか認識されないだろうが、繰り返し見たりビデオのコマ送りで確認すると、はっきり認識できるようになっている。そしていったん認識するや否や、それ以外のものには見えないように作られているのである。（精神分析学的な）意味の枠組みをもちこむことによってのみ見える（構成される）映像という意味でも、「原光景」の特質をよく備えているといってよいだろう。

寺山は、このように、標準的な映画が期待される奥の画面に、精神分析的な想起の主体、幻想という抵抗にさえぎられつつ現実界に接近し、不可能なものの前で立ちすくむまなざしに行き着く主体を、メタ心理学的な文法に従って映像化し、独自の方法で、ラカンのいう対象ａとしてのまなざしに匹敵するものを描きこんでいるのである。

4　対象aのアクチュアリティ

それにしても、こうした仕掛けは、映画装置論としていかなる意味をもつのだろうか。コプチェクの言う対象aとしてのまなざしは、映画装置論としていかなるアクチュアリティをもつものなのだろうか。

そもそもコプチェクは、一九七〇年代の映画理論家をラカン受容の面から対立的にとらえて批判するが、実のところ、彼らは鏡像段階論に終始していたわけではない。たとえばボードリーは七五年には、「装置――現実感へのメタ心理学的アプローチ」[31]を発表し、映画を見る主体を、夢を見る無意識の主体と対比させつつ、メタ心理学的に論じている。その際、『セミネール』XIより「主体は装置である。この装置には穴があいていて、その中に、主体は失われたものとしての何らかの対象の機能を作り出します」[32]を引用してもいるのである。しかしコプチェクはこれについても、映画に特有の現実感が、もはや「イメージと現実の指示対象の間の迫真性」ではなく、「イメージと観客の間における妥当性の関係」に帰されるようになったことを示したもので、「想像的関係はイメージの主人としての主体を産み出す」というそれ以前の考え方の、延長上にあるものとして批判的にとらえている。[33]

とはいえ、ボードリーの論は、ラカンの主体についてのマテーム $\$\Diamond a$ の意味することのひとつを語ってもいる。タイトルに「現実感」という言葉は付されているが、基本的には夢見の心的装置が、映画観客に再現されていることを主張した議論になっている。プラトンの洞窟の参照も、そうした視点から改めてなされている。それゆえ、対象aを埋めにやってくるイメージ（＝シミュラークル）は、ある種の現実感をもち主体を魅了するが、そうした主体の満足は偽装されたものである、という見方は確保されているのである。そもそも現実界は表象不可能なものであるから、それとして現れることはなく、さまざまな想像的対象が蓋をしにやってくる。主体は幻想によって、現実界から身を守っているのである。その意味では、ボードリーは映画装置の特性の一面を確実に伝えているのであり、コプチェクの批判は、いささかフェアではないようにすら見えるかもしれない。しかし、コプチェクが言わんとすることは、それにとどまるものではない。

ここで想起したいのは、『セミネール』XIの最終章で、対象aという問題設定について展開されるラカンの議論である。ラカンは、ここで、フロイトが「集団心理学と自我の分析」の中で示した、一次集団の自我理想への同一化についての記述が、催眠を「理想的シニフィアンと対象aの混淆」として定義したものであるとし、「催眠から自らを画すことで設立された」精神分析は、自我理想と対象aの隔たりを保つことをその基本的原動力とする、と主張し、(34) 精神分析における「分離の倫理」を示している。

フロイトは、今日ナチズムを予見したともいわれるこの著作の中で、十分に組織だってはいない群衆(=一次集団)をとりあげ、「あらゆる個人の中に原始人が潜在していて、任意に群れをなして集まると原始集団がそこに再現される」(35) とし、原父(=自我理想)のまなざしと一体化する、集団の催眠効果について述べているのだが、考えてみれば、映画観客とは、フロイトがとりあげた一次集団とみなせなくもない(任意に集まった群衆であり、同一の自我理想による暗示を受けやすく、他の構成員との間に伝染が生じやすい)。ボードリーは、二つの論文を通して、映画装置が、こうした一次集団を組織するイデオロギー装置であることを批判的に示していたのだ、という言い方もできるかもしれない。実際、映画が催眠効果をもつこと、転移を醸成させやすい装置であることはまちがいないのである。

だとすれば、イデオロギー論としての映画装置論は、映画の催眠効果をイデオロギーとして示して終わるのではなく、ボードリーから一歩進んで、先にあげたラカンの言葉に従い、「精神分析」をより積極的に導入し、自我理想からの主体の分離を示す地点対象aを、ポジティブな実践の可能性として示すことが、可能性として残されているのではないだろうか。そもそも自らを催眠から分かつことで精神分析が始まったということの意味は、精神分析は転移という形で催眠を呼び起こすことで始まり（そういう意味で催眠と手が切れているわけではない）、「言語活動」によって独自の領域を開くということでもある。対象aはその産物である。

先に、寺山が奥の画面に仕掛けたものは、「狼男症例」を思わせるものであることを述べたが、ラカンがこうした議論をするにあたって主としてとりあげるのも、やはり狼男症例であり、幻想が現実界を保護しつつ、しかし反復強迫によって確実に外傷的記憶を運搬し、主体を現実界に接近させることを述べている。現実界をふさぎにやってくる幻想は、主体に一貫性を与えると同時に破綻させ、主体は、抵抗を徹底操作した後、最終的には「原光景」の「構成」とそれをみつめる狼のまなざし、不可能なものに接近し立ちすくむまなざしに行き着く。ラカンはそれを、「主体の喪失を代表象する機能を果たしている」、「原初的に抑圧されたシニフィアン」であるとし、それをとらえることによって、「〈他者〉の欲望によって構成されるものとしての主体の欲望の弁証法が正しく把握される」としている。[36] 主体は、「現実界に自身を再び見出すためにそこにいる」[37]のであり、こうした局面を経て、主体は他者から自らを分離するのである。「ラカン的まなざしによってつくられた主体は、〈他者〉の法によって開かれた可能性を実現するものとして誕生することはない。むしろ主体構築に重要なのはその不可能性なのである。正確には、〈他者〉からのいかなる最終確認も不可能であるということこそが主体構築において重要なのである」[38]というコプチェクの言葉は、こうした意味においてとらえられるべきであろう。「装置」は主体を作る、象徴的なものと想像的なものの共同作業によって。しかし、現実界の前景化は、主体が「装置」の提供する自我理想への同一化によって、主体化の過程を生き始めたとしても、最終的に同一の主体へと至るわけではないことを意味している。主体は〈他者〉の法を実現するものとしてではなく、むしろ〈他者〉に疎外されつつ〈他者〉の欠如を探し求め、そこにおいて主体構築をするのだ。探しあてられたこの場所こそが、映画装置の内部に想定される外部、つまり現実界としての対象aであり、主体を立ちくませると同時に、実践の可能性を与えるのである。コプチェクが言うところの、かつての映画理論家が指し示せなかったアクチュアルな地点とは、おそらくそういうものであろう。

ちなみに、こうしたコプチェクの議論は、一九八九年に出版されたS・ジジェクの『イデオロギーの崇高な対象』[39]の議論に呼応したものだといえる。ジジェクは、一九七〇年代の理論家のように、疎外をイデオロギーとするアルチュセールの問題意識を継承しつつも、ラカンの精神分析に内包された倫理を、はっきりと「分離の倫理」、あるいは現実界の倫理であるとし、意味作用の水準ばかりでなく、享楽の核を分節化して主体の分離をめざすイデオロギー論を展開し、イデオロギー論とラカン読解に決定的な転回をもたらした。そして、一九九〇年代以降、コプチェクを始め、主として英語圏の文化理論において、重要な議論を提供するにいたっている。

ここで寺山の作品を改めて見てみよう。

寺山は、第1節で見たように、「装置」の顕在化によって、観客が超越的な視覚の主体であることを阻みつつ、装置の効果によって映画に同一化する観客の物語を、影の物語として描いている。しかも美しく強い女性に同一化して一つの特徴を取り入れ、映画の外部の現実の中で暴力をふるう女性と、同じ美しく強い女性に自我理想をみて、傷ついた自己を美しい花瓶のように修復する女性の、二つの物語を描き分けながら、主体を一として縫いつけ、像を誤認させる映画の催眠効果を示している。そして、第3節でみたように、いわゆる標準的映画が期待される場所に、知覚的現実と幻想の間で分裂する三十八歳の少年（寺山）の物語をおいて、知覚的現実を凌駕する幻想の現実性と催眠性を示唆するとともに、幻想が運搬する不可能な現実界を問題にし、最後はまるで狼男症例のように、観客自身を見つめるまなざしと、原光景を示唆して終了している。幻想において主体が出会う前性器的欲動も、「エロスの部屋」という仕掛けのもとに、きちんと描き込まれている。

こうした仕掛けは、単に不在対象を在とみなして映画を見続ける、観客の欲望を示したものと見なせなくもないが、注意したいのは、この物語の少年が寺山自身であり、しかも映画の冒頭、観客を階上の「エロスの部屋」に誘っているかのように見えることである。この三十八歳の少年は、観客の自我理想たる作者の欲望を読めといわんばかりに、観客を誘っているのである。

影の物語のように、一として縫いつけられてしまった観客は、自己像を誤認し、暴力をふるうにいたることもある。しかし同時に、三十八歳の少年に導かれて階上に昇り、なぜこの像に同一化するのか、なぜ不在対象を在とみなして見続けるのか、なぜこの不気味なイメージにとらわれるのか、なぜ作者はこうした物語を提供するのか、そうした〈他者〉の欲望への問いに導かれて、見たものを語り直すことも可能である。自我理想はそれに直接答えてはくれないが、観客は、〈他者〉の欲望を問い、〈他者〉の欠如を探り当てることで現実界に接近し、模倣ではない自らの欲望を、超自我の命令として聞き取り、単独的な主体を形成することも可能なのである。こうした分離が、意味作用の水準ばかりでなく、欲動の次元、享楽の次元を不問にして果たされることはないことを考慮すれば、「エロスの部屋」をはじめとするもろもろの仕掛けは、映画装置論（＝イデオロギー論）として、きわめて的確な設定だといえよう（こうした二段構えの仕掛けは、ラカンの欲望のグラフ（Écrits, p. 817. 第七章参照）やジジェクの前掲書における議論とも対応する）。

ボードリーは、映画装置をプラトンの地下の洞窟になぞらえた。寺山もまたそうした認識をもっていたことが、観客の影などの仕掛けから窺える。しかし、メタ映画『蝶服記』の寺山少年は、その洞窟の囚人である観客に対して、階段を上って「エロスの部屋」に行くことを誘う。それは、プラトンの洞窟において、衝立の後ろにいて囚人に影を実体と思わせている〈他者〉の欲望を問うことであって（図3参照）、プラトンが導く出口（太陽光＝イデア）とは異なる、もう一つの出口を示唆するためであることは、上述のことから明らかであり、ここにこそ、寺山の映画装置論の特異性を見て取ることができる。

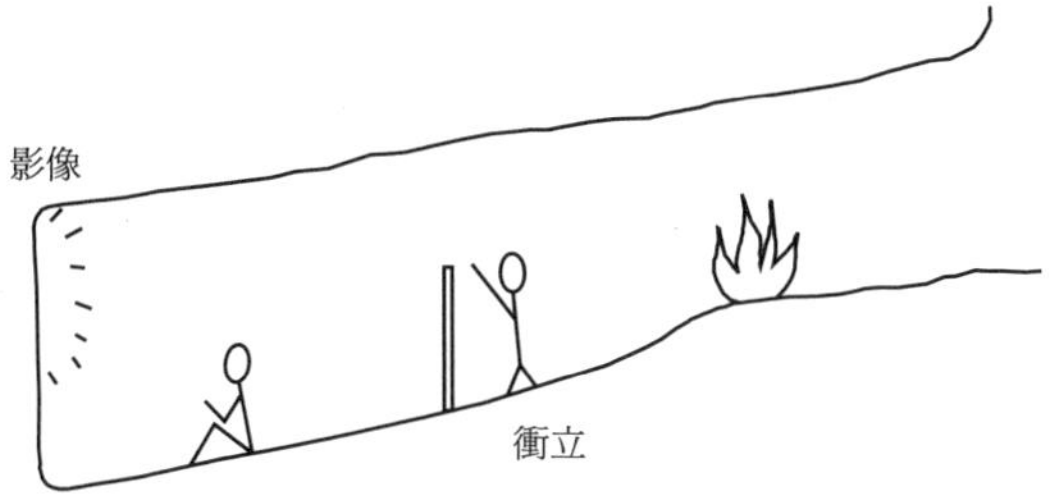

図3　プラトンの洞窟

5　結論

以上、寺山の一九七四年制作の短編映画『蝶服記』が、一九七〇年代に映画装置論をなしたボードリーらと同様の問題意識によって作られながらも、後にコプチェクによって展開されることになる映画装置論批判（ジジェクのイデオロギー論に呼応する）にも十分耐えるような、独自の映画装置論になっていることを見てきた。

もっとも、寺山自身がラカンを読んでいたかどうかについては微妙である。この時期、『エクリ』の邦訳が刊行され始めたとはいえ、十分な読解をする状況にはなかった。しかしヨーロッパには毎年のように出かけていた時期でもあり、当時の知的潮流を肌で感じる機会は得ていたはずであるし、何より構造主義を経験していたのは確かである。実際、寺山はフロイトを構造論的に読む発想を有していたからこそ、重要な要素をあますことなく、十二分間にまとめあげることができたと考えられる。同時代の映画理論家が、一九七四年当時、$\$\lozenge a$を象徴界と現実界の分裂としてとらえられていないのに対して、寺山の作品にはそれがきちんと把握されている形跡があり、しかもラカンの欲望のグラフとよく対応している。こうしたことは偶然とは考えにくく、時期的にやや早い感はあるが、何らかの形でラカンを参照できたと推測される。[40]

ともあれ、寺山はラカン理論における現実界を、映画装置における「内部の外部」として設定した。[41] それは、ボードリーが映画装置を現実の代行表象システムとして捉えるときの現実とは、同じではない。また、映画に固有の現実感という考え方とも、一線を画すものである。寺山は、映画装置が現実界に隔てられつつ同時にそれを包囲するものと捉え、[42] 映画装置がイデオロギー装置であることを示すと同時に、そこからの出口を作品の中に示唆していたのである。むろん、その出口は行為遂行的に発見（＝創造）されるべきものであり、その実践は個々の観客に委ねられている。

注

（1）「猫学 Catlogy」という一六ミリ映画を制作する一方で（現在フィルムは紛失）、篠田正浩監督の商業映画『乾いた湖』のシナリオなどを手がける。
（2）トニー・レインズ「新宿詩人日記」、『寺山修司　青少女のための映画入門』、ダゲレオ出版、一九九三年、一〇二頁。
（3）二〇〇二年五月開催の「日本実験映像 '50s-'70s」において、寺山作品も二作品が上映された。
（4）「寺山修司実験映画フィルモグラフィー」、『寺山修司　青少女のための映画入門』、一二二頁。
（5）マリア・ロベルタ・ノヴィエッリ「映像を犯す」、同書、一一三頁。
（6）「寺山修司実験映画の正しい上映の仕方」、同書、一二八頁。
（7）以上、岩本憲児・武田潔・斉藤綾子編『新・映画理論集成』第二巻、フィルムアート社、一九九九年所収、「想像と制度」における武田潔の解説に依っている。
（8）Baudry, J.-L., Cinémaeffets idéologiques produits par l'appareil de base, Cinéthique, No.7/8, 1970. 本書では英語版 Ideological Effects of the Basic Cinematographic Apparatus, pp. 39-47, Film Quarterly, Vol. 28, No.2, Winter, 1974/75 を用いて論じることにする。
（9）同一化の問題は、後にクリスチャン・メッツによってさらに精緻に論じられた。
（10）プラトン『国家』下、岩波文庫、一九七九年。
（11）ジャン＝ピエール・ウダールの「縫合」という視点につながる。
（12）（13）Baudry, J.-L., op. cit., p. 46.
（14）Lacan, J., Remarque sur le rapport de Daniel Lagache《Psychanalyse et structure de la personnalité》, Écrits ; Seuil, Paris, 1966, p. 674.（佐々木孝次訳「ダニエル・ラガーシュの報告《精神分析と人格の構造》についての考察」、『エクリ』III、弘文堂、一九八一年、一二八頁）
（15）Copjec, J., Read My Desire—Lacan against the Historicists, The MIT Press, 1994, p. 36.（梶理和子他訳『わたしの欲望を読みなさい　ラカン理論によるフーコー批判』、青土社、一九九八年、五四―五五頁）
（16）Lacan, J., Le Séminaire Livre XI, Seuil, 1973, p. 69.（小出浩之他訳『精神分析の四基本概念』、岩波書店、二〇〇〇年、九五頁）
（17）ibid., p. 70.（同書、九六頁）
（18）ibid., p. 84.（同書、一一九頁）

(19) Lacan, J., Subversion du sujet et dialectique du désir dans l'inconscient freudien, Écrits, p. 808.（佐々木孝次訳「フロイト的無意識における主体の転覆と欲望の弁証法」、『エクリ』Ⅲ、三一六―三一七頁）
(20) ibid., p. 820.（同書、三三二頁）
(21) Lacan, J., Séminaire Livre XI, p. 83.（『精神分析の四基本概念』、一一七頁）
(22) Copjec, J., Read My Desire—Lacan against the Historicists, pp. 32-33.（『わたしの欲望を読みなさい　ラカン理論によるフーコー批判』、五〇―五一頁）
(23)『寺山修司戯曲集』3、劇書房、一九八三年、一九八頁。
(24) 寺山修司『全シナリオ』Ⅰ、フィルムアート社、一九九三年、二七三頁。
(25) 第三章第3節、野島直子『孤児への意志　寺山修司論』一四八―一七〇頁。
(26)「眼帯に死蝶かくして山河越ゆ」など、この映画を連想させるものに書き換えられた。
(27) Lacan, J., Le Séminaire Livre Ⅶ, Seuil, 1986, p. 110-111.（小出浩之他訳『精神分析の倫理』上、岩波書店、二〇〇二年、一三八―一三九頁）
(28) Lacan, J., Séminaire Livre XI, p. 74.（『精神分析の四基本概念』、一〇三頁）
(29) 第Ⅰシークエンスと第Ⅱシークエンスの間に挿入される少年の顔のクロース・アップでは、少年の唇は蝶の形に見えるように口紅をし、頬なども白く化粧をしているが、これは、第Ⅰ部の第一章第1節で引用した、高校一年の五月に発表された「窓から蝶口紅つけて名は EMIY」を想わせるものである。フォルト・ダーに譬えられるような母と孤児をテーマにした神経症的な作品群が作られる前の作品であり、寺山が意識していたかどうかは不明だが、ここに配置されているのはつじつまがあう。
(30) 寺山はしばしば自身のことを、人形遣いや催眠術師になぞらえている。
(31) Baudry, J.-L., "Le dispositif : approches métapsychologiques de l'impression de réalité."（木村建哉訳「装置《ディスポジティフ》――現実感へのメタ心理学的アプローチ」、『新・映画理論集成』第二巻、所収）
(32) Lacan, J., Séminaire Livre XI, p. 168.（『精神分析の四基本概念』、二四五頁）
(33) Copjec, J., Read My Desire— Lacan against the Historicists, p. 21-22.（『わたしの欲望を読みなさい　ラカン理論によるフーコー批判』、三七―三八頁）
(34) Lacan, J., Séminaire Livre XI, p. 245.（同書、三六七―三六八頁）
(35) Freud, S., "Massenpsychologie und Ich-Analyse", G. W. XIII, p. 137.（小此木啓吾訳「集団心理学と自我の分析」、

『フロイト著作集』6、人文書院、一九七〇年、二三六頁)

(36) Lacan, J., Séminaire Livre XI, p. 226-227.(同書、三三九頁)

(37) ibid., p. 45.(同書、五九頁)

(38) Copjec, J., Read My Desire—Lacan against the Historicists, p. 36.(『わたしの欲望を読みなさい　ラカン理論によるフーコー批判』、五五頁)

(39) Žižek, S., The Sublime Object of Ideology, Verso, 1989.(鈴木晶訳『イデオロギーの崇高な対象』、河出書房新社、二〇〇〇年)

(40) ちなみにこの作品の前年に Séminaire Livre XI が出版され、すぐにそのうちの一章が邦訳され、その解説とともに『現代思想』誌上に掲載されている(阿部良雄訳「アナモルフォーズ——視線と主体」、『現代思想』、青土社、一九七三年七月号所収)。

(41) 同時に、三十八歳の少年がエロスの部屋の階段を上がっていく場面で、左から右へさっと通り過ぎるシルクハットの男の影を挿入し、装置の中に入っていくことで差し引かれるものを、外部として示唆していることも見逃せない。原光景の作図と同じくらい重要な仕掛けである。

(42) そうした傾向は、広場に立てかけられたドアの鍵穴をのぞいて立ちすくむ女性を、映画装置のアレゴリーとして示した『迷宮譚』(一九七五年)や、鏡像とは異なる幻想(=影)を包囲するものとして映画装置を示した『二頭女——影の映画』(一九七七年)など、他の短編作品からも窺える。ただしこうした神経症的な包囲とは異なり、ジャンケンを分裂症的に無限反復する『ジャンケン戦争』(一九七〇年)のような作品もある。

第七章　演劇論

A・アルトーの演劇理念の継承をめぐって

はじめに

寺山修司は生前その演劇活動の理念をA・アルトー（一八九六～一九四八）に負っていると明言していた。アルトーの演劇論『演劇とその分身』（"Le Théâtre et son double"）は、日本においては一九六五年、『演劇とその形而上学』というタイトルで邦訳が出版されたが、寺山は天井桟敷結成の年にこれを読み、強く影響を受けたのだと言っている。一九六〇年代に始まる世界的な前衛演劇運動において、アルトーの名のもとに多くの実験的な舞台が生まれたが、日本の寺山もまた、そうした活動の一角を担う存在だった。[1]本章では、寺山は演劇理論としてアルトーから何を継承し、いかに実践したのか、とりわけ一九七三年以降、寺山が「幻想劇」と呼んだものにおいて戯曲を復権する中で、理論的には本格的に精神分析へ接近したことに注目しつつ、寺山の演劇論と精神分析の関係について考察したい。

1　アルトーの演劇理念

アルトーの「残酷演劇」は、ブレヒトの「叙事的演劇」とともに、二十世紀後半の演劇を決定的に方向付けた重要な演劇理念である。[2] これは、一九三一年、パリの植民地博覧会でバリ島の演劇を見たアルトーが、強い感銘を受け、以後、独自の演劇理念として提唱することになったものであることはよく知られている。シュルレアリスム運動からの除名後、きたるべき演劇を模索するアルトーにとって、身振りを前景化したバリ島の演劇との出会いは、西洋の演劇が伝統的に、文学としての戯曲に従属し、演出は二次的なものにとどまり、その舞台が生を抹消していることを決定的に自覚させたのである。

とりわけアルトーが目にしていたフランスの近代劇においては、プロセニアムアーチ（イタリア式額縁舞台）において、戯曲の再現である対話劇ないしは心理劇を、舞台から切り離された観客が完結した作品として静観するといったものだった。それに対してアルトーの残酷演劇は、身振り、音楽、擬音語、呼吸、衣装、建築などが文字言語と同等の、あるいはそれを凌駕する権利をもって、「象形文字」として観客の感覚に直接働きかけるものであり、今ここに演出の力によって「空間の詩」を現出させ、呪術として、あるいは魔術として機能する演劇だった。アルトーは、それを実現するための場として、劇場を出て、舞台と観客の境を廃止し、舞台の方が観客を囲むような空間を、劇行動の場として想定してもいる。アルトーにあっては、演劇とは戯曲でないのはもちろん、ステージですらなく、観客を含んだ演劇空間の総体をさすものであった。[3]

こうしたビジョンはもちろん、アルトーがバリ島の演劇に読みとったものだが、精神分析からもインスピレーションを受けていることは注意を要する。アルトーは、シュルレアリストの自動書記法などには批判的だったが、夢の現実性や判じ絵として現れる夢独自のエクリチュールの法則には大いに関心をもち、シュルレアリストとは一線を画すあり方で、精神分析に関心をもっていたのである[4]。魔術としての演劇というコンセプトを述べる時にも、精神分析という語を用いて語っている[5]。

アルトーはこうした考えを本にするにあたって、ジャン・ポーランあての手紙でこう書いている。

「私は、私の本に適当な題名を見つけたように思います。それは『演劇とその分身』です。なぜなら、もし演劇が生《ヴィ》を映し出す《ドゥーブル》ものなら、生も本当の演劇を裏打ちする《ドゥーブル》からです。このことは、オスカー・ワイルドの芸術についての考え方とは何の関係もありません。この題名は、私が長い間かかって探し出したと信じている演劇の数々の霊《ドゥーブル》つまり形而上学、ペスト、残酷などと呼応するでしょう[6]。」

オスカー・ワイルドは、アリストテレスの芸術観をふまえて、「『芸術』が人生を模倣するよりもはるかに多く、『人生』は芸術を模倣する」という表現で、自らの芸術観を述べたが、アルトーからすれば、芸術と人生が二分され、一方が他方を「模倣」するという点で、表現は似ていても自らの主張とは異なるものだと認識されたのだろう。アルトーは、ここで、自らの演劇理念をdoubleあるいはその動詞形doublerという翻訳しづらい言葉で語っているが、少なくともそれが、フランス近代劇のみならずアリストテレス以来の西洋演劇史においてきわめて重要な概念である、模倣(ミメーシス)、あるいは再現表象(représentation)といった概念とは、区別されるべき概念として意識されていたことが窺われる。

アルトーのdoubleは、ombre(影、霊)の言いかえであることも多く、「全て、本物の肖像は、その霊を持っていてそれに裏付けられている[7]」とし、すべての芸術のうちで、演劇だけがこれをもたらすと言っている。アルトーにとって演劇とは、それ自体ではただの形象にすぎず、形体の背後の分身（=霊）の顕現によって今ここに「真の肖像」をもたらしてこそ、演劇は演劇となる。イデアルなものであれ、対象としての現実であれ、何かを再現表象するものではなく、ただ、観客を含む演劇の現場に生成する出来事こそ、残酷と恐怖の生成するペストとしての残酷演劇たりうるのである。

もっとも、残酷演劇といっても、アルトー自身注意を促しているように、「流血やサディズム」を意味するものではなく、「残酷なことが行われるとき、そこには一種の高度な決定性がある」ことに留意しつつ、残酷とは「必然への服従」であるとし[8]、アルトーがこれをユーモアのもつ無軌道な力と関係づけているのは注目されるところである。[9]

ともあれ、こうした西洋演劇の前提をゆるがすアルトーの演劇理念は、実践においては失敗したとするのが通説だが、『演劇とその分身』と題された演劇理論書の方は、一九六〇年代に始まる前衛演劇運動の中で復権し、多大な影響力をもつことになる。また同時に、知識人、思想家などにおける再評価も高まり、中でもジャック・デリダは、アルトーが問題にした演劇における戯曲と上演をめぐる問題を、西洋演劇ならびにそれを支える西洋文明の根拠をなす西洋形而上学の、批判と乗り超えとして読み、その論考は演劇というジャンルを越えて広く影響を与えることになる。

また、こうした流れの中で、「残酷演劇」の理念は、この書物で示されたものがすべてというわけではない、という考えも示されるようになる。アルトーは、第二次世界大戦中は精神病院に幽閉されるが、戦後まもなく退院すると、デッサンや講演や著作など旺盛な創作活動を開始する。そこにおいては、もはや象形文字すら拒絶し、すべての記号の廃絶を目指すことになるのだが、こうしたありようも、アルトーの「残酷演劇」の実践ととらえられるようになるのである。

とりわけ、こうした創作活動を統合失調症の症状に由来することを認めつつ、それに還元できないアルトー固有の身体と言語の作り直しとしてとらえ、晩年の断章に見られる「器官なき身体」という語を重要な概念として論を展開したのがドゥルーズ＝ガタリで、日本においても現代思想として受容されたが、基本的にこれは一九八〇年代以降のことであり[10]、寺山の死後にあたる。

当時の寺山の目の前には、一九三〇年代に書かれた『演劇とその分身』という演劇理論書と、西洋の形而上学批判としてとらえたデリダらの論考[11]、そして同時代の前衛演劇の実践があり、そうした中で、寺山は、この理論書を具体的な演劇実践の指針として読み解き、その成果を実際の演劇活動において示したのだということを、ここで確認しておきたい。

2　寺山修司の「残酷演劇」

アルトーの演劇理念に影響を受けた当時の前衛演劇は、一般に「六八年型」と呼ばれる。序章でふれたように渡辺守章は、それを、書かれた戯曲の廃止、分節言語の廃絶、いかなるコードにも属さない異形な身体行動という特徴によって整理している[12]。『演劇とその分身』においてアルトーは、戯曲や分節言語の廃棄を提唱していたわけではないが、アルトーの演劇理念は、晩年のアルトーのありように触発される形で、基本的に一回性、身体性が強調される形で蘇ったのである。

では、寺山は、この演劇論をどのように読み、どのように実践したのだろうか。

まず、寺山の演劇活動を大まかに振り返っておこう。三浦雅士による時代区分[13]（『寺山修司戯曲集』5、思潮社、一九八六年、三四六頁）を参考にして、寺山演劇の特徴の推移を大まかに示すと以下のようになる。

Ⅰ　一九五九〜六六年：天井棧敷結成以前――ラジオドラマのシナリオ、商業演劇の戯曲、土方巽との共同作業
Ⅱ　一九六七〜六九年：天井棧敷〈初期一幕物〉――「文学」から「見せ物」へ
Ⅲ　一九七〇〜七三年：〈実験演劇〉――戯曲は廃棄、あるいは設計図、市街劇、書簡劇、密室劇など
Ⅳ　一九七四〜八一年：〈幻想劇〉――戯曲を弱く復権。『盲人書簡・上海篇』から『百年の孤独』

寺山が「天井棧敷」を結成したのは、一九六七年のことであり、ここでは第Ⅱ期に位置づけられる。寺山はそれ以前も、演劇活動を行っており、商業演劇、ラジオドラマ、前衛的なパフォーマンスなど、様々な形式に手を染めているが、天井棧敷という劇団を自ら主宰することになった時点で、きわめて本格的な演劇活動を開始することになるのである。スローガンは「文学からの独立」、そして「見せ物の復権」であった。それまでは物語性のある一幕物の戯曲を自ら書いていたが、スローガンに示されるように、明らかに、戯曲から演出へという力点の移動があり、アルトー的な要素がすでに見られる。

日本の演劇は伝統的に、西洋のように言語中心ではないし、俳優の演技も、「再現＝代行型」と「直接的・身体技」（あるいはdramaとplay）の、二つの系列が共存していた[14]。しかし、「新劇」と呼ばれる日本の近代劇においては、西洋の演劇観を導入し、いわゆる「額縁舞台」において、文学としての戯曲を再現し、

俳優は戯曲に書かれた登場人物を演じるという、典型的な再現表象型の演劇を上演していたのである。それゆえ、こうしたスローガンをもつ演劇活動は、日本の伝統芸能や近代演劇を問い直すことにつながり、きわめて批評的な意味をもつに至ったといえる。(15)

もっとも、アルトーに関係づけられる演劇活動は、第Ⅲ期、七〇年前後から開始される実験演劇においてであろう。ここでは戯曲は廃棄されるか設計図と化し、俳優と観客が出会う「劇行動の場」こそ演劇であることが強調され、市街劇が多く試みられた。しかし、いわゆる六八年型の演劇が分節言語の破棄、肉体性の強調を前面に打ち出したのに対して、寺山の場合、劇行動の場を支配しているのは、劇作家でも演出家でもなく、「言語活動」であるといった、いわば構造主義的な認識を前面にうちだしたものだった。

たとえば六八年型の演劇が一堂に会したJ・ラング主催「ナンシー国際演劇祭」(一九七一年)において上演された『邪宗門』は、観客を暴力的に舞台にひきずりこむといった、いかにも六八年型の直接性をきわだたせた演出がある一方で、「文楽」を思わせる舞台装置において、俳優は半分人間、半分人形として登場し、身体が言語(=シニフィアン)によって切れ目を入れられたものであることを強調し、構造主義的なメッセージを発している。もっとも、裸体や異形な身体行動をとる俳優が登場し、演ずるべき戯曲を捨てた一回性の行為としての演劇といった色彩をもっていたのも事実で、六八年型といった概括があてはまらないわけではなかった。俳優は、何かを演ずるものではなく、劇行動の場を仕掛ける呪術師のようなものとして想定され、劇は観客とともに創り出される一回性の出会いとして組織されたのである。

これに対し、第Ⅳ期、七四年に上演された『盲人書簡』最終公演あたりから、いわゆる台詞劇ではないものの、戯曲を復権させ、微妙な変化をみせ始める。これらは生前、寺山自身の手になる戯曲集で「幻想劇」

としてまとめられることになるが、寓意性があり、また寺山の個人史も彷彿させるものになっている。

しかし、寺山は劇作家による劇作品という観念を復活させるために、こうした戯曲を書いたわけではない。もともと戯曲は、復権されたとはいえ、「完璧な暗闇」という「装置」自体を主人公とする作品の中で、入れ替え可能な物語としてさしはさまれたものであるし、独立した文学作品として読むにはいかにも弱い印象を与える。物語は、自動人形ならぬ「他動人形」として、操り人形の物語であることが強調され、それらの指し示すものは寺山の個人史に関わるとしても、そうした個人史を再現表象する劇ではない。舞台はリアリズムの空間ではなく、精神分析の心的装置のトポロジーが採用され、「他動人形」たちの織りなす物語は、夢のエクリチュールのように堂々巡りしているといった感じである。しかも、戯曲に関わる部分は、劇の現場において半分（以下）の比重しか与えられていない。俳優は戯曲に関わる部分を演じる以上に、装置を構成する他の要素と同等の権利をもって、そこに出来事をもたらすために存在しているのであり、戯曲はあくまでも二義的なものなのである。

では、こうした弱く復権された戯曲はなくてすむものかといえば、そうではない。

「幻想劇」は年代順に見ると、寺山自身の自己分析の過程を残しているが、各作品は独立した寓意をもっており、とりわけ一九七五〜七六年上演の『疫病流行記』を検討すると、寺山がアルトーの演劇理念に共鳴する中で、戯曲の復権と同時に精神分析に接近したことの意味が窺い知れる。寺山はちょうどこの時期、自身の演劇論を出版しているが、「演劇論としての演劇」でもある『疫病流行記』[16]は、それと対をなすものとなっているのである。寺山はその演劇論で、アルトーの「演劇とペスト」という論文を喚起しつつ、「演劇は、いわば政治を通さぬ革命であり、他人にとりつき、それを腐蝕し（あるいは増殖し）、変容にもちこむことである」[17]と書いているが、『疫病流行記』は、そうした演劇観自体を表現した演劇になっているといってよいだろう[18]。

舞台設定は、東南アジアを思わせる植民地で、疫病流行の噂がこの植民地の同一性をゆるがしてゆくというもので、物語性や寓意性をもつが、プロセニアムアーチのように舞台と観客席が分離しておらず、完璧な暗闇や、特異な機械、音楽、そして象形文字として現れる俳優の身体がもたらすスペクタクルが圧倒的であり、とりわけ、釘打ち行為は、物語の中で意味をもちながらも、同時に、知覚に直接働きかけてくる物理的衝撃音で観客をゆさぶる特異な劇的言語となっており、アルトーの演劇論を喚起するものとなっていた。台詞を呪文のように使う設定も、呪術としての演劇というありようを強く示していたといえるだろう。

こうしたスペクタクルの衝撃性と、空間を行為のキャンバスとして用いるセンスは、この作品に限らず、寺山演劇を世界演劇のステージに押し出す最大の要因でもあった。それは戯曲を読んで得られるものからはきわめて遠く、スペクタクルに基礎を置く一回性の演劇として強く印象づけるものであって、その伝染性と破壊的衝撃力は、まさしくペストであるところの「残酷演劇」の上演といった印象を与えるものだったことは、当時の劇評[19]などから窺われる。

しかし、同時に注意したいのは、戯曲に由来する寓意が上演においてもっている意味である。アルトーに影響を受けた前衛演劇や舞踏は分節言語や寓意を排したものが多いし、実際、晩年のアルトーはそれらを排してゆくことになる。しかし、少なくとも『演劇とその分身』におけるアルトーにおいては、分節言語も寓意も排されてはいない。アルトーは、言語が対話劇の台詞のように「心理」を表現するために用いられることを批判したのであり、演劇から言語を追い出そうとしたわけではない。アルトー自身の言葉を用いて言えば、「演劇における言葉（パロール）の使命を変え」て、「言葉（パロール）を具体的で空間的な意味で使う」[20]ことを提唱したのである。それどころか、寓意はアルトーいうところの「形而上学」[21]をもたらす重要な働きをもつとされているから、寺山の設定は、むしろアルトーに忠実であることは注意しておく必要がある。

この『疫病流行記』の舞台設定は、前述したように戦後三十年たった東南アジアを思わせるある町である。ある日、「疫病流行」の噂が流れ、町の人々の中に危機感が強まる。噂は噂をよび、真相ははっきりしないまま、伝染を恐れる町の人々は安定した自己をゆるがされていく。まさにアルトーが「ペストと演劇」において書き記した、「ひとたびペストが町を襲うと、正常な社会の枠は崩れ去る」という事態が舞台で展開される。が、破局はすぐには訪れず、妄想だと片づける者や、隠された記憶を下降していく者や、この町から逃亡をはかろうとする者のエピソードが、独立しながらゆるい物語性を喚起しつつ、劇は進行してゆくことになる。

こうした物語展開によって、疫病流行それ自体ではなく、むしろその噂によって、つまり言葉によって表象体系が混乱するという様が浮き彫りにされ、まさに言葉の呪術性そのものが問題化されているのであるが、特筆すべきは、こうした伝染をもたらす言語、呪術としての言語を「反復」という相においてとらえ、戯曲はそれを内容としているということである。疫病流行に揺れるこの舞台は、東南アジアのある町を思わせる設定ではあるが、実在の支えのない記憶の植民地であり、精神分析でいう反復強迫の空間として設定されている。しかもセレベス島という、第二次世界大戦の記憶を喚起する（寺山の父の戦病死にもかかわる）固有名を外傷点としてもち、操り人形たちの物語は外傷点のまわりを堂々巡りすることになるのだが、注目すべきはそのラストシーンである。この反復強迫の空間は、「伝染とは、まさに反復の同義語だったのです」という台詞のあと、外傷点のまわりに形成される表象世界を切り裂いて、集団で死に向かってゆくレミングの大群のイメージを喚起しつつ死滅し、かろうじて若者一人が脱出するのである。そしてこの劇で分身を失った若者は、ニーチェの『道徳の系譜』の一節を思わせる「人間は約束をする唯一の生物だもんな」という台詞とともに、未来において約束をなすために、「まっくらな南の底」に向けて船出する。病理としての反復強迫をいったん切断し、未来へ向けられた能動的な反復が、ここに示されているわけである。

アルトーは、「演劇とペスト」においてその伝染性を強調しつつも、こう言っている。

「もし本質的な演劇がペストのようだとしたら、それは、演劇も伝染性を持っているからではなく、それがペストと同じように潜在的な残酷性の根元を啓示し、前進させ、外部へ押しだし、それによって一個人、あるいは一国民に巣喰った精神の邪悪な可能性のすべてを突き止めるからである」[22]。アルトーは伝染による表象体系の攪乱の果てに想定される、こうした「一つの巨大な御破算」[23]こそ本質的なものだと考えていた。演劇は、こうした破壊的な力とひきかえに手に入れることができる生であり、「崩壊なしには手に入らない最高の均衡」[24]という言い方もしている。寺山はこうしたビジョンを、ラストシーンにおいて、精神分析における心的装置のトポロジーを採用した舞台において、反復という相のもとに現出せしめているのである。戯曲は、明らかに理念としての「反復」をテーマにしており、アルトーの「ペストとしての演劇」に一つの解釈をほどこしていることがわかる。

3　ラカンにおける心的装置と反復の考察

では、寺山がここでなしたことはどのように説明できることなのだろうか。

先に述べたように、アルトーの演劇論は、当時の前衛演劇の現場においては、基本的に、一回性、肉体性を強調する劇として蘇ったわけで、反復という契機はいささかも肯定されていない。とりわけ、晩年のアルトーがいっさいの記号の廃絶に向かっていくこともあって、反復を肯定的にとらえるという試みはなかったといってよい。

『疫病流行記』については、すでに第四章で、フロイトを援用して説明したが、本章では、この時期の寺山の反復をめぐる考察が精神分析の心的装置を舞台にしてなされているという点で、そして寺山が明らかに構造主義を経験しているという点で[25]、ラカンを導入して説明することにしたい。といっても、サンタンヌ病院でアルトーと遭遇した時期のラカンではなく、また構造主義に接近した時のラカンでもなく、六十歳を迎えようとする一九六〇年前後のラカンである。というのも、この時期のラカンは、セミネールや国際哲学会発表の論文において、フロイトにおいて見出された心的装置や反復の意味を、西欧哲学史の中でとらえかえし、意識や表象を中心とする従来の西欧的思考を根本的に覆すものである、という見解のもとに論を進めているからである。ラカン自身の理論の変遷を考えても、それまでの理論を総括しつつ、その後の理論展開へとつながる要となる議論を展開している点で重要であるし、セミネールでは精神分析の倫理を語りつつ、美学・芸術論へとつながる視点が提供されているからである[26]。

この時期の思考をよく示す『セミネール』VIIにおいて特筆すべきは、ラカンがここで、「もの」(das Ding) という概念を導入し、現実界の前景化とともに、「享楽」(jouissance) という問題系に道を開いたことにある。

ラカンは、まず、その主体論を鏡像段階論において確立したが、言語学の導入によっていったん象徴界の優位を強調する理論へと修正し、〈他者〉(＝シニフィアン)が主体を創設すると考える。反復もシニフィアンの連鎖として、象徴界に属するものとしてとらえる。しかし、『セミネール』VIIにおいては、シニフィアンと「もの」との関係でとらえるようになるのである。

ラカンは言う。

「『もの』とは精神現象における世界の組織化の、論理的にも時間的にも最初の点において、異質な項として現れ、切り離されるのです。表象の動き全体はこの『もの』の周囲をめぐっています。[27]」

すでにラカンは、あらゆる象徴化に先立ってあると想定される現実界と、シニフィアンの遭遇の地点を問題にし、この最初の基底となるシニフィアンが「是認」されるか「排除」されるかという分かれ目に注目し、「精神病論」を展開している(本書第三章参照)が、この「現実界」が「もの」と言いかえられていると考えればよいだろう。実際、ラカンは明らかにこの「是認」の水準を問題にしつつ、以下のようにも語っている。

「〈もの〉について良いとか悪いとか言われることすべてが、〈もの〉と関わる主体を分割します。しかも(中略)取り返しがつかないほど主体を分割します。良い対象や悪い対象があるのではなく、良いと悪いがあり、さらに〈もの〉があるのです。[28]」

原初的な現実界に属する「もの」はそれ自体としては知られず、良い／悪い、ある／ないなどのシニフィアンとの遭遇によって損傷を受け、無意識の水準で一つのシニフィアンに代理されるとともに放逐され、諸表象の彼岸にあると想定されるものであり、語表象に対応する物表象とは厳密に区別されるべきものである。[29]

この諸表象の水準の彼岸に想定される「もの」という概念は、当然、カントの「物自体」、ハイデッガーの「もの」が想起させられるし、事実無関係ではないが、直接的にはラカンがフロイトの『科学的心理学草稿』の読解から引き出したものである。それは原初的な母の（失われた）身体と考えることができるもので、シニフィアンによって外部に排斥されると同時に、主体に対して引力を有する空無であり、欲動の場である。つまり精神分析特有の心的装置が前提となった概念である。

ラカンは、こうしたフロイトの「心的装置」によって、西洋哲学において中心的な位置を占めていた「表象」は、伝統から切り離されたのだと言う。表象は、矛盾律や文法の法則に従う意識の産物でも、真理を代行するものでもなく、「失望の可能性を含んだ出現」、「見かけ」であり、「もの」から作り出されるが「分解されたもの」であり、「空っぽの身体、幽霊、世界との関係の青白い悪魔、やせ細った享楽」といった性質を割り当てられることになったというのである。[30] 表象は、すでに無意識の水準にあって、圧縮と置き換えの法則に従う表象代理、すなわちシニフィアンによって組織されており、[31] この、意識にとっては無であるしかない水準こそ、表象体系の成立の基礎にあって、抹消されつつ表象体系全域に引力を及ぼすと考えるのが、フロイト‐ラカンの精神分析の重要な考え方なのである。

ラカンは、フロイトの心的装置から引き継いだこうした「諸表象」と「もの」の布置において、シニフィアンを受苦する主体の宿命として、距てられた「もの」へと快感原則を超えて接近する主体というビジョンを、「精神分析の倫理」にかなった主体像として提出することになるのだが、それに伴い、フロイトが「快感原則の彼岸」において反復強迫の観察から導出した死の欲動について読み替えを行う。死の欲動という概念は、フロイトがメタ心理学の立場をとるようになってから提出したものだが、生物主義的な色彩が強く、涅槃原則、無機物への回帰というように、エネルギー論的に均衡状態への回帰として、あるいは自然の生成腐敗の循環に還元されるきらいがあった。

しかしラカンは、享楽という、シニフィアンの連鎖の彼方に「もの」との関係で想定される、文字通り「法外」な領野を想定し、あくまでもシニフィアンの機能を前提とした直接破壊の意志を、死の欲動として読みとっていく。[32]享楽は快とは異なり、[33]象徴界の全面的崩壊の可能性を示唆するものであり、象徴界を介してしか生きていけない人間にとって到達不可能なものであり、〈他者〉の欠如において、欲動が囲い込むことによって経験されるほかないものだが、現実的なものだとされるのである。その法外さ、パラドキシカルな性質は、「欲望は一つの防衛、享楽の中へと制限を踏み越えることに対する一つの防衛である」[34]、あるいは、「去勢とは、享楽は禁じられなければならないということである。欲望という逆さまのはしごの上で到達されるものとなるように」[35]といったラカンの表現からも、窺われるところである。こうした中で、反復はシニフィアンの受苦を蒙った主体の、「ご破算にして再開する意志」としてとらえられ、それは〈無からの創造〉(creatio ex nihilo) であると言われるのである。

〈無からの創造〉といういかにも神学的な言葉を、シニフィアンの連鎖の機能において不可能な享楽へと接近することでなされる、一つの生産として読み替えていることには注意を要するが、[36]ともあれ、この〈無からの創造〉は容易には達成されることはない。なぜなら、「もの」への接近、享楽への接近には障壁があるからである。[37]第一の障壁は「善」、第二の障壁は「美」だとラカンは言う。善はフランス語で le bien、つまり「財産」でもある。われわれは「善」(=財産) の保有により、他者の「善」(=財産) を奪う権利をもつことになり、そこには権力が生まれるのであるが、「善」(=財産) の保有はそれを享楽することを自らに禁じることでもある。[38]その意味で「善」というシニフィアンは、我々を決定的に「もの」から遠ざけることになるのだが、ラカンが自我理想を「善をなすための権力」[39]といっているように、この権力はそれ自身のうちに「もの」の領野を包囲し、欲望を組織する。そして光り輝くものとしての「美」は、この欲望の領野にあって欲望を鎮めるが、一方で主体に破壊の領野のありかを示唆し、主体がさらにそこを突き進むことによって、「もの」に接近することを可能にする。[40]

ラカンにあっては、こうしていくつかの停止網を突破して「自らの欲望から譲らないこと」こそが精神分析の倫理であり、[41]「善」も「美」も「もの」を隠蔽する遮蔽幕であり、突破せねばならないものとして考えられている。フロイトが隣人への破壊欲動の前で立ち止まったその場所から、ラカンはさらに先に進み、そうした中で、精神分析の倫理と等価なものとしてギリシア悲劇をとりあげ、ギリシア悲劇を「行為の模倣」という観点からではなく、ラカン的な意味での〈無からの創造〉という点において再発見することになるのである。[42]後にラカンは、反復をテュケーとアウトマトンというアリストテレスの語を用いて説明するようになるが、それは『セミネール』Ⅶにおける、こうした思考のプロセスを前提に理解されるべきものだろう。

ともあれ、一九六〇年前後のラカンは、象徴秩序の自動運動ではなく、反復を享楽への意志、無からの創造としてとらえる。むろん、言語学から独自に導入したシニフィアン理論は確保される。シニフィアンぬきにわれわれの経験的世界（＝表象世界）は与えられない（原初的な「もの」は、論理的にも時間的にも世界の組織化の最初の点において想定されるが、世界の組織化以後、失われたものとして再発見されるにすぎない）。しかしわれわれは経験的世界を超えていくことを知っている。享楽とは先にも述べたように、象徴界の彼岸に想定される不可能な領野である。経験的には与えられていないが最も生の根元にある領野なのであり、[43]反復は、「善」や「美」の遮蔽幕をくぐりぬけ、この享楽への意志を通して創造的なものとなりうるのだということを、ラカンは示したといってよいだろう。こうしたビジョンは、ラカンにあってはあくまで治療学的意味において語られていることには注意を要する。しばしば、治療学的な立場と美学的立場が対比され、前者は治療者の解釈への同一化で終了すると言われるが、ラカンはこうした治療観を批判し、こうした破壊の領野こそ治療にとって重要な次元としてとらえていたのである。

以上、『セミネール』VIIから読みとることのできる〈無からの創造〉としての反復を、ほぼ同時期に書かれた「フロイト的無意識における主体の転覆と欲望の弁証法」における「欲望のグラフ」を用いて、簡単に説明しておこう。

図1[44]は、ポワン・ド・キャピトンと呼ばれるもので、「隠喩」の作用により、意味作用の際限のない横滑りを止めることを表している。図2[45]は、パロールの場としての〈他者〉から、主体が自己の保証を得ることを示している。しかし、〈他者〉の場に出た言表の主体は、〈他者〉の中に自らを表すシニフィアンがない（他者は不完全である）ため、主体は〈他者〉の一点から消失した言表行為としての主体（失われた〈もの〉）を欲望する。言表行為の主体はすでに消失しているが、この欠如を幻想が埋め、$\$\diamond a$が成立し、とりあえずの一貫性を得る。図3[46]はそれを示したものである。しかしそれは破綻する。反復強迫によって、現実界であるところの「もの」はその存在を執拗に主張するからである。図4[47]はグラフの完成形である。上方に、先ほどから問題にしている享楽の線が走っており、右側に欲動の主体、左側に他者の欠如のシニフィアンがある。ここにおいて、反復強迫などの病理的な症状からシンギュラーなシニフィアン（他者の欠如のシニフィアン）を析出させ、享楽への意志としての反復に行き着く。それは幻想を横断し、欲動を経験することである。[48]

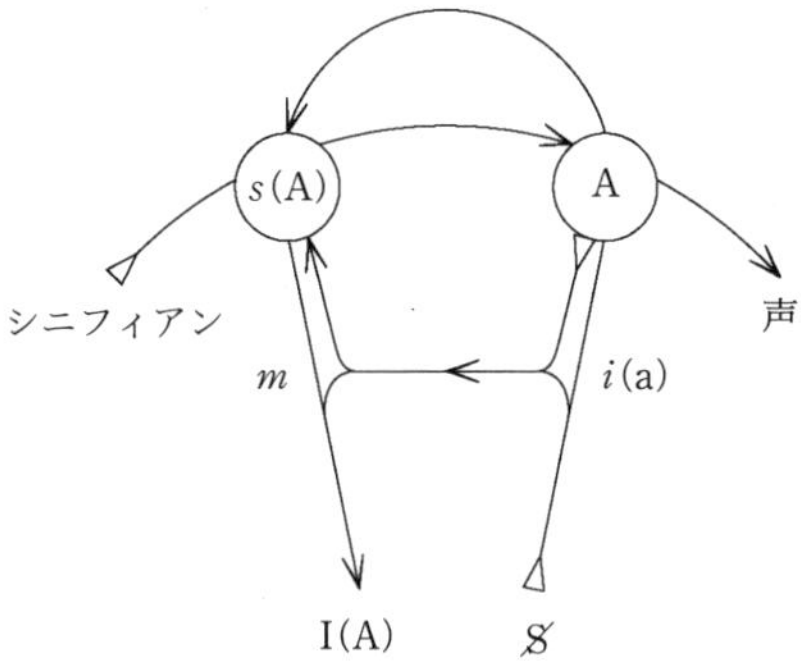
s(A)
A
シニフィアン
声
m
i(a)
I(A)
S̸

図 2

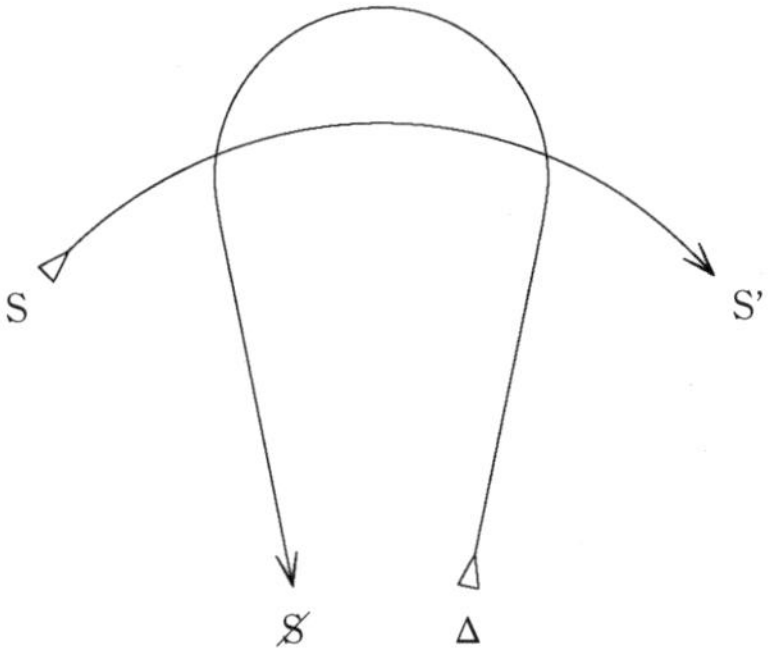
S
S'
S̸
Δ

図 1

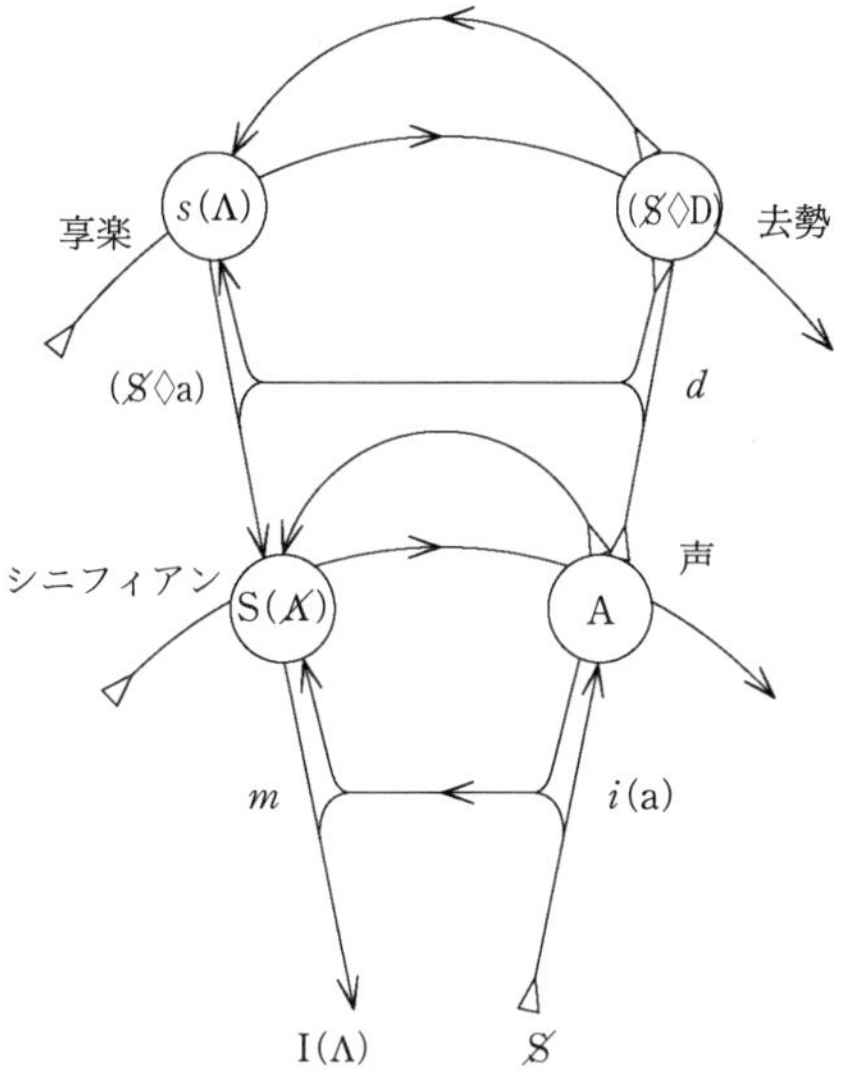
享楽
s(Λ)
(S̸◊D)
去勢
(S̸◊a)
d
シニフィアン
S(A̸)
A
声
m
i(a)
I(Λ)
S̸

図 4

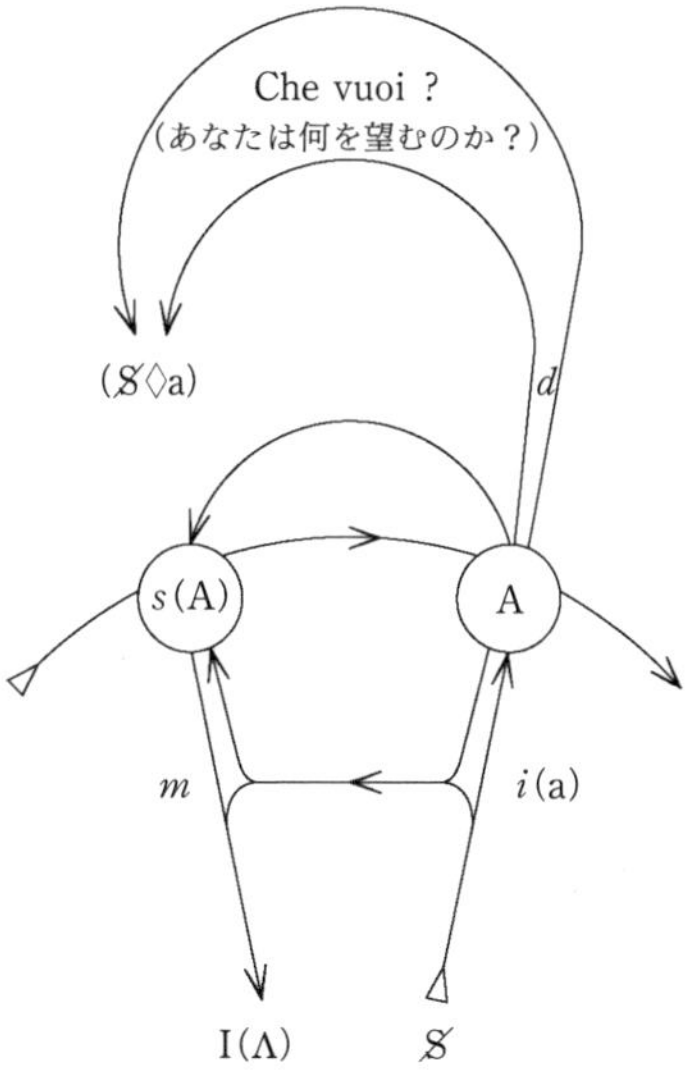
Che vuoi ?
(あなたは何を望むのか？)
(S̸◊a)
d
s(A)
A
m
i(a)
I(Λ)
S̸

図 3

そもそも転移も反復によって生じる。反復強迫などの病理的な症状も文字通り反復によって生じるが、同時に、そこからの救済や、生の肯定もまた、反復、享楽への意志としての反復として生じるのである。精神分析という制度における反復の行程を、如実に見出すことができるといってよいだろう。

ラカンは、精神分析が求める真理は各人の個別的な真理であり、(49) また、分析家の欲望は「絶対的差異」を得ようとすることにある、(50) と言ったが、精神分析の反復は、単なる機械的くり返しや自然の法則とは異なり、言語活動によって享楽への意志のもとに絶対的差異を析出するプロセスであり、侵犯であり創造なのである。

4　寺山修司の演劇論

さて、ここで寺山の『疫病流行記』に戻ろう。寺山演劇において戯曲によって示される世界は、こうしたラカンの思考を参照することで見えてくる世界である。先に「伝染とは反復の同義語だったのです」という台詞があったことにふれたが、この「反復」は三つに分けて考えられる。まず第一は精神分析でいうところの転移としての反復である。疫病流行の噂、言葉に伝染することがそれに相当するだろう。第二の反復は、文字通り、精神分析が神経症者の治療によって見出した反復強迫である。疫病流行の噂とともに表象システムを攪乱されたこの町が、隠された記憶をらせん状にたどっていくことに相当するだろう。そして第三の反復が、神経症圏を脱し、享楽へと接近する創造としての反復である。そうした外傷的な記憶のまわりに形成される記憶の植民地を、外傷点の作図とともに破壊して、未来に向けた反復を為すありようが、それに相当するといってよいだろう。スペクタクルにおいては、他者に操られる自動人形のような俳優の身体が破壊的な力による切断を経て、能動的なものに生成することが、それに対応していることを付言しておこう。

しかし、ここで注意しておきたいのは、寺山演劇における精神分析の導入の特異性である。精神分析に影響を受けた演劇はたくさんある。素朴なリアリズムの空間を前提にして作られた心理劇の中に、精神分析の影響をいくらでも見出せるし、戦後のアメリカの演劇など精神分析の影響ぬきには語れないくらいであり、ラカン的な享楽への意志を読みとろうと思えば読みとれる舞台は少なくない。[51]また、戯曲の再現表象という上演のあり方を廃した前衛演劇の中でも、演出家と俳優が精神分析医と分析者との関係をもち、共同作業によって無意識に迫り、それに観客が立ち会うといった精神分析的な劇もある。[52]しかし、ここで言っている寺山演劇に見られる精神分析との関わりは、それらとは異なるものである。

先に、寺山が、「演劇は、いわば政治を通さぬ革命であり、他人にとりつき、それを腐蝕し（あるいは増殖し）、変容にもちこむことである」と言っていたことにふれた。これは、明らかにアルトーの演劇論を寺山なりに表現したものである。治療者として精神分析の倫理を論じ、その途上でギリシア悲劇に言及し、演劇における演出を二義的なものとしてしか見なかったラカンにはない問題設定だが、[53]寺山が考えていた反復の演劇は、たとえそこに享楽の意志というテーマが読みとれるとしても、舞台と観客が切断され、代理現実としての虚構の場において作品としての悲劇や喜劇を上演し、観客がカタルシスを得てもとの現実に戻るといったものではなかった。近代演劇が劇構造そのものとしてもっている主体客体図式の中で、精神分析的な内容をもつ演劇作品を上演するというものであってはならなかった。

寺山は「ドラマツルギーとは『関係づけること』である」[54]と言い、俳優は「接触の媒介」[55]であると言った。寺山演劇においてはドラマは、劇作品の中の物語におけるドラマチックな内容にではなく、あくまで俳優と観客との出会いの局面に想定されているのである。前章で寺山の実験映画が、「映画装置論」として自己言及的な映画として作られていることを見たが、演劇においても同様な構造が見られ、寺山はあくまで、観客が演劇を見ること、あるいは演劇に立ち会うことそのものを問題にしていたのであり、そうした仕組みを問題にせず、観客が透明であることを要求する「イリュージョニズム」に反対したのである。

ともあれ、先にふれたように、当時の劇評から、『疫病流行記』は、スペクタクルが圧倒的であり、劇行動の場自体が文字通り言葉の伝染性、呪術性を体現していたことがわかる。戯曲に記された疫病流行の呪術的世界は額縁舞台の向こうの世界ではなく、観客がまさに今ここで、圧倒的なスペクタクルに打たれつつ経験していることなのである。寺山は、このように、あくまで現実と地続きに上演され、言葉と同等の、あるいはそれ以上の権利をもって迫ってくるスペクタクルの、接触伝染によって観客をまきこんで進行する劇行動の場そのものを、先にみた精神分析の心的装置においてとらえて上演している。[56] つまり、転移としての反復が形成され、他者の欠如を反復し、創造としての反復に至る契機をはらんだ場としてとらえているのである。[57]

寺山は、フレーザーをひいて、呪術における接触は「物理的な接触のやんだ後までも、なお空間を隔てて、相互的作用を継続する」ものでなければならないと言っている。[58] 寺山は劇行為の場における、ドゥーブル(doule)の顕現を、当初は一回的な行為としてとらえていたが、精神分析の心的装置と反復についての知見、そしてフレーザーの呪術に関する見解を導入することで、それを観客との間に形成される転移空間としてとらえ、アルトーの「ペストとしての演劇」というビジョンを、反復の相のもとに上演したのだと考えられる。

実際、寺山はあるインタビューで、[59] アルトーの演劇論は、一回性の現実だけしか提示できない肉体論を越えるものがあった、というような答えをしている。

とはいえ、アルトーの演劇行動の一回性に対するこだわり、たとえば「言葉は口にされたらそれですべて死ぬ。口にされているその時だけしか効力をもたない。……そして演劇は、ある動作が行われたらそれが二度と繰り返されることのない、世界の中でただ一つの場所なのである」[60]、あるいは、「一言で言えば、演劇についての最も高度な観念とは、我々を哲学的に〈生成〉と和解させてくれる観念」[61]であるという言葉で表現されたものを、批判したわけではない。アルトーが言うように、形体の背後に眠っているドゥーブル（double）を呼び起こし、「真の肖像」をもたらすのは演劇だけなのである。寺山にあっても、そうした考え方は最も重要なものとして継承される。

ただ、アルトーが統合失調症の症状と不可分の、言葉の反復性への嫌悪、言葉が他者であるという感じを抱き続けたのに対し、寺山の場合、言語の他者性、および反復性というものは創作の条件だった。引用の名手であり、剽窃すれすれの引用が創造になることを幾度も示した。それは寺山がその創作活動を、俳句だけでなく、「本歌取り」という技法を有する短歌において開始したことと、無関係ではないだろう。寺山は、ディスクールの反復性と行為遂行的パロールの一回性を区別していた。寺山はそうしたディスクールの反復性に立脚しつつ、演劇の現場で生成する出来事を第一義としていたのである。何よりも「動作の中で意味と即物感覚が同時発生する」、そんな物質としての、出来事としての演劇言語を作り出すことが目指されていたのである。ただし、そこに生成した一回性の出来事としての演劇言語は、すでに創造としての反復であり、そしてそれは生成するやいなやシニフィアンの網にすくい取られ、反復としての転移を喚起し、劇に立ち会った者を根本的に変容させ、別のところで、病理としての反復を生み出しつつも、創造としての反復を生み出す契機をもったものであることを、寺山は「演劇論としての演劇」において示したといってよいだろう。

本書の「序」において、今村仁司が、寺山の演劇論を、世界と演劇がマクロコスモスとミクロコスモスのように照応するという伝統的な世界劇場論と、近代演劇の基本構造である主体—客体図式の批判としてとらえ、世界＝演劇という等式を切断し、一回性の偶然を組織し、世界を変革する演劇であると書いていたことにふれた。しかし、具体的な作品を検討することで見えてくるのは、こうした寺山の演劇観における、精神分析の心的装置と反復の概念、そして神経症／精神病の構造論的差異がもつ重要性である。寺山は、世界を反映（表象）する演劇ではなく、世界の中に局地的に特異点（無）を作りだし、「反復」によって世界を変容させる演劇というビジョンを打ち出したという意味で、世界劇場論とは異なる、独自の演劇観を示しえたといってよいだろう。

注意したいのは、ここで問題にしていることは、アルトーがラカンで説明できるということではないということである。アルトーの演劇理念を継承した寺山が、その演劇実践の中で、精神分析の反復を理念として見出し、独自の上演を果たしており、それがラカンで説明できることを見てきたのである。

よく知られているように、アルトーとラカンは、サンタンヌ病院で患者と医師として出会っている。このときラカンは、「アルトーの症状には興味がないと語り、アルトーは『固着』していて、八十歳まで生きるだろうが、もう一行たりとも文章を書くことはあるまいとブラン（アルトーの親友——筆者注）に答えた」という。[62] 退院後のアルトーの創作活動の豊かさを考慮すれば、ラカンは、誤診ともいえる診断を下したことになる。アルトーはラカン理論の限界を示すといってもよいのかもしれない。

そもそもラカンの精神病論は、神経症側からの接近が容易なパラノイアが中心であり、統合失調症に関する記述は少ない（ただし、未だ正式に出版されているものが少ない晩年のセミネールは、統合失調症に関するものである。最終章参照）。しかし、アルトー研究家の坂原眞里は、「演劇記号学が広く関心を呼ぶ三十年以上も前に、アルトーは演劇空間として構成されるものを言語としてとらえ、その要因に関する見解を示している」[63]ことに注意を促している。観客が、夢のただ中にいるように演劇の場に立ち会い、舞台に発生する象形文字としてのスペクタクルに全身で打たれつつ、同時にそれを広い意味での言語として読み続けるありようを考えると、たしかに記号学のように、シニフィアンという言語学の概念を導入すれば理解しやすいものになる。しかも、ラカンのシニフィアン理論はシニフィアンとシニフィエの結びつきを自明とし、シニフィアン同士の関係を問題にする記号学とは異なり、シニフィアンの体系の内容はひとまず括弧に入れ、シニフィアンとその効果であるところの無意識の主体が問題になっている。さらには神経症と精神病の構造論的差異が理論化されていることを考えれば、少なくとも『演劇とその分身』で示された、観客を中心としたアルトーの演劇論は、演劇記号学以上にラカン理論と親和性が高いと言うことも可能かもしれない。少なくとも寺山作品にみられるアルトーはそういうものであり、アルトーの症状がラカン理論の限界をなすにしろ、アルトーの示した演劇空間をラカン理論によってとらえることを妨げるものではない。

もっとも、『セミネール』Ⅶは一九七五年当時は刊行されておらず、『疫病流行記』におけるラストシーンの創造としての反復は、寺山自身は精神分析的な反復の概念とニーチェを重ねて読むことで導き出したと思われる。しかし本書では、一九七〇年前後の実験演劇がすでに構造主義的なメッセージを発しているだけでなく、前章で見たように、一九七四年の実験映画にかなりきちんとしたラカン参照の痕跡が認められ、しかもその続編とみなせることから、ラカンによる一貫した説明を試みた。実際、「六八年型」と整理されてもおかしくはない一九七〇年前後の実験演劇と、戯曲を回復した「幻想劇」の間には完全な断絶があるのではなく、ラカンの欲望のグラフの、下のグラフに上のグラフを重ねていった過程としてみなすことが可能であり、当時寺山が参照できたラカンを超えて、ラカン的にとらえることが可能である。

たとえば、一九七二年の実験演劇『阿片戦争』は、観客が、俳優と観客、舞台と客席、舞台装置とただの空間とが渾然となっている中で、「劇」を求めて密室の中をさまよい、俳優の問いに応えることで出口を出るという演劇であるが、登場人物は「犯」という名の不在の人物であるとされていた。再現すべき物語をもたず、戯曲は設計図と化した典型的な「実験演劇」であり、不在の「犯」すなわち〈他者〉の欠如によって欲望が組織されるという、劇の仕組みそれ自体を問題にしたもので、それはラカンのトポロジーで説明できるものであった。「幻想劇」は、こうした空間に物語性のある戯曲（寺山自身の自己分析の意味をもつものである）を挿入したととらえるべきであり、実験演劇の延長上にとらえられるものだといえよう。

とはいえ、『疫病流行記』直後に上演された『阿呆船』以降、明らかに精神病（統合失調症）的な要素がとりこまれるようになり、第五章でもふれたように、一つの価値転換の形跡が見出されるのはまちがいがない。こうした精神病圏の作図は、ラカン自身が語った〈無からの創造〉から直接引き出すことはできない。しかし、参照枠としての精神分析的知見は手放されることはなく、舞台空間は、基本的にフロイト-ラカンの心的装置のトポロジーにおいて形成され、精神病的な世界は、神経症圏を前提にして意識的に（理論的に）作図されている。

そもそもラカンは、精神分析は道徳的行為の「準備はさせるが、最終的にその戸口に我々を置き去りにする」[65]と言っている。原初的シニフィアンの析出のあとで主体がいかなる主体を創造をするかは、精神分析

『奴婢訓』より（ローマ・スポレート芸術祭）

の出口にある問題なのである。精神病者ではない寺山は、アルトーを模倣することは不可能だが、神経症的な反復強迫により事後的に突き止められた「もの」(=他者の欠如のシニフィアン）から、ありうべき別の創造を作品によって示すことによって、アルトー的ビジョンの導入をはかっているのである。もちろん、こうしたビジョンの導入は、ラカンないしラカン派の考えから直接引き出せることではないが、第五章第4節で引用したジュパンチッチの考え方を拡張し、「無意識を選択した後の思考枠の変更」としての〈無からの創造〉である、ととらえられなくもない（これについては最終章で再度ふれる)。

ともあれ、この時期、戯曲から独立したスペクタクルが、ファリックな世界とは対極にあるシンギュラーなものへと生成していくのは、こうした価値転換と無関係ではなかろう。それゆえ、この特異なスキゾフレニックなスペクタクルは、主として戯曲において試みられた自己言及的な突き詰めがあってこそ生成したのであり、言語以前の退行的な世界ではなく、言語を前提にして享楽への接近がなされたがゆえに創造されたものだと考えるべきだろう（ここで生成した創造的なスペクタクルは、演劇でのみ実現されたといってよいが、第一章第1節で引用した高校二年の五月に発表された句群の少女感覚に近いとはいえる）。実際、しばしば「アルトーの末裔」という言い方で欧米に紹介され高い評価を得たのも、これよりあとの作品、とりわけ第四章でも論じた『奴婢訓』においてである。『疫病流行記』は、アルトーの演劇論の継承を表明した「演劇論としての演劇」であったが、『奴婢訓』において寺山独自の「残酷演劇」が、真に創造的なスペクタクルを伴って「反復の演劇」として結実したといえる。

そしてまた、幻想劇の最後に当たる作品『レミング』（一九七九年、一九八三年上演）では、精神病的な世界を問題にしつつも、『疫病流行記』的なビジョンは確保され、まさしく集団で死に向かっていくネズミのように、自己破壊に向かっていく力そのものを問題にしている。それは〈他者〉（＝シニフィアンの場、この場合は国家装置とそれを補完する装置）にからめとられた主体が、反復の相のもとに、自己破壊へとぎりぎりに向かっていく力の中で生を創造する、というヴィジョンを打ち出したものであり、『疫病流行記』の続編であり集大成的な作品とみなすことが可能である。

5　結論

アルトーの演劇理念は継承不可能であるといわれる。寺山はアルトーを模倣できるとも考えていなかったが、一方で、アルトーの残した「残酷演劇」という理念の実現不可能性が強調され、アルトーの病と不可分の試行錯誤を神聖化してしまう事態は避けようとしていた。寺山はあくまで演劇人として、アルトーの演劇理念を『演劇とその分身』において読み込み、自らの演劇実践の指針としてとらえていたのである。戯曲をいったん捨てたのち、復活させたのは、劇作家による劇作品という観念の復活でも、実験演劇の否定でもなく、残酷演劇の上演不可能性の自覚による方向転換でもない。「呪術としての演劇」、「ペストとしての演劇」を唱えるアルトーの演劇論を、あくまで「言語論」として読み解き、同時代の前衛演劇のように再現表象としての演劇批判というテーマを継承しつつも、表象の廃絶を目指す肉体の演劇ではなく、(66) 演劇空間を観客との関係で組織される転移空間としてとらえ、「反復」を理念として見出し、表象不能な「もの」をシニフィアンによって包囲しつつ享楽へと接近し〈無からの創造〉を図る、「創造としての反復の演劇」を打ち出すためだったのである。

[第III部まとめ]

「俳優のいない演劇と誰もが俳優である演劇、劇場のない演劇と、あらゆる場所が劇場である演劇、観客のいない演劇と、相互に観客になり代わる演劇、市街劇、戸別訪問劇、書簡演劇、密室劇、電話演劇。」

序章で述べたように、寺山はその演劇論の中で、こんなふうに自ら構想する演劇をあげているが、寺山の演劇活動は、常に「演劇とは何か」という問いを含んだ「演劇ならざる演劇」だった。

二十世紀の前衛芸術の特徴は、たとえばM・デュシャンの「泉」、J・ケージの「四分三三秒」、J・ポロックのアクション・ペインティングに代表されるように、「芸術（作品）とは何か」という問い自体をテーマにした、自己言及的作品が一つの潮流となったことだろう。現代芸術はそれ自身の中に「芸術論」を含んでいるのである。絵画、音楽、演劇など、各ジャンルでそうした様々な試みがなされ、これらの試みは多岐にわたっているが、総じて、近代芸術のように「作品」を「作者」に関係づけるのではなく、「観客」、「鑑賞者」との間に生じる「出来事」としてとらえる、共通した問題意識があったということはできるだろう。[67]すでに松本俊夫が、寺山の演劇観は、「こうした現代芸術の前衛的なコンテキスト」に置いてみると、「それらの血を受け継いだ前衛芸術の正統派であり、その現在的なチャンピオンの一人だ」[68]と書いていることを述べた（序章）が、実際、演劇活動だけでなく、寺山の後期の創作活動は、基本的にそうした流れの中にあったといえる。アルトーに影響は受けていたが、コンセプチュアルアートの要素も強くもっていたということができる。[69]

こうした現代芸術の問題意識に対して、寺山は冒頭の発言に象徴されるように、様々な試みを行ったわけだが、本書でとりあげたのは、精神分析の心的装置を有効に用いる形でこの問題に応えたと考えられる、一九七四年の実験映画と一九七五年以降の幻想劇である。前者は「映画を見ること」を、後者は「演劇に立ち会うこと」を、精神分析の心的装置のトポロジーにおいて示し、映画、演劇における表象システムの仕組みを浮き彫りにした。

こうした試みから見えてくるのは、現代芸術の自己言及的な問題意識に対して、ラカンの精神分析はきわめて有効な思考枠を与えてくれるということである。ラカンの基本的な考え方は、主体が主体に先立つ〈他者〉によって作られるとすることであるが、フロイトが、作品を分析することで作家の無意識に迫ったのに対して、ラカンは、絵画論などで、〈他者〉を作品と鑑賞者との間に成立する言語空間であると考えることによって、現代芸術が問題にする鑑賞の空間を理論化することを可能にしたからである。ラカン理論においては、意味作用の分析を行う記号学と異なり、(70)〈他者〉(＝記号体系)の内容よりも、そこから抹消されつつ表象体系全域に影響を及ぼす言語的次元を想定することで、〈他者〉と主体がとりうる様式(構造論的に考えて、神経症、倒錯、精神病というありようが考えられる)を問題とするので、鑑賞者と作品の間に起こる出来事をよく照射することができるのである。しかも意味作用の水準ばかりでなく、見ること、立ち会うことを支える「欲望」あるいは「享楽」といった問題系を導入することを可能にするのである。

寺山はこうしたことを知悉していたようで、一九七四年の実験映画など、現時点でみて、当時の映画理論家よりもラカン理論を正確に用いた形跡がある。さらに一九七五年以降の幻想劇では、精神分析の心的装置のトポロジーを舞台装置とした自己言及的な作品を経たのちに、精神病的な要素がとりこまれ、ひとつの価値転換の形跡を示し、「アルトーの末裔」と称されるような独自の演劇空間を創造するに至っている。

一般に一九七〇年代は、イデオロギー論、フェミニズム、映画理論など文化理論において、ラカン理論が積極的に導入された時期にあたる。しかし、当時のラカンの導入は、初期の理論、鏡像段階論を中心としたものが多く、その議論は、一九八〇年代以降、批判にさらされることが多くなっていった。これに対して、七〇年代以降の寺山作品は、中期以降のラカン理論を考察しうる条件が準備されつつある現時点で見て、ラカン理論が文化理論においてもちうる可能性、その思想性といったものが、刻み込まれているといえる。

そしてさらに、こうした作品は、映画装置がプラトンの洞窟という起源をもち、また演劇がギリシア悲劇およびアリストテレスの『詩学』という高い峰をもち、さらには演劇が世界劇場論という世界観を伝統的に培ってきたことを想起する時、さらなる思想的な意味を示していると考えられる。

注

（1）アルトーと寺山演劇の関連を論じたものに、以下の論考がある。
松本俊夫「意欲的な呪術演劇――寺山修司『疫病流行記』について」、『みづゑ』、美術出版社、一九七五年、十二月号、八八―八九頁。
ケイコ・クルディ「光をあびる二個の暗黒太陽―テラヤマ―アルトー」（西山正訳）、『毎日グラフ別冊　寺山修司』、一九九三年十月三十日、毎日新聞社、六七―七三頁。
（2）渡辺守章『舞台芸術論』、放送大学教育振興会、一九九六年、二三九頁。毛利三彌『東西演劇の比較』、放送大学教育振興会、一九九四年、二〇九―二一〇頁。石田雄一「叙事的演劇と残酷演劇―ブレヒトとアルトーとの言語意識に関する共通性―」、『ドイツ文学』、日本独文学会、八九巻、一九九二年、一一〇―一二〇頁。
（3）アルトーは観客が中央にいて舞台がそれを取り囲むような劇空間を構想していた。S・ソンタグは、グロトフスキの実験演劇では観客の存在は俳優たちの偉業の証人にすぎないのに対して、アルトーの演劇では生まれ変わるのは観客の方であり、彼の思考があげて観客を対象としているという点において、かつて試されたことのない主張であるとしている（S・ソンタグ『アルトーへのアプローチ』、みすず書房、一九九八年、六二―六三頁）。
（4）ただし、アルトーの残酷演劇は夢のエクリチュールに似ているとはいえ、意識的に計算して作られた夢であり、しかもそれは集団に働きかけ、何か途方もない力をもたらす残酷な夢である。
（5）Artaud, A., Œuvres Complètes Tome IV, Gallimard, 1978, p. 78.（安堂信也訳、『演劇とその分身』、白水社、一九九六年、一三一頁）
（6）Artaud, A., Œuvres Complètes Tome V, Gallimard, 1964, pp. 196-197.（『演劇とその分身』、二四三頁、訳者あとがき）
（7）Artaud, A., Œuvres Complètes Tome IV, p. 13.（『演劇とその分身』、一六頁）

（8）ibid., pp. 97-98.（同書、一六六―一六七頁）

（9）ibid., p. 87.（同書、一四七頁）

（10）日本におけるアルトー受容については以下の論文に依った。坂原眞里「日本におけるアルトーの受容――演劇論を中心に」、『仏文研究』XXIII、京都大学文学部フランス語学フランス文学研究室、一九九二年、一六一―一八〇頁。

坂原（同書、一六七頁）によれば、一九七〇年代でアルトーの晩年の活動について論じているのは、『ユリイカ』（一九七四年八月）に掲載された渡辺守章の「分身、あるいは回帰する力」（『虚構の身体』中央公論社、一九七八年所収）のみだという。

（11）デリダのアルトー論が掲載された『エクリチュールと差異』下（法政大学出版局）の出版は一九八三年だが、渡辺守章によるデリダのアルトー論に基づいた論考は一九七〇年には発表されており（一九七八年『虚構の身体』所収）、寺山はこれを参照することができたはずである。

（12）渡辺守章『舞台芸術論』、二五二頁。

（13）ちなみに高取英は、『寺山修司の戯曲』9（思潮社、一九八七年、三〇二―三〇三頁）の巻末解説において、三浦雅士とは別の区分をしている。

第一期―天井棧敷結成の時期で「見世物の復権」を掲げた時期。

第二期―ドキュメントとドラマを結合した〈ドキュラマ〉の時期。

第三期―市街劇や「邪宗門」など演劇形式そのものの革命をめざした時期。

第四期―暗黒舞踏風の肉体言語の発案や、立体機械が重要な位置を占める海外公演の時期。

第五期―晴海三部作に代表される、哲学、現代思想へのアプローチを色濃く反映させた時期。

高取のこの区分は、天井棧敷結成以降の演劇活動に対してなされたものなので、三浦の区分の第二期が第一期に相当し、三浦の区分の第三期、第四期がそれぞれさらに細かく二分されており、天井棧敷以前の活動を含めると、全部で六期に分かれることになる。

（14）渡辺守章『舞台芸術の現在』、放送大学教育振興会、二〇〇〇年、六六頁。

毛利三彌『東西演劇の比較』、二二三―二二六頁。

（15）もっとも、アルトーが、戯曲中心、ドラマ中心の西洋演劇を否定して東洋演劇に接近したのに対し、日本の前衛演劇の場合、伝統的な「座」の復権という意味合いを持っていた（毛利三彌『東西演劇の比較』、二三七―二三八頁）といえる面もあり、その批評的な意味はそれぞれに異なるといえるだろう。

（16）第四章第3節ですでにふれたが、これは戯曲に記されたものを通時的に読み解く方向で説明したものであり、本章では異なった視点から検討する。
（17）寺山修司『迷路と死海』（新装版）、白水社、一九九三年、八二頁。
（18）寺山の創作活動は、映画を作れば映画論に、演劇を作れば演劇論になるといった傾向があった。
（19）注（1）で引用した松本俊夫「意欲的な呪術演劇――寺山修司「疫病流行記」について」など。
（20）Artaud, A., Œuvres Complètes Tome Ⅳ, p. 70.（『演劇とその分身』、一一七頁）また、「分節言語の形而上学を作るとは、それが通常表現しないことを表現するために使うということである」（ibid., p. 44. 同書、七三頁）という言い方もしている。
（21）「心理的な傾向の西洋演劇に反して形而上的傾向の東洋演劇では、身振りや記号や態度や音響のぎっしり詰まった塊が上演と舞台の言語を形成し、その言語は意識のすべての次元すべての方向で生理的で詩的な効果を発揮し、思想を必然的に導いて、行動する形而上学とでも呼びうる深遠な態度をとらせるのである」（ibid., p. 43. 同書、七〇頁）という文章に表されているように、アルトーの「形而上学」という語の使用は特異であり、西洋の形而上学を意味するものではない。
（22）ibid., p.29.（同書、四五―四六頁）
（23）ibid., p. 26.（同書、四〇頁）
（24）ibid., p. 31.（同書、四八頁）
（25）先に見たように、操り人形のような俳優の身体に構造主義的な知見を見出せるばかりでなく、第四章ですでに検討したが、一九七四年制作の実験映画『蝶服記』で、フロイトを構造主義的に読み替えたラカンを導入した痕跡が見出せる。
（26）ラカンは、「今年度お話ししていることはフロイトの倫理とフロイトの美学のあいだに位置づけることもできます。（中略）フロイトの美学があるとすれば、それが倫理の局面の一つを示しているからにほかなりません」と言っている（Lacan, J., Le Séminaire Livre Ⅶ, p. 190. 小出浩之他訳『精神分析の倫理』上、岩波書店、二〇〇二年、二四二頁）。
（27）ibid., pp. 71-72.（同書、八六頁）
（28）ibid., p. 78.（同書、九四頁）
（29）ラカンは、「もの」について「私の中心にあるのに、私にとって『異質な』ものであり、無意識の水準で、ひとつの表象によってただ表象代理されるだけのものです」（ibid., p. 87. 同書、一〇八頁）という言い方もしている。このシニフィアンが是認されるか排除されるかで、神経症と精神病の分かれ道が生じる。

(30) ibid., p. 75.（同書、九〇頁）

(31) ibid., p. 76.（同書、九一頁）

(32) ibid., pp. 250-251.（『精神分析の倫理』下、六九―七一頁）

(33) ラカンは「快感原則」は「その彼岸のこちら側にわれわれを留め」、「享楽からわれわれを遠ざける」と言っている（ibid., pp. 218. 同書、三一頁）。

(34) Lacan, J., Subversion du sujet et dialectique du désir dans l'inconscient freudien, Écrits ; Seuil, Paris, 1966, p. 825.（佐々木孝次訳「フロイト的無意識における主体の転覆と欲望の弁証法」、『エクリ』Ⅲ所収、弘文堂、一九八一年、三三九頁）

(35) Lacan, J., ibid., Écrits ; p. 827.（『エクリ』Ⅲ、三四二頁）

(36) 『セミネール』Ⅱでも〈無からの創造〉について語っているが、『セミネール』Ⅶとはラカンの考え方の変化に伴い、その説明は微妙に異なる。『セミネール』Ⅶでラカンは、絵画や建築などに言及しつつ、芸術の目的は「模倣」、あるいは「対象を代表象すること」ではなく「〈もの〉を包囲する」ことであるとしている（Séminaire Livre Ⅶ, p. 169.『精神分析の倫理』上、二一四頁）。また、無からの創造という点については、壺のシニフィアン的機能に注目し、壺は「質料からつくられ」るのは事実だが、〈もの〉を代表象する一つの対象であるとみなすことができるとし、「空虚のまわりに作られる」、〈無からの創造〉の例であるとしている（Séminaire Livre Ⅶ, pp. 145-146. 同書、一八一―一八三頁）。

(37) 加藤敏は、創造的な精神病者は、迂回路抜きに「もの」の側へ、「享楽」の側へわたっていくことがあると書いている（加藤敏『創造性の精神分析　ルソー・ヘルダーリン・ハイデガー』、新曜社、二〇〇二年、二三二頁）。ちなみに加藤は、アルトーの「私は、もはや生に触れることがないような地点に達しているが、私のなかには、存在へのいっさいの欲望と、存在が執拗に与え続けるくすぐったいような快感とがある。もはや私にあるのは、自分を作り直すというただひとつの仕事だけだ」（Artaud, A., Œuvre Complètes Tome I, Gallimard, 1976, p. 97.「神経の秤」、『ヴァン・ゴッホ』、ちくま学芸文庫、一九九七年、九二頁）という言葉をひきながら、「存在への一切の欲望と、存在が執拗に与え続けるくすぐったいような快感」にラカンのいう「享楽」をみている（加藤敏前掲書、一三〇―一三二頁）。

(38) Lacan, J., Le Séminaire Livre Ⅶ, p.270.（『精神分析の倫理』下、九六頁）

(39) ibid., p. 274.（同書、一〇四頁）

（40）ibid., pp. 279-280.（同書、一一〇―一一一頁）
（41）「罪があると言いうる唯一のこととは、少なくとも分析的見地からすると、自らの欲望に関して譲歩したことだ、という命題を私は提出します」（ibid., p. 368. 同書、二三一頁）
（42）ラカンはこの『セミネール』においてギリシア悲劇を中心に論じているが、「悲劇」だけでなく、「喜劇」、たとえば「全てを深淵や無へと投げ込む」マルクス兄弟の「笑劇」の中に、パロールの機能によって射当てられた「もの」を見ている（ibid., p. 69. 同書、八二頁）が、マルクス兄弟の映画についてはアルトーがあるエッセイの中で、高い評価を与えている（Artaud, A., Œuvres Complètes Tome Ⅳ, pp. 133-135.『演劇とその分身』、一三一―一三五頁）。
（43）ちなみに、ドゥルーズ－ガタリは、ラカンの〈言語活動としての無意識〉の仮説は、無意識を言語活動の中に閉じこめるものではなく、言語学を自己批判の地点にまで導いたことを認め、この自己批判の地点を、構造の裏面、つまり構造をみたすイマージュと構造を制約する象徴の、彼方に見出される非構成的な原理としているが、これはまた、享楽の原理であるとされている（Deleuze & Guattari, L'Anti-Œdipe, pp. 370-371.『アンチ・オイディプス』、三六八頁）。
（44）Lacan, J., Écrits, p. 805.（『エクリ』Ⅲ、三一三頁）
（45）ibid., p. 808.（同書、三一七頁）
（46）ibid., p. 815.（同書、三二六頁）
（47）ibid., p. 817.（同書、三二八頁）
（48）グラフの二本の線のうち、下の線は、言表の線（シニフィアンの連鎖）であり、上の線は言表行為の次元である。消失した言表行為の次元は、言表の主体がなす問い Che voui の疑問に対して、「欲動の言葉を使って」返答をなす（Lacan, J., Écrits ; p. 818.『エクリ』Ⅲ、三三〇頁）。
（49）Lacan, J., Le Séminaire Livre Ⅶ, Seuil, Paris, 1986, p. 32.（『精神分析の倫理』、三二頁）
（50）Lacan, J., Le Séminaire Livre XI, Seuil, Paris, 1973, p. 248.（小出浩之他訳『精神分析の四基本概念』、岩波書店、二〇〇〇年、三七一頁）
（51）第三章で『セールスマンの死』をとりあげたが、これと並ぶ戦後アメリカ演劇を代表する悲劇『欲望という名の電車』など。
（52）たとえばグロトフスキの肉体の演劇。
（53）ラカンは、演劇についての引用は少なくないが、ギリシア悲劇やラシーヌなど、基本的に西欧の伝統の中核をなすものに限られ、論じるのはその戯曲の「内容」である。アルトーの演劇観とは対立するし、寺山の演劇観とも異なる。

しかし、絵画を例にあげながら芸術について語るとき、ラカンは基本的に鑑賞の場を〈他者〉とし、そこで主体が構成されるという見方をしているので、こうした見方はラカンから引き出せるものだといってよい。

(54) 寺山修司『迷路と死海』、七五頁。

(55) 同書、七三頁。

(56) すでに前章で実験映画『蝶服記』について検討したが、寺山は、映画観客が映画を「見ること」を主題としており、それをラカンのトポロジーでとらえている。演劇についても観客が演劇を「見ること」あるいは「立ち会う」ことそれ自体を問題にしており、『蝶服記』の延長線上に考えるとわかりやすくなる。

(57) 彼の観客論は、観客は「物理的に変えられたところから、自分を『立て直す』のです」(『迷路と死海』、五〇頁) という言葉によく表れているように、観客を危険な陶酔に巻き込むことを否定しなかった。転移空間が、病理を生み出す危険を有しつつも、創造としての反復にいたる契機をはらんだものである、ととらえていたからこそであろう。

(58)『迷路と死海』、七三頁。

(59) 寺山修司「アルトーの残酷・演劇の肉体」、『夜想』六、一九八二年、九—一〇頁。

(60) Artaud, A., Œuvres Complètes Tome IV, p. 73. (『演劇とその分身』、一二三—一二四頁)

(61) ibid., p. 105. (同書、一八〇頁)

(62) S・バーバー『アントナン・アルトー伝　打撃と破砕』(内野儀訳)、白水社、一九九六年、一九—二〇頁。

(63) 坂原眞里「残酷演劇は私たちの言葉を発動させる——『アルトー＝モモの体験談』」、『ユリイカ』、一九九六年十二月、一一二頁。

(64) 第五章第4節参照。

(65) Lacan, J., Le Séminaire, Livre Ⅶ, p. 30. (『精神分析の倫理』上、二八頁)

(66) 寺山は、アルトーの晩年の活動にあまり関心を示さなかった。そしてまた、これに影響を受け、「肉体」にこだわる同時代の前衛演劇とは距離をとっていた。

(67)「今世紀の芸術に顕著になってきた傾向のひとつとして、作品の生成そのものに受け手を参加させるということがある。なかには、演奏家が作品諸部分の順序を決定するものさえある。そのような傾向に透けて見える詩学＝制作論的モデルを、エーコは、「開かれた作品」と呼ぶ(『開かれた作品』)。演奏＝上演作業をも含めて、受け手が行う作業をすべて解釈と呼ぶならば、開かれた作品は、予見不能な解釈へと文字どおり開かれている」(篠原資明「イマージュをめぐるたゆたい——フランス、イタリアにおける現代美学」、『美の変貌　西洋美学史への展望』、世界思想社、一九八八年、二九二頁)。
(68) 松本俊夫「越境と生成の世界」、『寺山修司の世界』、新評社、一九八三年、一八五頁。
(69) 寺山作の代表作はいずれも大がかりなものが多く、自己言及的ではあっても、いわゆるコンセプチュアルアートにしては作品に内包される要素が多い、といった印象を与えるが、自分自身に出す葉書(差出人、宛名ともに寺山修司と記された葉書)を「市街劇」として提出したものなど、ミニマルな表現をとったものも少なくない。
(70) ただし、記号論においても、エーコなどは、〈開かれた作品〉という概念においてこの鑑賞者を含む上演の空間を問題にする(篠原、前掲書)。

終章　寺山修司の創作活動とラカン理論

以上、寺山修司の創作活動を、精神分析、とりわけJ・ラカンの理論を導入することで考察してきた。

芸術作品についての精神分析的アプローチといえば、古典的にはフロイトのレオナルド論[1]に代表されるように、伝記的資料を用いながら、作品から作家の無意識を考察するという研究方法があるが、そうした方法はとらなかった。寺山の創作活動は、少なくとも一九七三年以降は確実に精神分析的知識を有しており、それ以前においても、大まかな発想としては受容しており、精神分析の知を積極的に用いつつ作品の思想性を高めていった形跡があるからである。それゆえ本書では、第I部をのぞき、基本的には、寺山の創作活動と精神分析的知の関係を考察の中心に据えて論じている。

実際、第I部で見たように、まだ理論武装していない初期の作品は、創作者としての早熟な才能を示す豊かな言語宇宙であると同時に、ラカンが主体形成の基礎に据えた父性隠喩や鏡像段階といった概念によって分析しうるものなのだが、後年これを自覚的に反復するようになってから、精神分析の知が創作活動の指針として機能し、複雑化するのである。

第II部で見たように、寺山母子を思わせる母と息子のイメージは、初期の作品をベースにしつつも、時期によって、理論的な意味が異なっている。寺山はたえず初期作品に立ち帰り、自己分析をしているのだが、作品として表出されるときは、精神分析の打ち出した臨床的な区分、神経症、倒錯、精神病といったものを、創作活動の主要な指針とし、大胆な書き替えを行っているのである。しかし、そうした書き替えも、本書で見たように、基本的には、初期作品の反復、前作の書き替えを通した自己分析となっており、それが危険をはらんだ転移集団の安全弁となると同時に、そうした独自の自己分析の過程を経てこそ、精神分析の知に対する見解を深め、戦後社会論（近代空間論）の広がりをもつ作品や、現代芸術の重要な問題意識に応えるような作品を作り出すことにつながったと考えてよいだろう。

もっとも、序章で述べたように、寺山の創作活動の特徴としては、まず第一に、複数のジャンルを横断し、特定のジャンルで自らの位置を築こうとしなかったこと、そして第二に、同時代の若者を率いるアジテーターとして、時代の風俗を巻き込み、「家出」をすすめる新興宗教的な集団の教祖としての側面を強くもっていたことがあげられる。寺山の思想、実践活動は、基本的に「家系」的なものへの問いや批判をぬきには語れず、その意味では、むしろ精神分析批判という側面をもつと考えることも可能だろう。寺山の独自の演劇活動がもたらすイメージを想起しても、精神分析批判を行ったドゥルーズ＝ガタリの思想を象徴する「ノマドロジー」、「ノマド」という概念と、親和性が高いといってよいかもしれない。

しかし、時代状況を鑑みると、寺山が確実に参照した理論としては、構造主義人類学と精神分析の知が想定されるので、本書では、寺山が、構造主義を経験したあとの精神分析学的知を用いつつ、独自のありようでノマド的な実践を行ったととらえて、ラカン理論を一貫して用い、具体的な作品を追跡してきた。そして第七章では、演劇の形式的な革命を過激に推し進めていく方向をいったん打ち切り、戯曲を復権することで試みられた「幻想劇」を検討し、これが、アルトーに影響を受けつつも、ラカンの心的装置と反復の理念、および神経症と精神病の構造論的差異の概念によって説明できることを示した。

とはいえ、倒錯や精神病を創作上の理念として掲げ、父の名を相対化していく寺山の創作活動は、やはり、ラカン理論から逸脱するのではないだろうか。第五章、第七章では、こうした寺山の創作活動のありようを、ジュパンチッチを引用し、無意識を選択したあとの思考枠の変更としてとらえてはみたのであるが[2]、ジュパンチッチ自身は、こうした思考枠の変更として、精神病を理念として掲げるという選択を問題にしてはいないのである。

そこで本書を終えるにあたり、寺山自身の意図や、寺山が当時適用できた精神分析の理論を超えて、寺山のこうした創作活動を『セミネール』XX[3]によって考察してみたい。

＊

『セミネール』XX（ラカンの一九七二〜七三年の講義録）は、一般に「アンコール」と呼ばれ、女性のセクシュアリティについての論述として一般に知られてきたものである。中期以降のセミネールの中では、一九七五年という例外的に早い時期に出版されており、英語圏でも一九八二年には、*Feminine Sexuality* というラカンの女性性の議論を集めた書物において、その抄訳が、フェミニストである訳者たちの解説とともに紹介されていたのだが、[4] これまで、文化理論は、ラカンを導入しつつも、このセミネールから積極的な議論を導出してこなかった。しかし、近年、とりわけ英語圏において『セミネール』XXをめぐる再解釈が徐々に活性化しているのは注目されるところである。

読み直しは、一九九〇年代にまずコプチェクが、[5]「性別化の論理式」をカントの数学的アンチノミーと力学的アンチノミーを導入して説明し、超自我の倫理に対して他の性の倫理を前景化する試みを行ったことに始まる。以後、ジジェク[6]がこれに触発を受けて論文を書き、一九九七年にはフィンクによる全訳[7]が出版され、二〇〇〇年、二〇〇二年には、相次いで『セミネール』XXの読解についての論文集[8]が出て、このセミネールに積極的な意味を見出そうとする試みが出てきている。

こうした読み直しの動向については、二〇〇二年に出版された『セミネール』XXの読解をめぐる論文集[9]の編者の一人であるスザンヌ・バーナードが、その原因の大半が、英語圏における全訳の遅れにあることを指摘している。というのは、英語圏においては、ごく最近まで、一九八二年の *Feminine Sexuality* における抄訳（わずか二章分にすぎない）に基づいた議論がなされており、それゆえに、『セミネール』XXは、「性的差異のテキスト」として受け取られ、「哲学や科学への他の介入を無視するようなほとんど排他的な普及をみることになった」[10]のだという。

加えて、多くの英語圏の理論家たちは、フランスのフェミニズムを通してラカンの仕事にアプローチしたが、「フランスのフェミニスト、とりわけクリステヴァとイリガライは『後期ラカン』に精通しているにもかかわらず、彼女たちのアクセス可能な読解はアンコールより前のプロブレマティックに集中して」おり、「結果として英語圏のフェミニストたちは性的差異の構成における想像的かつ象徴的なものの役割により焦点を合わせ、現実界の役割に焦点を合わせなかった」[11]ことも原因の一つとして、バーナードは指摘している。

構造主義以降の文化理論（フェミニズム、記号論、映画理論、イデオロギー論など）において、ラカン理論が果たした役割は少なくない。しかし、第六章の映画装置論の章でもふれたように、そこで導入された理論は、主としてラカンの初期の理論を中心としたものであり、想像的なものから象徴的なものへという図式でラカンを援用しており、各分野で主たる参照理論として導入されながら、ファルス中心主義としてすぐさま批判されることにもつながっていったのである。とりわけフェミニズムにおいては、ラカンの性的差異の論理と、セックス・ジェンダー論争の基底にある論理の間には、共訳不可能性があるという認識のないまま、両者を接ぎ木したため、フェミニズムにおけるラカン理論は、いっそう問題を含んだものになったといえるかもしれない。[12]

そうした中で、現在、英語圏を中心にして、ラカン自身が参照していた哲学や数学など他の学問との関係性を重視しつつ、現実界に焦点をあてた『セミネール』XXの読み直しの機運が生じているということを、ここで確認しておきたい。そして、フェミニズムにおいても、エリザベス・ライトのように、従来のフェミニストのファルス中心主義というラカン批判は誤解に基づいたものだとし、フェミニズムのためにラカンの性別化の図式を読解するという道を採っている者もいることにも注意しておきたい。これについてはまた、要点をコンパクトに示した *Lacan and Postfeminism*[13] が、二〇〇五年に邦訳され（『ポストフェミニズムとラカン』、椎名美智訳、岩波書店、二〇〇五年）、日本においても『セミネール』XXの新たな読解に近づきやすくなったという点で、注目に値するだろう。

では、ここで、『セミネール』XXの読解[14]に入ろう。

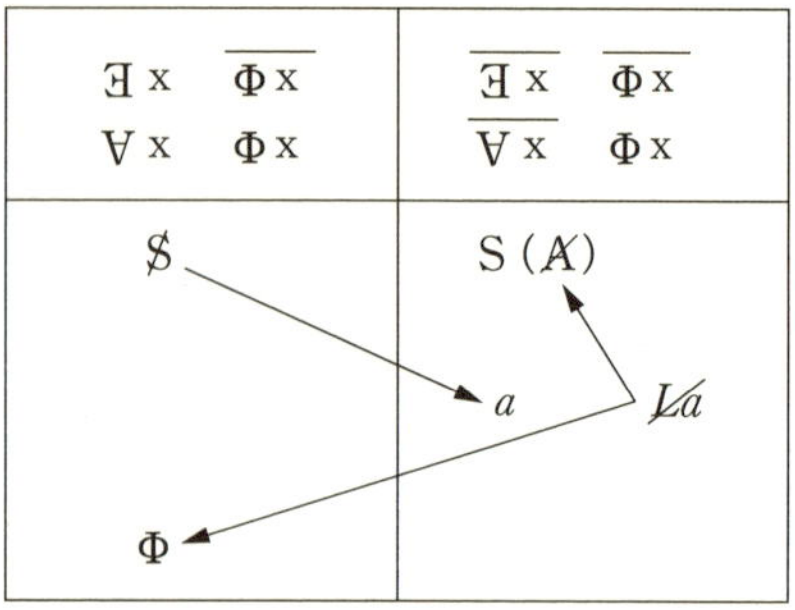

図1

このセミネールは、「女は存在しない」というスキャンダラスな響きをもつ命題で有名であるが、先に述べた英語圏における全訳の遅れなどのために、従来、「性別化の論理式」とともに論じられることが多かったので、この説明から始めよう。図1[15]がそのラカンの「性別化の論理式」である。

左側が男性の側、右側は女性の側であるが、これは生物学的性差には依存せず、語る存在は、「言語の論理的要請」[16]により、ファルスを唯一の参照点とした関数（ファルス関数）にそれぞれのやり方で従う、とされる。ファルスを唯一の参照点とする、という前提がすでに、読者に抵抗感を与えやすいが、これについては、たとえば、西洋／東洋、など二元的に思考する際、二つの項は、対称的なものではなく、ある一つのシニフィアンが特権化される形で形成され、もう一つの項は、その否定という形で措定され、それ自身自らを示すシニフィアンをもたないという意味で、同型の論理構造をもつことを想起すれば、了解しやすくなるはずである。

左側に位置する男性的構造 $◇a の論理式は、「あるXに対してΦの作用が及ばない」、「すべてのXにΦの作用が及んでいる」となっている。去勢の機能はすべてのXに及んでいるが、例外者の存在によってそれが基礎づけられている。例外者が普遍をつくる、という構造である。これに対して右側の女性の論理式の一つは、「すべてのXに対してΦの作用が及んでいるわけではない」とされる。去勢不安がないため、去勢の機能は男性のようには効果的に働かないことをイメージしてもらえばよいだろう。しかし、だからといってΦ関数を免れるXが存在するとはいえず、もう一つの論理式「あるXに対してΦの作用が及ばないということはない」となる。二重否定が元に戻らないという点で、古典論理を逸脱し、直観主義論理の圏内に入る。これが、女性は「すべてではない」という意味である。

要するに、女性は、性の象徴化を示す積極的なシニフィアンは存在せず、Φの機能によって性別化されて示されるが、Φの機能は男性のように領域全体に及んでおらず、「すべてではない」という限界のない領域に置かれるということである。それゆえ、女性は一人一人数えあげることができるとしても、女性なるもの、普遍的な女性というものは存在しない、ということになる。これは、L̸aのように、女性なるものという意味の La femme の冠詞 la を棒線で抹消して表す。このL̸a（存在しない女）からは、ファルスとS(A̸)の両方に矢印が向かっており、ラカンは、女性はファルス享楽に関わると同時にそれを超えた他者の享楽、女性の享楽というものに関わると言うのである。

こうした性別化の論理式の記号論理に即した読解自体は、大体、かつての『セミネール』XXを論じる者たちにも共有されていた見解だといってよいだろう。しかし、バーナードも指摘するように、従来、この論理式を初期のラカン理論の枠組みの中で理解し、さらにはこれをセックス・ジェンダー論のターミノロジーに合わせる形で解釈することが多かったため、少なからぬ誤読を生み、文化理論はここから積極的な見解を引き出すことができずに来たのである。一方、近年の読解において重要視されるのは、まず、これが「思惟の実質」と「延長の実質」からなるデカルト的空間に代わって、ラカンの精神分析学固有の発想である享楽的空間を想定した上で語られていることであり、そしてこの式が、象徴界に抵抗する現実的なものをめぐっているということである。さらに説明を続けよう。

ラカンの発想は以下のようなものである。他者の享楽はその「無限性」によって特徴づけられ[17]、それ自体では把握しようのないものだが、享楽とシニフィアン性のもの（signifiance）の出会いによって、ある存在単位となる享楽の実質が生まれる。これがS_1であり、ラカンはこのS_1を母（＝他者）の言葉（ラングと区別された）「ララング」によって受肉された一者であり[18]、Unに部分冠詞を付した新作言語であるY-a-d' l' Un（一者のようなもの）によってこれを表現する[19]。そして比喩的に、スピノザの蜘蛛の巣、蜘蛛の腹から出てくるテクストを取り上げ、これを様々な書かれたものの痕跡であり、パロールを超えていく支えとなる文字のようなものだとも言っている[20]。ラカンは、非—性的な享楽の実質を、性化された享楽の空間に先立って仮定しているのである[21]。

もちろん、ラカンは、この享楽的実質であるS_1は、S_2の出現によって、つまり差異（＝シニフィアン）の導入によって、原抑圧を被り、性化された言語活動の場においては、この享楽的実質は控除され、ファルス享楽へと変質するとし、『セミネール』XIなどで示された欲望の主体（$\$ \Diamond a$）に対応するヴィジョンを示している。しかし一方で、女性の側では、この享楽的実質は、ファルス的享楽を超えた何かとして感じられる、と言っており、それを$\not{La} \to S(\not{A})$で示しているのである。語る存在である限り、主体は象徴界と現実界への分裂を免れないとしつつも、そのありようには二様あり、女性の側が現実的なものに近いとするのである。

もっとも、この女性固有の享楽とでもいうべき、$\not{La} \to S(\not{A})$については、ラカンは、「女性が感じつつそれが何か知らないものだ[22]」、と言っているので、ここに何らかの女性性の確たる基礎、女性性を印す積極的なシニフィアンを求めようとすると失望するだろう。その意味では、この論理式は、女性のポジションの不確定さ、曖昧さがより明示されているだけ、という印象さえ与えるかもしれない。しかも、ラカンはこの中で「女は母という限りでしか性的関係の中では機能しないのです[23]」と語っている部分があるので、概してフェミニストに評判が悪い。しかし、ラカンがこう言うのは、女性性を母に限局するためではない。むしろその反対で、ラカンは、「この享楽に対して、女は子供であるaという栓を見つけだす」[24]こともできるが、「女性の側で、存在しない性関係を補いにやってくるものの中で重要なものは対象aとは別のものだ」[25]と言い、それを $\not{L}a \to S(\not{A})$ で示しているのである。

　ラカンの言う女性的享楽とは、ファルス的享楽の外に広がっている非—性的な享楽へと開かれているものなのである。ラカンは、こうした「すべてではない」女性的享楽について、集合論と位相空間論を用いて、男性的構造が収束値をもつコンパクトな空間、つまり「閉集合」を形成するのに対して、女性的構造は「開集合」をなす、というような説明もしている。男性的構造における $\not{S}\Diamond a$ の「a」とは、「ファルス的享楽が集中する点、ゼノンのパラドックスの到達不可能な点」[26]であり、収束値という形で無限を内包し、一方、女性的享楽は、「幻想の上のファルス的享楽として自らの支えをもたず」、「他者の根源的不完全性へと押し返す」のである。[27]

「女は存在しない」とは、ファルス中心主義的でスキャンダラスな響きをもつが、実のところ、このセミネールで言われているのは、他者の享楽（女性の享楽）は、去勢の機能のために男性的構造においては存在を抹消され、閉じた領域で対象aと化すのに対し、女性的構造においては、存在の偶然と愛の道において出会われるチャンスをもつということなのである。しかも、ファルス的享楽が欲動にみちた「愚者の享楽」[28]であるのに対し、「すべてではない」女性の享楽は、シニフィアンとファルス的享楽の反復的回路を超えた $S(\not{A})$ からやってくる享楽の実質であり[29]、ラカンは、その例として、聖テレジアの恍惚や、生物学的には男性の属性を備えたキルケゴールが恋人への愛を断念して後に到達しようとした、単独者への道をあげている。[30]

*

このように、ラカンは、『セミネール』XXにおいて、論理学的、数学的形式化によってファルス的享楽と他者の享楽を区別し、他者の享楽との遭遇をある種の神秘主義的な体験とともに示唆しているのであるが[31]、現在進行中の『セミネール』XXの再読において、各論者のヴィジョンはそれぞれ異なっている。たとえば、ミレール[32]は、ギリシア悲劇『メディア』の子殺しの母メディアに、ジジェク[33]は映画『奇蹟の海』のベスに、コプチェク[34]は『セミネール』VIIの延長上での『アンチゴネー』再解釈に、フィンク[35]は、コペルニクスに負う近代の科学革命以降の幻想を超える知に、バーナード[36]は天使の布告に、ネローニ[37]はジェーン・カンピオンの映画に、それぞれラカンの「すべてではない女性的享楽」を見ている。これらは以前の『セミネール』XX解釈と異なり、現実的なものに焦点をあて、このセミネールに積極的な意味を持たせるという意味では同じポジションに立つが、その論理やビジョンは微妙に異なっており、いまだ定説といったものはない。

こうした諸見解に対し、本書の読解においてとりわけ強調したいのは、まず、ラカンの高度な形式化は、それ自体では存在しない現実的なものを描き出す手段だということであり、そして、ここで$\not{La}\rightarrow S(\not{A})$という、ファルス的享楽と区別された享楽を形式化して示すことが、ラカン理論において、重要な転回を示すことになっているということである。

簡単にラカンの理論的変遷を見ておこう。

ラカンは、その主体論を鏡像段階論において確立したが、言語学の導入によっていったん象徴界の優位を強調した理論へと修正し、〈他者〉(=シニフィアンの場)が主体を創設すると考える。

構造主義的言語学を導入したラカンにとって、最も重要なことは、主体の他律性、つまり、主体は大文字の他者、主体に先立って存在する他者の、語らいの場を通過することによって主体となるということである。すでに本書で何度か引用してきた父性隠喩の式も、そうしたありようを表しており、これを定式化した「精神病のあらゆる可能な治療に対する前提提起問題」において、ラカンは以下のように書いている。

「父の名、それはシニフィアンの場所としての大文字の他者において、法の場所としての大文字の他者のシニフィアンであるところのシニフィアンである。(38)」

この時点のラカンは、大文字の他者の大文字の他者は存在する、つまり父の名は、大文字の他者の保証になると考えている。一九七〇年代の文化理論に多く援用されたのは、鏡像段階論からこの時期までのラカン理論で、そこでは想像界から象徴界へという論理構成をとることが多い。

しかし、一九六〇年前後からラカンは大きく変貌し、シニフィアンの宝庫である大文字の他者とその外にある「もの」、あるいは「享楽」を対置する布置の中で主体論を展開する。「もの」とは象徴界の成立と同時に不可能となったものの世界であり、享楽の場所である。ラカンは、ここで大文字の他者Aに棒線を引き、大文字の他者という概念は、確固とした承認の場から、亀裂の入った不完全なものへと変化することになる。

第六章で述べたように、ここで言うラカンの〈他者〉は、主体に先行し、託宣のごとく主体を捕獲し「一」として象徴界に誘うと同時に、その真理を保証するものを内にもたない、不完全で一貫性をもたないものとされるのである。いわば、大文字の他者の中にはひとつの穴、ないしは欠如があるのであるが、それゆえに、主体は〈他者〉に完全に捕獲されることなく、幻想を通じて現実界と結びつき、欲望する主体となるのである。「フロイト的無意識における主体の転覆と欲望の弁証法」（一九六〇年）では、これについて、以下のように書いている。

「シニフィアンの場としての〈他者〉という考えから出発しよう。あらゆる権威の言表内容は、その言表行為そのもののほかには、一切、保証を持たない。というのも、別のシニフィアンにそれを探すことは無駄だし、そのようなシニフィアンがこの場の外に現れるということもありえないからだ。これを、話されるメタ言語はない、と言って定式化しよう。あるいはもっと格言風に言えば、〈他者〉の〈他者〉は存在しない、ということである。その埋め合わせをするような立法者（法を立てると嘯くもの）が現れたなら、それはペテン師である。[39]」

ここにおいて、父の名は、他者の他者を保証するものではなく、「他者に求められる最終的な保証の欠如」として抹消線を引かれ、相対化されることになる。

これが、第六章、及び第七章でふれたラカンの重要な転回である。

しかし、『セミネール』XXでは、そこからさらなる転回を遂げているということに注意しなくてはならない。一九六〇年前後の転回点において、他者の享楽という問題系が導入され、先にふれた「フロイト的無意識における主体の転覆と欲望の弁証法」では、これが無限性として特徴づけられたわけだが、しかし、最終的には、この〈他者〉の裂け目を示すS($\not{A}$)を縁取るのはファルスであるとし、それを享楽のシニフィアンと呼んでいた。そして、これ以降、とりわけ『セミネール』XIにおいて、象徴界と現実界の分裂として$\not{S} \diamond a$という欲望の主体のマテームが、ラカンの主体論としてほぼ確立することになっていく。

これに対して、一九七二～七三年の『セミネール』XXでは、$\not{S} \diamond a$を男性的構造に置き、この男性的構造においては、S($\not{A}$)とaを通してしか関われず、aとS($\not{A}$)は混同しやすいが、両者は別のものであることを強調している。[40] また、Φを享楽に身体を与えるシニフィアンであるとし、S(Ⱥ)を最終的にΦと等置していたのに対しても、疑問を投げかけている。[41] ラカンは、「ファルス享楽は一種の障害物」[42]であるという言い方もしている。ここにおいてラカンは、存在単位となる享楽の実質としての一者を、シニフィアンの宝庫としての大文字の他者に先行するものとして提出し、S(Ⱥ)をaから引き離し、さらにはこれをΦと区別し、新たに$\not{L}a$→S(Ⱥ)を形式化することによって、ファルス的享楽の、そして父の名の相対化を行っているといってよいだろう。ジジェクはこのあたりの転回を、「法とその構成的例外の『男性的』論理から、徴候の系列に対する例外のない『女性の』論理へのパラドキシカルなシフト」[43]と書いている。

そしてこれ以降、ラカンは、「ボロメオの輪」（各々の輪は互いに鎖状に連結しているが、一つ切断すると、他の輪もばらばらになってしまう三つ組の輪）という新たなトポロジーや「サントーム」（sinthome＝「症状」symptômeの古い綴り字で、ラカンが「症状」と区別して独自に用いた）という概念を用いて、新たに精神病論を展開し、そこでは、父の名は、享楽を控除して主体を形成する補填の方法の一つにすぎなくなる。もちろん、父の名は相対化されても手放されることはなく、こうしたありようは、ミレールが言うように、[44] いわばニュートン力学に対する相対性理論のようなものだ、といえるのかもしれないが、しかし、初期の精神病論において、精神病は父の名の排除と定義されるのみだったものが、ここでは、父の名の排除があっても発症のない精神病というものも想定され、トポロジカルな記載が可能になる。[45]

このように、『セミネール』XXは、中期ラカンから後期ラカンへの転回をなす重要なセミネールなのであり、以前にもまして高度な形式化の開始は、新たな精神病論への導入でもあったことになる。

一九七〇年代、文化理論が初期のラカン理論を中心に導入し、「性別化の論理式」をその中で解釈しようとしていたまさにその時期、あるいは、文化理論が、ラカンを「ファルス中心主義」として袂を分かとうとしていたまさにその時期、ラカン自身は以上のような試みを開始していたのである。

＊

ここで、寺山の創作活動に戻ろう。はじめに、寺山の創作活動をラカン理論で一貫して説明しようとすると逸脱するのではないか、と書いた。

しかし、後期ラカンの始まりを告げるセミネールを以上のように読解してくると、寺山の創作活動の推移、および幻想劇で示した、舞台空間における精神分析の心的装置の選択と精神病の理念の擁立は、『セミネール』XXを援用し、「性別化の論理式」における男性的構造から女性的構造への転換による単独性の現出という解釈も成り立つのではないだろうか。

というのも、本書第II部（第四、五、六章）で、寺山の創作活動の理念が、神経症→倒錯→精神病と推移することを見たが、一九六七年に登場した倒錯としてのマゾヒズムは、『盲人書簡』、『疫病流行記』、『阿呆船』という三部作において、いったん神経症化されたうえで、徴候の引き受けとともに死滅し、その後、分裂気質の形象へと変化し、ユーモラスな復活をとげ、ついには分裂気質の少女の形象を生むことになっていくからである。つまり、ファルス的享楽としての囲い込みをした上で、その外が目指され、精神病的なものが創作理念として掲げられるからである。

こうした創作理念の変化については、第五章で、「「正常」の側から病を観察しているわけでもなければ、逆に、創造的な精神病者に同一化し、その芸術を模倣しているというわけでもない。父性的主体に回収されない自らのマゾヒズムの症状の引き受けとともに、神経症的主体と対極にある極を作品に導入し、自らの位置を確定した上で、精神病圏（統合失調症）になんらかの価値を与えているわけであり、こうした作図は、ある価値転換を含んだ〈意志〉であり〈創造〉であると考えられるのではないだろうか」[46]と書いたが、これは、まさしく男性的構造から女性的構造への意図的な転換としてとらえるべきものではないだろうか。

　そして何より、後期の演劇活動において、上演のたびに観客を魅惑し、以下のような証言を生んだシンギュラーなスペクタクルは、こうした経緯をへて産出可能になった、無限の系列に開かれた女性的享楽の顕現としてとらえることができるのではないだろうか。

「思想的な課題を劇の全体で背負っていたにもかかわらず、寺山修司の舞台はつねに美しかった。この世のものとも思えないほどに美しかったといってよい。劇は一瞬静止して絵画になる。そのような一瞬がちりばめられていた。再びその舞台に接することができないことを思えば胸が痛むが、しかしその最良の部分を十二分に味わうことができたことを思えば、おそらく私は幸運だったのだといわなければならないだろう。」（三浦雅士[47]）

「後期の芝居は、叙情性と批評性、思想性と大衆性といったものが、非常に高いレベルで一致し完成していたと思うね。」（市川浩[48]）

「ロンドンが初めて接した寺山修司の演劇は、イエジー・グロトフスキーの発見以来の、最も見事な外国劇団との出会いであった。」（『奴婢訓』イギリス公演評、『ザ・タイムズ』[49]）

「豊かな視覚言語。ほとんど天才的なイメージの衝撃力は、観客に休む暇さえ与えないのだ。」（『奴婢訓』イタリア公演評、『イル・テンポ』[50]）

「終わりに、撮影所の壁面に描かれた暮れなずむ遠景のなかに、登場人物がゆっくりと白煙のなかに消えてゆくのを見た時、私は一夜の秘儀に立ち会ったような印象をもった。それは心地よい陶酔を伴ったあまりにも優雅な秘儀であった。」（利光哲夫『阿呆船』、『美術批評』、一九七六年十月）[51]

「むしろ奇矯な躍動をする俳優の肉体や全体を包みこむような音楽（J・A・シーザー）照明（田中未知）が一体化した空間の夢幻的な美しさは、麻薬的だ。時代への寓意より、洗練されたシュールなイメージの妖しさの方が強く残る。」（朝日新聞『レミング』評）[52]

このように、スペクタクルは、様々な評論家たちに、言葉を超えた何かを目撃したことの驚きと感動の証言を導き、少女や若者などを中心とした匿名の観客たちを惹きつけていくことになる。これについては、第七章で、『疫病流行記』以降、特異なスペクタクルが際だつことに注目し、「この特異なスキゾフレニックなスペクタクルは、主として戯曲において試みられた自己言及的なつきつめがあってこそ生成したのであり、言語以前の退行的な世界ではなく、言語を前提にして享楽への接近がなされたがゆえに創造されたものだと考えるべきだろう[53]」と書いた。

ここで想起したいのは、ラカンが次のように言っていることである。

「現実的なものは、形式化の行き詰まりによってのみ記入されるでしょう。この点において私は数学的形式化から出発して現実的なもののモデルを描くことができると思ったのです。つまり、数学的形式化は、我々に与えられた中でシニフィアン性のものを産出する最も高度な努力だからです。[54]」

ラカンの形式化はそれ自体では存在しない現実的なものを描き出す手段であり、ランガージュの効果によって、現実的なものを産み出すための地図のようなものだというわけである。ラカンはその生涯において、こうした地図をたくさん残したが、『セミネール』XXで示した地図は、ラカンの欲望のグラフでは表されていなかったものが示されていたことに注意を要する。

寺山の演劇は、戯曲によってファルス的享楽が縁取られ、そのうえで、そこからの出口として、ファルスを解除することによって産み出されるスペクタクルが現出していた。その意味で、まさしくこの『セミネール』XXが示した地図によって理解することができるものだといえよう。

一九七八年に初演され、商業演劇として再演され、最終公演にもなった『レミング』は、戯曲構造において、我々の生をからめとる国家、家族、資本主義などのイデオロギー装置を浮き彫りにしつつ、そこからの出口を創造せよというメッセージとともに、シンギュラーなスペクタクルを産出していた。無限性を言語活動によってファルス的享楽として追いつめ、その操作の極限において、それを手放し[55]、他者の享楽へ媒介なく開かれるといったありようを、そこでは目撃することができたのである。

先に、現在、『セミネール』XXの再読が進行中であることを述べた。本章は、こうした『セミネール』XXの近年の読解を参考にしているが、一歩距離をとった形でこれを導入している。一般に文化理論は、ラカンを導入しつつも、その反―心理学的性質や、精神病論（あるいは、治療において無力であるにしても、ラカン自身が狂気に接近する形で理論を組み立ててきたという事実）を生かすことができないでいることが多いからである。むろん、コプチェク、ジジェクは重要な議論を展開しているし、第六章では、コプチェクを引用して映画装置論を論じたが、『セミネール』XXの解釈については、距離を置いている。コプチェクの『セミネール』XX解釈は、『セミネール』XIの延長上にとらえられており、本書のように、この間に切断を見出す読解とは異なるからである。また、ジジェクについては、本章で『セミネール』XXを解説する際に援用しているが、ジジェクは基本的に、男性的原理から女性的原理への移行を、ユダヤ教からキリスト教への移行ととらえている点で、[56] 寺山の「捨て子家系」という問題設定とユダヤ的なものとの関連を探った（とりわけ第五章参照）本書の視点とは一線を画すものである。

男女ともに語ることによってファルス的享楽に関わるのであって、この形式化された女性的享楽は言うことのできない享楽であること、しかしだからといって、この女性的享楽は無意味なものではなく、むしろ、これを形式化することによって、後期ラカンの試みが開始されたという点に注目しつつ、寺山の創作活動を『セミネール』XXの読解と関係づけてみた。そして、概して精神分析批判をしたポスト構造主義の理論に親和性をもつように見える寺山の創作活動は、ラカン理論で一貫して説明しようとすると逸脱すると考えるよりも、『セミネール』XXによって区別された男性的構造から女性的構造への転換による、単独性の現出として読めるのではないかということを示した。[57]

その意味で、寺山の創作活動は、精神分析を創作活動の重要な指針とし、絶えざる自己分析と父の名を問う中で、捨て子家系の文学という自らの問題意識のもとに独自に生み出されたものであって、[58] 精神分析批判としてとらえるよりも、フロイト－ラカンの思想的射程を照らし出すものだと私は考えている。

注

（1）Freud, S., Eine Kindheitserinnerung des Leonardo da Vinci, G. W. VIII.（高橋義孝訳「レオナルド・ダ・ヴィンチの幼年期のある思い出」、『フロイト著作集』3、人文書院、一九六九年）

（2）本書、一六四、二二九頁

（3）Lacan, J., Le Séminaire Livre XX, Seuil, 1975.

（４）Mitchell, J. and Rose J., eds., Feminine Sexuality : Jacques Lacan and the école freudienne, trans. J. Rose, New York : W. W. Norton & Co., 1982.
（５）Copjec, J., Read My Desire—Lacan against the Historicists, The MIT Press, 1994.（梶理和子他訳『わたしの欲望を読みなさい　ラカン理論によるフーコー批判』第八章、所収）
（６）Žižek, S., Tarrying with the Negative : Kant, Hegel, and the Critique of Ideology, Durhan, Duke University Press, 1993.（酒井隆史、田崎英明訳『否定的なもののもとへの滞留　カント、ヘーゲル、イデオロギー批判』、ちくま学芸文庫、二〇〇六年）以降、しばしば言及している。
（７）Fink, B., trans., The Seminar of Jacques Lacan Book XX Encore 1972-1973, W. W. Norton & Company, New York, London, 1998.
（８）Salecl, R., eds., Sexuation, Duke University Press, 2000, 及び Barnard and Fink eds., Reading Seminar XX, State University of New York Press, 2002.
（９）Barnard and Fink eds, ibid.
（10）Barnard, S., intoroduction, ibid., pp. 1-2.
（11）ibid., p. 4.
（12）ibid., p. 6.
（13）Wright, E., Postmodern Encounters Lacan and Postfeminism, Icon Books Ltd., Cambridge, 2000.（椎名美智訳『ラカンとポストフェミニズム』、岩波書店、二〇〇五年）

現実的なものに焦点をあてた読解においては、男女の二項対立によって性別が構成されるとは解釈せず、性的関係をしくじるには男女二様のあり方がある（Seminar XX, p. 53）、ととらえる。ライトは、「現実界は男女を構築しようと反復しているうちに、思いがけず男女の二項対立を超越してしまうだろう」（Wright, E., p. 42. 同書、五〇頁）と言っているし、ジジェクは、性的差異の現実界は、性的配置の多様性を制限するのではなく、増殖させる原因であるとしている（Zizek, S., The Real of Sexual Difference, p. 58, Barnard and Fink eds., Reading Seminar XX, State University of New York Press, 2002, p. 72）。

（14）以下、性別化の論理式の説明は、拙論「多和田葉子の地図――『旅をする裸の眼』と『アンコール』」（『大航海』五九号、二〇〇六年七月所収）における説明と重なる部分を多くもつ。
（15）Lacan, J., Séminaire XX, p. 73.

(16) ibid., p. 15.

(17) 一九六〇年前後に「享楽」という概念が導入され、「フロイト的無意識における主体の転覆と欲望の弁証法」(Écrits, p. 822.『エクリ』三三五頁)において、それは無限性として特徴づけられている。

(18) Lacan, J., Séminaire XX, p. 131. この一者は、「音素、言葉、文章、さらには思考全体の間で定まらないままであり続けている何か」であると言っている。ララングは意味ではなく情動の効果によって一者を受肉する。

(19) ibid., p. 130.

(20) ibid., p. 86.「シニフィアン性のもの」はシニフィアンとは区別されるべきものである。

(21)「性関係は存在しない」という言葉は、享楽の空間は無限性によって特徴づけられ、非性的なものであり、性関係はファルス享楽によって補われている、と解釈できる。

(22) Lacan, J., Séminaire XX, p. 69.

(23) ibid., p. 36.

(24) ibid., p. 36.

(25) ibid., p. 59.

(26) Charraud, N., Cantor avec Lacan, la cause freudienne revue de psychabalyse, No. 39, Mai, 1998, p. 121.

(27) ibid., p. 122.

(28) Lacan, J., Séminaire XX, p. 86.

(29) Barnard, S., intoroduction, Barnard and Fink eds., op. cit. p. 18.

(30) Lacan, J., Séminaire XX, pp. 70-71.

(31) ラカンは、すべての人間存在は(女性も)言語、あるいは発話によって去勢され、ファルス享楽へと巻き込まれると考えるのであるから、この他者の享楽は、まさに言われることができない享楽なのである。

(32) Miller, J. A., On Semblances in the Relation Between the Sexes, Salecl, R. eds., Sexuation, pp. 13-27.

(33) Žižek, S., The Fragile Absolute or, Why is the christian legacy worth fighting for?, Verso, 2000.(中山徹訳『脆弱なる絶対　キリスト教の遺産と資本主義の超克』、青土社、二〇〇一年)他。

(34) Copjec, J., Imagine There's No Woman, The MIT Press, 2002.(村山敏勝他訳『〈女〉なんていないと想像してごらん』、河出書房新社、二〇〇四年)

(35) Barnard, S., Tongues of Angle : Feminine Structure and Other Jouissance, Barnard and Fink eds., op. cit. pp.

21-45.

（36）ibid., pp. 171-185.

（37）Neroni, H., Jane Campion's Jouissance : Holy Smoke and Feminist Film Theory, McGowan, T. and Kunkle, S., Lacan and Contemporary Film, Other Press New York, 2004, pp. 209-232.

（38）Lacan, J., D'une question prêliminaire à tout fraitement possible de la psychose, Êcrits, p. 583.（「精神病のあらゆる可能な治療に対する前提的問題について」、『エクリ』II、三五二頁）

（39）Lacan, J., Subversion du sujet et dialectique du dêsir dans l'inconscient freudien, Êcrits, p. 813.（「フロイト的無意識における主体の転覆と欲望の弁証法」、『エクリ』III、三一三頁）

（40）Lacan, J., Séminaire XX, p. 77.

（41）ibid., p. 40.「……享楽を分析的ディスクールはファルスの機能として析出させましたが、ファルスの機能はまったく謎のままになっています。というのも、ファルスの機能は、そこでは不在という事実によってしか述べられないからです。しかし、このファルスの機能とは、我々がかつて早まってそう思ったような、シニフィアンの中に欠如しているもののシニフィアンなのでしょうか。それを今年は一つの目標にすべきでしょう。」

（42）ibid., p. 13.

（43）Žižek, S., The Real of Sexual Difference, p. 58, Barnard and Fink eds., op. cit.

（44）新宮一成編『意味の彼方へ　ラカンの治療学』、金剛出版、一九九六年、二六一頁。

（45）後期ラカンについては、現時点では正式出版されているのは『セミネール』XXとXXIIIのみであるが、解説書としては、海賊版を使用したものや実際に講義を聴いた人によるものがあるので、一般の人にもその輪郭を窺う手段はある（藤田博史「RSIと補填」、『イマーゴ』（総特集ラカン）十月臨時増刊、一九九四年。R・シェママ他編『新版精神分析事典』、小出浩之他訳、弘文堂、二〇〇二年など）。

（46）本書、一五九頁。

（47）三浦雅士『寺山修司――鏡の中の言葉』、二三二頁。

（48）三浦雅士、市川浩、小竹信節の対談集『寺山修司の宇宙』、新書館、一九九二年、六四頁。

（49）『寺山修司戯曲集』3、三六九頁。

（50）『奴婢訓』、二〇〇三年再演パンフレット、七頁。

（51）『寺山修司戯曲集』3、三六五頁。

（52）『寺山修司戯曲集』3、三四二頁。
（53）本書、二二九―二三〇頁。
（54）Lacan,J., Séminaire XX, p. 85.
（55）注意したいのは、極限においてさらにそこに自己を置くのではなく、それを手放すことによってのみ得られるということである。
（56）Žižek, S., The Fragile Absolute or, Why is the christian legacy worth fighting for ?（『脆弱なる絶対　キリスト教の遺産と資本主義の超克』）
（57）ラカンが神秘主義とともに語ったことは、芸術について言えることではないか。ラカンの芸術論は、『セミネール』Ⅶによって知られることが多いが、むしろ『セミネール』XXの女性的享楽の提出によってこそ、理解されるべきではなかろうかと私は考えている。
（58）実際、死の直前のインタビューでも、自らの創作活動が、不在の父をテーマとし、家族の三角形を描くことで天皇制の問題まで語ろうとしたものであることを述べている（扇田昭彦編『劇的ルネッサンス』、リブロポート、一九八三年、一二―一四頁）。

あとがき

寺山修司（一九三五〜八三）が亡くなって二十数年が経過した。私にとってそれは、天井桟敷の最終公演を見てからそれだけの時間が経ったということである。

寺山修司は、十代で歌人として出発し、一九六〇年代末から八〇年代初頭にかけて、「演劇実験室・天井桟敷」の主宰者として活躍した詩人である。若者の教祖的存在でもあり、多くの支持者がいた。だが、当時、私はさほど寺山に影響を受けていたわけではない。「家出のすすめ」というアジテーションにしても、雑誌などに載るエッセイや映画にしても、面白いな、と感じる程度だったのである。それが変わったのは、その舞台に触れたときである。というより、正確には、最終公演をみてからしばらく経って、それがもう二度と見ることのできないものであることを痛感してからだといってよい。

最終公演『レミング――壁抜け男』大阪公演（一九八三年五月）は、公演直前に寺山が亡くなり、寺山不在のまま上演されたが、私は、その最後の劇を静かな気持ちで見終えた。舞台自体が自我の構造を示す、美しい舞台だった。そして数カ月後、天井桟敷は解散し、寺山的なものは後景に退いた。時代の変わり目でもあったからだろう。私は、軽い喪失感を覚えながらも、いったんはそれを受け入れていた。

ところが、それから八、九年経った頃、その劇は、意表を突く形で私の身体に回帰してくることになる。普段の生活の中に、突如、あの劇のスペクタクルがありありと現れてきたのである。それはもちろん幻影だったが、感傷的な思い出といったものとは明らかに異なり、現実の手触りをもって生成していた。美しいという言葉では説明しきれないその特異なスペクタクルは、きわめて思想性を有するものだと私には感じられた。しかし、写真やビデオは、こうして想起されたものからはずいぶん遠いもののように思われた。そのままの再演など、もとより不可能なことであった。寺山の劇について、いったいどのように記していけばいいのだろう、という問いをいだいたのはこの時である。

こうした問いは、ほどなく、『孤児への意志——寺山修司論』（一九九五年）を書くことで、具体化することができた。寺山の死後しばらくして、寺山に関する文章をいくつか書いていたのだが、それがきっかけとなって、一冊の書物として寺山を論じることが実現したのである。失われたスペクタクルを直接描くことはできないから、この書物では、あくまで書かれた作品に即して、短歌から演劇へとその創作活動の重心を移していく過程をたどった。そして、それがまさしく、「孤児への意志」という言葉に匹敵する思考の運動であることを示した。

これについては、いったんは、自分の見たものの思想性をなんとか言葉にした、という感じは得たものの、しばらく経つと、寺山の思想性を語るには、何か積極的な理論の導入が必要だと思うようになった。寺山は、無類の読書家としても知られ、実際多くの思想家の言葉を引用しているが、どのような理論の導入がその思想性を浮き彫りにできるのかについては、容易には思いつかなかった。しかし、最終公演の後かなりの年月を経てからスペクタクルが甦ってきたのはなぜだろう、という問いに導かれるようにして、精神分析学に対する関心を強め、本格的に研究をするようになってもいた。そうした中で、『レミング――世界の涯まで連れてって』の中の「『世界の涯とは、てめえ自分の夢のことだ』と気づいたら、思いだしてくれ。おれは、出口。おれはあんたの事実」という台詞が、まさに私のありようを言い当てており、きわめて精神分析学的な思想に関わっていることに気づくことになった。その台詞は、あたかも、最後の劇のスペクタクルをあとになって思い起こし、その幻影の現実性に思い及び、そこを手がかりにして出口を見出そうとする私自身に、時を経て語りかけているかのようだったからである。そしてまた、後期演劇活動の中で生成した特異なスペクタクルの特質についても、ラカンの『アンコール』がそれまでのラカン理論から新たに転回をとげていると解釈するに至り、これを手がかりに説明できるのではないかと思うようになっていった。

こうして、失われたスペクタクルは、またも私を寺山論へと駆り立て、その結果できたのが本書である。前作同様、寺山の世界を論じてはいるが、今回は、それを分析するために用いた精神分析学、とりわけラカンの精神分析学について論じることに重点を置いている。ジャック・ラカン（一九〇一～八一）は、フランスの精神科医であり、かつ精神分析家であり、構造主義以降の知に多大な影響を与えたことで知られているが、私は、寺山の世界の思想性を描き出すのに、このラカンの理論を一貫して用いることが有効だと考えたのである。

もっとも、ラカン理論は、一九七〇年代には、イデオロギー論、フェミニズム、映画理論など、文化理論にさかんに導入され、主要な参照理論となったが、その後、ファルス中心主義として批判されていった理論でもある。それゆえ、家系的なものへの問いや批判を基調とする寺山の世界は、ラカン理論よりも、むしろ、精神分析批判をなしたポスト構造主義の思想と親和性が強いと見えるかもしれない。実際、そうした思想と深く関わっているだろう。

しかし、寺山の作品をラカン理論によって追跡すると、初期のものは精神分析学的に分析することが可能であるし、中期以降の自己韜晦の傾向の強い作品においても、そうした初期の作品が自覚的に多様に反復され、構造主義と精神分析の知を独自に用いつつ、思想性を高めていったことがわかる。晩年の舞台もまた、こうしたありようの帰結だといえる。

寺山修司の世界はラカン理論によって分析されることでその思想性をよく表すだけでなく、ラカン理論もまた、寺山の独自の創作活動に即して読むと、従来文化理論に適用されてきたそれを超えるありようをみせてくれることになるのである。本書が、寺山修司のみならず、ラカン理論の新たな思想性を示すきっかけとなればうれしく思う。

ところで、本書は、京都大学に提出した博士学位論文「寺山修司における創作活動と精神分析」を大幅に加筆修正したものである。論文をまとめる過程では、人間・環境学研究科新宮一成教授をはじめ、多くの人々のお世話になった。また、これを書籍の形にするにあたっては、トランスビュー社の中嶋廣氏に労を煩わせた。この他、様々な人々との出会いの中で本書は形をなしていった。関わった全ての人に感謝の意を表したい。

二〇〇七年一月

野島直子

野島直子（のじま　なおこ）

1957年生まれ。京都大学大学院人間・環境学研究科博士課程修了。専攻は精神分析学。現在、京都造形芸術大学非常勤講師。著書に『孤児への意志——寺山修司論』（法蔵館）、共著に中川米造編『病いの視座——メディカル・ヒューマニティーズに向けて』（メディカ出版）がある。

本書の引用作品には、今日から見れば身体その他に関し不適切と考えられる表現があるが、作品の時代背景ならびに本書の性質に鑑みそのままとした。

ラカンで読む寺山修司の世界

二〇〇七年三月一〇日　初版第一刷発行

著　者　野島直子

発行者　中嶋　廣

発行所　株式会社トランスビュー

東京都中央区日本橋浜町二-一〇-一

郵便番号一〇三-〇〇〇七

電話〇三（三六六四）七三三四

URL http://www.transview.co.jp

振替〇〇一五〇-三-四一一二七

印刷・製本　中央精版印刷

ISBN978-4-901510-47-9　C1090